凱信企管

用對的方法充實自己，
讓人生變得更美好！

凱信企管

用對的方法充實自己，
讓人生變得更美好！

凱信企管

用對的方法充實自己，
讓人生變得更美好！

凱信企管

用對的方法充實自己，
讓人生變得更美好！

快記

Extremely Fast Memory

大考英文單字

I

必考詞素＋解構式助記，
快速熟記10倍單字量！

Extremely Fast Memory

USER'S GUIDE
使用說明

破解英文單字結構,利用詞素+聯想助記, 快速記憶 10 倍單字量!

1

以詞素為中心,群組式記憶單字, 更多更有效率!

將單字解構拆開,先認識、理解每個單字中詞素的個別意思,再合起來認識組合後的意義,如此即能不費吹灰之力,有效記住重要單字,同時能依此原理,群組記憶更多單字。

TRACK 043

⌒ **fall** 落下,跌落;降落

❀ 聯想助記

» **fallback**
[`fɔl,bæk]

例 We should have ... work.
我們應該有一個 ...

» **fallibility**
[,fælə`bɪlətɪ]

例 We'd better ...
因為容易出 ...

fall（落下） + back（回）	
fall（落下） + ability（能力）	
fall（降落） + off（下來）	
fall（落下） + out（向外）	

» **foreshadow**
[for`ʃædo]
例 The dark clouds **foreshadow**...
原先烏雲籠罩所著一塊巨大的...

» **forethought** 事先的...
[`for,θɔt]
例 Thanks to Tom, who had the **fore**...
reservation in advance.
多虧有 Tom，他事先想到應該要提早訂位...

» **forethoughtful** 深謀遠慮的；慎重的
[for`θɔtfəl]
例 Being **forethoughtful** for his personal safety, Tom hired
a bodyguard to protect him 24/7.
基於人身安全的深遠考慮，Tom 雇用了一名貼身保鏢 24
小時保護他。

» **forewarn** 預先警告；事先告知
[for`wɔrn]
例 **Forewarned** is forearmed.
先知先覺的嘛：有備無患。

fore（在前的）+ shadow（影子）

fore（在前的）+ thought（考慮）

前的）+ thought（考慮）+ ful（充滿的）

fore（在前的）+ warn（勸告）

2

解構式助記,建構有效率的記憶 聯想,熟字拓展單字記更牢!

將單字的構成進行拆解,從構字法角度達到聯想助記之效,不僅能真正了解單字意義,更能內化成永久記憶。

3

實用例句搭配音檔 MP3，落實生活應用，開口說英文更容易！

每一個單字都精心編寫生活例句，不僅能熟悉單字的正確應用，更能同步提升生活英語口說力。搭配語音檔學習，口語聽說都沒問題。

例 It was very **unfair** that the teacher only punished the boys.
老師只處罰男生，真是非常不公平。

TRACK 039

» fair

» **unfair**   adj. 不公平的
[ʌnˈfɛr]
例 It was very **unfair** that the teacher only punished the boys.
老師只處罰男生，真是非常不公平。
un（不）＋ fair（公平的）

» **fairness**   n. 公平、公正
[ˈfɛrnɪs]
例 In all **fairness**, he is a responsible and diligent employee.
說句公道話，他是個克盡職守的好員工。
fair（公平）＋ ness（名詞字尾）

» **funfair**   n. 公共露天遊樂場
[ˈfʌnfɛr]
例 The kids had a great time at the **funfair**.
孩子們在露天遊樂場玩得很開心。
fun（娛樂）＋ fair（集市）

» **fairgoer**   n. 參加展會的人；參觀者
[ˈfɛrˌgoɚ]
例 This is a grand exhibit that no **fairgoers** should miss.
這是一場參加展會者不容錯過的盛大展覽。
fair（展覽會）＋ go（去）＋ er（施動者名詞字尾）

4

廣角式補充，單字學習更淋漓盡致，不論考題變化都不怕

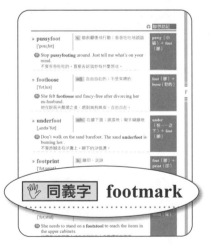

聯想助記

» **pussyfoot**
[ˈpʊsɪˌfʊt]
n. 躡前顧後地行動；吞吞吐吐地說話
例 Stop **pussyfooting** around. Just tell me what's on your mind.
不要再吞吞吐吐的，直接告訴我你有什麼想法。
pussy（小貓）＋ foot（腳）

» **footloose**
[ˈfʊtˌlus]
adj. 自由自在的；不受束縛的
例 She felt **footloose** and fancy-free after divorcing her ex-husband.
她在跟前夫離婚之後，感到無拘無束、自由自在。
foot（腳）＋ loose（鬆的）

» **underfoot**
[ˌʌndɚˈfʊt]
adv. 在腳下面；踩踏地；礙手礙腳地
例 Don't walk on the sand barefoot. The sand **underfoot** is burning hot.
不要赤腳走在沙灘上，腳下的沙很燙。
under（在⋯⋯之下）＋ foot（腳）

» **footprint**
[ˈfʊtˌprɪnt]
n. 腳印、足跡
foot（腳）＋ print（印）

同義字 footmark

[ˈfʊtˌstul]
例 She needs to stand on a **footstool** to reach the items in the upper cabinets.

為應付各大考試的靈活變化，舉凡重要單字的同義字、習慣用語、常用片語、諺語等等延伸知識，一一完整補充，學習更安心。

聯想助記

» **bathwater**
[ˈbæθˌwɔtɚ]
n. 洗澡水
bath（沐浴）＋ water（水）

諺語教室 throw the baby out with the bathwater
（把寶寶跟著洗澡水一起丟掉）意指「不分良莠全盤否定」。

» **birdbath**
[ˈbɝdˌbæθ]
n. （供鳥戲水的）水盆
bird（鳥）＋ bath（沐浴）
例 A **birdbath** can attract some feathered friends into the garden to drink some fresh water and bathe in.
一個供鳥戲水的水盆能吸引一些鳥類朋友到花園裡來飲用新鮮的水和沐浴。

PREFACE
作者序

　　「字彙」是語言的基礎！擁有越多的字彙量，意味著能更深、更廣地運用該語言。因此英語學習者在學習文法句型的同時，必須盡可能地增加自己的字彙量。然而，英語字彙量之龐大，使許多英語學習者將「背單字」視為一件苦差事一背完國小必備的 300 字之後，緊接著要背國中必備的 1,200 單字，然後隨之而來的是高職生的常用 4,500 單字或高中生的常用 6,000 字彙。對那些要準備到國外繼續深造的人來說，必須認識的英語字彙量更是沒有極限。沒錯，從「數量」看來，大部分的英語學習者要面對的英文字彙量似乎一山還有一山高，總讓人感覺登頂無望，因為怎麼背怎麼忘，怎麼背也背不起來。

　　其實在英文裡有許多日常生活常用的字彙，是不需要死背硬記，只需要稍微將之拆開理解再合起來，就能不費吹灰之力記得牢牢的。這些字是學習英語詞彙時常會遇到的特殊結構，即所謂的「複合字」（compound word）。英語中的複合字大多是由兩個或兩個以上獨立的「詞素」或「單字」所組成。原本看似毫無關係的單字，組合在一起成為一個新的複合字之後，會產生更具體的意義。例如：hair（頭髮）＋ dry（使乾燥）＋ er（表「施動者」的字尾），這三個詞素組合在一起，便成為一個有具體意義的新單字 hairdryer（吹風機）。更多我們常見的複合字還有：white（白）＋

board （板）＝ whiteboard（白板）、home（家）＋ sick（生病的）＝ homesick（想家的；思鄉的）、rain（雨）＋ drop（滴）＝ raindrop（雨滴）等等。

　　跟記背其他英文字彙一樣，當我們遇到複合詞時，同樣必須注意其詞性，以便能正確將複合詞使用在句子中。如 schoolbag「書包」為名詞、outgoing「外向的」為形容詞、everywhere「到處」為副詞、overpass「超越」為動詞、anyone「任何人」為代名詞、whereas「而」為連接詞等。本書的目的，就是想幫助在背英文字彙這條路上感到疲憊或徬徨的學習者，為各位在苦背英語字彙的路上，減輕一部分的重擔。先認識每個複合字中每個詞素的意思，再認識詞素組合後的新意義，並提供一個實用且生活化的例句，幫助學習者能更有效地正確運用該字彙。

　　語言必須融入生活，因此不應該將學英文視為一項艱難的任務。希望本書能在各位「背單字」的過程中扮演一個輔助性的角色，讓大家用最少的力氣和時間，記住最多、能夠自然而然使用在生活中的字彙，讓你運用英語的能力更上一層樓。

CONTENTS
目錄

必考詞素 + 解構式助記

快速熟記單字！

全書音檔雲端連結

因各家手機系統不同，若無法直接掃描，
仍可以至以下電腦雲端連結下載收聽。
（ https://tinyurl.com/mrx88t9k ）

☞ **able** 能的；有能力的

❊ 聯想助記

» **admirable**

[`ædmərəbḷ]

| adj. 值得讚揚的；極好的 |

例 Their sportsmanship is **admirable**.
他們的運動家精神值得讚許。

> admire（稱讚、欣賞）+ able（能的）

» **agreeable**

[ə`griəbḷ]

| adj. 欣然同意的；令人愉快的 |

例 Both sides are **agreeable** to all terms and conditions of the contract.
兩方對合約的所有條款和細則都表示同意。

> agree（同意）+ able（能的）

» **changeable**

[`tʃendʒəbḷ]

| adj. 易變的；可改變的 |

例 It's hard to predict the weather in London since it's so **changeable**.
要預測倫敦的天氣很困難，因為它十分變化無常。

> change（改變）+ able（能的）

» **countable**

[ˋkaʊntəbḷ]

adj. 可數的

count（數）＋ able（能的）

例 Stars are **countable**, but they are countless.
星星是可數的，但是它們是數不盡的。

» **desirable**

[dɪˋzaɪrəbḷ]

adj. 值得嚮往的、令人渴求的

desire（渴望）＋ able（能的）

例 A professional sleeper is probably the most **desirable** job in the world.
睡眠職人大概是這世界上最令人嚮往的工作。

A

» **drinkable**

[ˋdrɪŋkəbḷ]

adj. 可以喝的，好喝的

drink（喝）＋ able（能的）

例 This homemade plum wine is quite **drinkable**.
這自製梅酒相當好喝哩。

» **eatable**

[ˋitəbḷ]

adj. 可吃的，好吃的

eat（吃）＋ able（能的）

例 Prepared meals at convenience stores are hardly **eatable** for me.
便利商店的預製餐點對我來說實在難以下嚥。

» **endurable**

[ɪnˋdjʊrəbḷ]

adj. 能持久的；耐用的；能忍耐的

endure（忍耐）＋ able（能的）

例 The work environment is unsatisfactory but **endurable**.
工作環境差強人意，但尚可忍受。

» **enviable**

[`ɛnvɪəbl̩]

adj. 引起嫉妒的；值得羨慕的

envy（羨慕）
＋ able（能的）

例 For a chocolate lover, a chocolate consultant is definitely the most **enviable** job in the world.
對一個巧克力愛好者來説，巧克力諮詢師絕對是世界上最值得羨慕的工作。

» **incapable**

[ɪn`kepəbl̩]

adj. 不能勝任的；不能正常行動的

in（不）＋
capacity（能
力）＋ able（能
的）

例 The bird has a broken wing, so it is **incapable** of flying.
這隻鳥一隻翅膀斷了，所以牠無法飛翔。

» **incredible**

[ɪn`krɛdəbl̩]

adj. 不可思議的

in（不）＋
credit（相信）
＋ able（能的）

例 Samantha showed **incredible** courage and determination in pursuing her dream.
Samantha 在追求她的夢想上展現了難以置信的勇氣與決心。

» **inseparable**

[ɪn`sɛpərəbl̩]

adj. 不可分離的、分不開的

in（不）＋
separate（分
離）＋ able（能
的）

例 She decided to quit her job to be a full-time mother as she was **inseparable** from her kids.
因為離不開孩子，她決定辭去工作做一名全職母親。

» **lovable**

[`lʌvəbl̩]

adj. 可愛的，討喜的

love（愛）＋
able（能的）

例 Mia is such a **lovable** little girl.
Mia 真是個討人喜歡的小女孩。

» **memorable**
[ˋmɛmərəbl̩]

adj. 值得懷念的；難忘的

memorize（記
住）＋ able（能
的）

例 It is undeniable that September 11 is probably one of the most **memorable** days in American history.
不容否認地，911 可能是美國歷史上最令人難忘的一天。

» **moveable**
[ˋmuvəbl̩]

n. 動產；可移動的東西
adj. 可移動的；每年日期不同的

move（移動）
＋ able（能的）

例 Unlike Christmas, Thanksgiving is a **moveable** holiday.
跟耶誕節不同的是，感恩節是一個每年日期不同的節日。

» **printable**
[ˋprɪntəbl̩]

adj. 可列印的；可印刷的；適合出版的

print（列印）
＋ able（能的）

例 You can find various **printable** teaching resources on the Internet.
你在網路上可以找到各種可列印的教學素材。

» **readable**
[ˋridəbl̩]

adj. 易讀的、可讀的；（字體）清晰能辨認的

read（閱讀）
＋ able（能的）

例 The message written in Martian language by my 15-year-old son is barely **readable** for me.
那則我 15 歲兒子用火星文寫的留言對我來說實在沒辦法讀。

» **renewable**
[rrˋnjuəbl̩]

adj. 可更新的，可恢復的；可繼續的

re（重新）＋
new（新的）
＋ able（能的）

例 Using **renewable** energy resources doesn't produce carbon dioxide and other greenhouse gases.
使用可再生能源不會產生二氧化碳及其他溫室氣體。

A

» reliable
[rɪˋlaɪəbl̩]

adj. 可靠的、可信賴的

rely（依靠）
+ able（能的）

例 Lexus was ranked the most **reliable** vehicle brand in 2020.
凌志在 2020 年被評為最值得信賴的汽車品牌。

» suitable
[ˋsutəbl̩]

adj. 合適的、適當的

suit（合適）
+ able（能的）

例 Do you have anyone **suitable** for this position in mind?
你心中有任何適合這個職位的人選嗎？

» teachable
[ˋtitʃəbl̩]

adj. 可教的、願學的；適於教學的

teach（教）+ able（能的）

例 Don't blame a teacher when a student can't seem to learn. Not all students are **teachable**.
當一個學生明顯不學習時，不應責怪老師。並非所有學生都是教得來的。

» thinkable
[ˋθɪŋkəbl̩]

adj. 想得到的，可想像的

think（想）+ able（能的）

例 For people in the years before Columbus set sail, that the Earth is actually spherical was not even **thinkable**.
在哥倫布啟航前，人們根本想不到地球其實是個球體。

✋ 同義字 imaginable, conceivable

» **treatable**

['tritəbl̩]

adj. 能治療的

treat（治療）
+ able（能的）

例 While metastatic cancer is **treatable**, unfortunately it is currently not curable.
儘管轉移性的癌症是可治療的，很遺憾的是目前它是無法治癒的。

» **understandable**

[ˌʌndɚ`stændəbl̩]

adj. 可理解的

understand（理解）+ able（能的）

例 Put yourself in her shoes, and you'll find her resentment **understandable**.
站在她的立場想一想，你就會發現她的憤慨是可以理解的。

🖐 同義字 **comprehensible**

» **unlivable**

[ʌn`lɪvəbl̩]

adj. 無法居住的

un（不）+ live（居住）+ able（能的）

例 Scientists warn that our oceans may be completely **unlivable** for sea animals in 50 years.
科學家們警告，我們的海洋在五十年內可能成為完全無法讓海洋動物們居住的地方。

🖐 同義字 **uninhabitable**

» **valuable**

['væljʊəbl̩]

n. 貴重物品
adj. 貴重的；有價值的

value（價值）
+ able（有能力的）

例 Please do not leave any **valuables** in the locker.
請不要將任何貴重物品放在置物櫃裡。

A

» **workable**

[ˋwɝ·kəbl̩]

adj. 可行的、可運轉的

work（工作）+ able（有能力的）

例 We finally came up with a **workable** solution to the problem.
我們終於想出解決問題的可行辦法。

» **washable**

[ˋwɑʃəbl̩]

adj. 可洗的，耐洗的

wash（洗）+ able（能的）

例 I only buy clothes that are machine-**washable**.
我只買可以用洗衣機洗的衣服。

TRACK 002

☞ **about** 關於；到處、四周；大約

» **roundabout**

[ˋraʊndəˌbaʊt]

n. 繞道；迂迴說法
adj. 繞道的；（說話、做事）繞圈子的

round（環繞地）+ about（四處）

例 My boss suggested, in a **roundabout** way, that I should take the initiative to resign.
我的主管繞著圈子地建議我應該主動辭職。

» **knockabout**
[`nɑkə,baʊt]

n. 鬧劇演員、鬧劇演出

adj. 笑鬧的;粗用的

knock(敲打)+ about(到處)

例 The **knockabout** comedy was so hilarious that we laughed our heads off while watching it.
那部笑鬧喜劇實在太好笑了,我們一邊看一邊笑得前俯後仰。

» **roustabout**
[`raʊstə,baʊt]

n. 碼頭工人;挑夫、雜工

roust(勤快地工作)+ about(到處)

例 He used to work as a **roustabout** for many years before he became an actor.
在他成為演員之前,曾經做了很多年的雜工。

» **hereabout**
[,hɪrə`baʊt]

adv. 在這附近,在這一帶

here(這裡)+ about(大約)

例 Is there a convenience store **hereabout**?
這附近有沒有便利商店?

» **thereabout**
[,ðɛrə`baʊt]

adv. 在那附近;大約、左右

there(那裡)+ about(大約)

例 The temperature will drop to minus ten degree Celsius or **thereabout** tomorrow.
明天的氣溫將會降至零下十度左右。

» **turnabout**
[`tɝnə,baʊt]

n. 轉向;旋轉;(思想上的)轉變

turn(轉向)+ about(四處)

例 The woman noticed a sudden **turnabout** in her boyfriend's attitude and behavior.
女子注意到她男友在態度及行為上突然出現轉變。

A

» **whereabout(s)**
[ˋhwɛrəˋbaʊt]/
[ˋhwɛrəˋbaʊts]

n. 行蹤，下落
adv. 在哪裡

where（哪裡）
＋ about（關於）

例 He left home many years ago, and no one knows his **whereabouts**.
他多年前就離家了，如今下落不明。

» **walkabout**
[ˋwɔkəˌbaʊt]

n. 徒步旅行；閒逛；丟失

walk（走）＋ about（到處）

例 My wallet went **walkabout**, and I had no cash to pay for my lunch.
我的錢包丟失了，而我沒現金可以付午餐錢。

» **runabout**
[ˋrʌnəˌbaʊt]

n. 輕便汽車、小船或飛機；流浪漢

run（跑）＋ about（到處）

例 You will need a **runabout** to commute between home and work.
你將會需要一輛可以通勤上班的小車。

» **gadabout**
[ˋgædəˌbaʊt]

n. 四處遊蕩的人；閒逛的人

gad（遊蕩）＋ about（四處）

例 The female **gadabout** turned out to be the missing princess.
那個四處遊蕩的女性結果竟是失蹤的公主。

☞ ache 疼痛

❈ 聯想助記

» **headache**

[ˋhɛdˏek]

n. 頭痛；令人頭痛的事、麻煩

head（頭）+ ache（痛）

例 Their son is a real troublemaker who always gives them a **headache**.
他們的兒子是個十足的惹事者，老是讓他們感到頭痛。

» **heartache**

[ˋhɑrtˏek]

n. 痛心、悲痛

heart（心）+ ache（痛）

例 Her husband's sudden death gives her **heartache**.
她丈夫的驟世讓她感到心痛。

» **toothache**

[ˋtuθˏek]

n. 牙痛

tooth（牙齒）+ ache（痛）

例 I have been suffering from a **toothache** for a week.
我已經牙痛一個禮拜了。

» **backache**

[ˋbækˏek]

n. 背痛

back（背）+ ache（痛）

例 Poor posture can cause serious **backache**.
不良的姿勢會造成嚴重背痛。

A

» **stomachache**
[ˋstʌmək͵ek]

n. 胃痛

stomach（胃）
+ ache（痛）

例 I think you need to see a doctor for your **stomachache**.
我覺得你的胃痛需要去看一下醫生。

» **bellyache**
[ˋbɛlɪ͵ek]

n. 腹痛
v. 嘀咕抱怨、發牢騷

belly（肚子）
+ ache（痛）

例 I'm tired of hearing her **bellyache** about all those trivial matters.
我厭倦聽她滿腹的牢騷。

TRACK 004

☞ **act** 行動；行為；表演

» **actor**
[ˋæktɚ]

n. 男演員

act（表演）+
or（施動者名
詞字尾）

例 Johnny Depp is a world-famous movie **actor**.
強尼戴普是一個世界知名的電影演員。

» **actress**
[ˋæktrɪs]

n. 女演員

act（表演）
+ ress（女性
施動者名詞字
尾）

例 Lady Gaga deserved the Best **Actress** Award for her performance in House of Gucci.
Lady Gaga 在《豪門謀殺案》的表現值得得到最佳女演員獎。

» **overact**

[ˋovɚˋækt]

| v. | 表演過火;誇張 |

over（過分）
+ act（表演）

例 I can't bear to watch Steven **overacting** the part of the angry husband.
Steven 生氣的丈夫一角演得太過誇張,讓我看不下去。

» **underact**

[ˌʌndɚˋækt]

| v. | 未盡力地表演;演得不足 |

under（不足的）+ act（表演）

例 It was really disappointing that she **underacted** the princess.
她沒有盡力演出公主一角,讓人感到很失望。

» **transact**

[trænsˋækt]

| v. | 辦理,處理;交易、談判 |

trans（轉換）
+ act（行動）

例 Mr. Lee flew to Tokyo to **transact** some business.
李先生飛到東京去處理一些事務。

» **interact**

[ˌɪntɚˋrækt]

| v. | 互動;互相作用 |

inter（在中間）+ act（行動）

例 For introverts, **interacting** with others can be very stressful.
對內向的人來說,和其他人互動可以是非常有壓力的事。

» **react**

[rɪˋækt]

| v. | 反應;起作用 |

re（再）+ act（行為）

例 I'm not sure how he's going to **react** to my decision.
我不知道他將對我的決定做何反應。

» **reaction**

[rɪˋækʃən]

n. 反應

react（反應）
＋ tion（名詞
字尾）

例 What is your supervisor's **reaction** to your resignation?
你的主管對你辭職有什麼反應？

» **playact**

[ˋpleˌækt]

v. 做作；演戲；假裝

play（表演）
＋ act（表演）

例 The kids are excited about **playacting** the life of superheroes.
孩子們對於演出超級英雄的生活感到很興奮。

» **overreact**

[ˌovɚrɪˋækt]

v. 反應過度

over（過度）
＋ react（反
應）

例 It's just a small wound. Don't **overreact**.
這只是個小傷口。不要反應過度。

TRACK 005

☞ **after** 在……之後

» **afterbirth**

[ˋæftɚˌbɝθ]

n. 胞衣（胎盤及羊膜）

after（在……
之後）＋ birth
（出生）

例 Normally, the **afterbirth** should be expelled from the womb within 30 minutes of the baby's birth.
在正常情況下，胞衣應該在寶寶產出後的三十分鐘內排出子宮。

» **aftercare**
[ˈæftɚˌkɛr]

n. （出院後）的調養；（出獄後的）就業輔導或安置

after（在……之後）＋ care（護理）

例 Proper **aftercare** can effectively help you make an easier transition back to your daily life.
適宜的癒後調養能有效幫助你在恢復日常生活這段過渡期更容易。

» **afterclap**
[ˈæftɚˌklæp]

n. 節外生枝

after（在……之後）＋ clap（掌聲）

例 To avoid the **afterclap**, we'd better not talk about this in front of others.
為了避免節外生枝，我們最好不要在其他人面前討論這件事。

» **afterdamp**
[ˈæftɚˌdæmp]

n. （礦坑等）爆炸後的毒氣

after（在……之後）＋ damp（有毒氣體）

例 Soon after the **explosion**, the two miners were unconscious from afterdamp.
爆炸發生後不久，這兩名礦工就因吸入爆炸後的毒氣而失去意識。

» **aftereffect**
[ˈæftərəˌfɛkt]

n. 後果、後效；後作用

after（在……之後）＋ effect（影響）

例 Those who had recovered from COVID-19 may suffer the **aftereffects** such as chest pain and heart palpitations.
那些新冠肺炎痊癒的人可能會承受像是胸痛及心悸這類的後作用。

A

» **afterimage**

[ˈæftɚˌɪmɪdʒ]

n. 殘影，殘留感覺

after（在……之後）＋ image（影像）

例 If you stare at a blue image for a period of time, you will see an **afterimage** of its inverted color－orange.
如果你盯著一個藍色影像一段時間，你將會看到一個倒色－橙色的殘影。

» **afterlife**

[ˈæftɚˌlaɪf]

n. 來世、來生

after（在……之後）＋ life（人生）

例 Many people believe that if they do good deeds during their lifetime, there won't be any more suffering in the **afterlife**.
許多人相信如果他們在在世時行善，來生就不會再受苦。

👌 同義字 **afterworld**

» **aftermath**

[ˈæftɚˌmæθ]

n. 後果、餘波；事件結束後的一段時間

after（在……之後）＋ math（數學）

例 The European economy had collapsed in the **aftermath** of World War II.
歐洲的經濟在第二次世界大戰後崩塌了。

» **afternoon**

[ˈæftɚˈnun]

n. 下午

after（在……之後）＋ noon（中午）

例 A cup of coffee and a great book are perfect for a lazy **afternoon**.
一杯咖啡和一本好書，最適合用來打發一個慵懶的下午。

» **aftershock**

[ˈæftɚˌʃʌk]

n. 餘震

after（在……之後）＋ shock（震動）

例 Perceptible **aftershocks** kept coming after the 7-magnitude earthquake hit Tokyo.
東京在受到七級地震襲擊之後，持續發生有感餘震。

» **aftertaste**

[ˈæftɚˌtest]

n. 回味；餘韻；餘波，餘恨

after（在……之後）＋ taste（味道）

例 I didn't quite like that dish because it had a bitter **aftertaste**.
我不是很喜歡那道菜，因為它有個苦苦的餘味。

» **afterthought**

[ˈæftɚˌθɔt]

n. 事後才出現的想法；再思、追悔

after（在……之後）＋ thought（想法）

例 She put a folding umbrella into her bag only as an **afterthought**, but now she is glad she did.
她後來想了想便把一支摺傘放進袋子裡，但現在她很高興她這麼做了。

» **afterwards**

[ˋæftɚwɚdz]

v. 之後，後來

after（在……之後）＋ wards（向……）

例 Ben left the office at around seven and went to a bar **afterwards**.
Ben 在七點左右離開公司，之後去了一間酒吧。

» **hereafter**

[ˌhɪrˋæftɚ]

n. 未來；死後的生活
adv. 今後；在來世

here（在這裡）＋ after（在……之後）

例 You may pay in credit card this time, but **hereafter** we will only accept cash.
您這次可以用信用卡付款，但此後我們將只收現金。

» **thereafter**

[ðɛr`æftə]

| adv. 此後 | there（在那裡）+ after（之後） |

例 Jack left his hometown at the age of 20 and never returned **thereafter**.

Jack 在二十歲時離開家鄉，此後就再也沒有回來了。

» **thereinafter**

[ˌðɛrɪn`æftə]

| adv. 以下、以下部分 | there（在那裡）+ in（在……中）+ after（在……後） |

例 The result of the investigation will be expatiated **thereinafter**.

調查結果將在以下部分詳述。

🖐 **同義字** **hereinafter**

» **afterword**

[`æftə͵wɚd]

| n. 跋、後記 | after（在……之後）+ word（字） |

例 The author of this book included an **afterword** about her life as a full-time mother.

作者在本書加入了一篇關於她全職母親生活的後記。

B

☞ **baby** 嬰兒、寶貝

❄ 聯想助記

» **babysit**
[ˋbebɪˌsɪt]

v. 臨時替人看小孩

baby（嬰兒）＋ sit（使坐下）

例 My mom asked me to **babysit** my little sister while she was out.
我媽要我在她出門的時候幫忙看顧我的妹妹。

» **crybaby**
[kraɪˋbebɪ]

n. 愛哭的人；愛發牢騷的人

cry（哭泣）＋ baby（嬰兒）

例 I'm tired of my boyfriend, who always acts like a **crybaby** when I talk to other guys.
我對我那個只要我跟別的男生講話就發牢騷的男友感到厭倦了。

» **babyhood**
[ˋbebɪˌhʊd]

n. 嬰兒時期

baby（嬰兒）＋ hood（時期）

例 The poor child lost both of his parents in his **babyhood**.
那可憐的孩子在嬰兒時期就失去了雙親。

» **babyproof**

[`bebɪ,pruf]

v. 做防護嬰兒措施的
adj. 防護嬰幼兒的

baby（嬰兒）
＋ proof（防護的）

例 This **babyproof** cabinet is popular among parents with babies or toddlers.
這款有嬰兒防護措施的櫥櫃受到家有嬰兒或學步兒的家長們歡迎。

TRACK 007

back　背、後；向後；返回

» **backbite**

[`bæk,baɪt]

v. 背後中傷、背後誹謗

back（背後）
＋ bite（咬）

例 It never occurred to her that her best friend would **backbite** her.
她從來沒想過她最好的朋友會在背後中傷她。

同義字 **backstab**

» **backbreaker**

[`bæk,brekɚ]

n. 艱苦的工作；辛苦工作的人

back（背）＋ break（斷掉）＋ er（人、事物）

例 The task was a real **backbreaker** that few people would volunteer for.
這項任務是個十足艱苦的工作，沒什麼人自願做。

» **backchat**

[ˋbæk͵tʃæt]

n.	爭辯；機智的對答
v.	回嘴；爭辯

back（回）＋ chat（聊天）

例 Parenting educators suggest that parents should deal with children's **backchat** in a positive way.
親職教育者建議家長應正面處理孩子的回嘴。

» **backcountry**

[ˋbæk͵kʌntrɪ]

n.	偏僻的農村地區；邊遠地區

back（後面）＋ country（鄉村、國土）

例 It is almost impossible to find an overnight accommodation in the **backcountry**.
要在偏遠的農村找到過夜的住處幾乎是不可能的事。

» **backdoor**

[ˋbæk͵dor]

adj.	後門的；祕密的；不正當的

back（後）＋ door（門）

例 The two celebrities' **backdoor** romance has been revealed by the latest gossip magazine.
最新一期的八卦雜誌披露了這兩位名流人士的祕密戀情。

» **backhanded**

[ˋbækˋhændɪd]

adj.	反手的；拐彎抹角的；挖苦的

back（背）＋ hand（手）＋ ed（分詞形容詞字尾）

例 The woman likes to insult people with **backhanded** compliments.
那女子喜歡用譏諷式的讚美來挖苦人。

» **background**

[ˋbæk͵graʊnd]

n.	背景

back（背後）＋ ground（基礎）

例 Young people from impoverished **backgrounds** need to fight harder for their future.
出身貧寒的年輕人為了他們的未來需要更努力奮鬥。

B

» **backlash**
[ˋbækˌlæʃ]

n. 強烈反對

back（後）+ lash（斥責、抨擊）

例 A **backlash** against gender ideology has been observed in Europe for the past decade.
過去十年，歐洲出現了強烈反對性別意識形態的聲音。

» **backpacker**
[ˋbækˌpækɚ]

n. 背包客

back（背）+ （裝行李）+ er（者）

例 Hostels that provide free breakfast are popular with **backpackers**.
提供免費早餐的青年旅社很受背包客的歡迎。

» **backslap**
[ˋbækˌslæp]

n. 拍背以示友好
v. 拍背以示親密；對某人表示友好

back（背）+ slap（拍）

例 The award winner received a lot of warm handshake and **backslaps** as he walked down the hallway toward the stage.
得獎者沿著長廊走向舞台時，獲得許多溫暖的握手及拍背。

» **backrest**
[ˋbækˌrɛst]

n. 靠背

back（背）+ rest（休息）

例 What you need is a nice chair with a **backrest**, which can reduce the risk of back pain and neckpressure.
你所需要的是一把有靠背能減輕背部疼痛風險及頸部壓力的好椅子。

» **backroom**
[ˋbækˌrum]

adj. 不公開的

back（後）+ room（房間）

例 The credit for this film goes to the director, the producer and all the **backroom** boys.
這部片的榮譽歸於導演、製片及所有幕後功臣。

» **backseat**

['bæk͵sit]

adj. 後座的

back（後面）+ seat（座位）

例 My husband becomes a **backseat** driver whenever I drive the car.
每當我開車時，我老公就在一旁指手畫腳。

» **backspace**

['bæk͵spes]

n. 倒退鍵

v. 退格

back（往後）+ space（空間）

例 She pressed the **backspace** key and deleted the whole paragraph she typed.
她按下倒退鍵，刪除了她所打的整段文字。

B

» **backstairs**

['bæk`stɛrz]

n. 後面樓梯

adj. 祕密的；可恥的

back（後面）+ stairs（樓梯）

例 She overheard some **backstairs** gossip about the breakdown of the movie actor's marriage.
她無意間聽到有關該電影演員婚姻破裂的祕密八卦。

» **backstory**

['bæk`storɪ]

n. 幕後故事、背景故事

back（背後的）+ story（故事）

例 There are numerous versions of the **backstory** of the Mona Lisa by Leonardo da Vinci.
關於達文西的蒙娜麗莎像的背後故事有許多版本。

» **backstreet**

['bækstrit]

adj. 偷偷摸摸的；非法從事的

back（後面）+ street（街道）

例 Many women died from **backstreet** abortions as a result of the government's restrictive abortion law.
許多女子因為政府禁止墮胎的法律而死於非法墮胎。

» **backup**
[`bæk͵ʌp]

n. 備用物；增援、支持
adj. 備用的

back（背）+ up（舉起）

例 It is always necessary to have a **backup** plan.
有個備用計畫總是有必須的。

» **backwash**
[`bæk͵wɑʃ]

n. 反流；尾流；餘波；後果
v. 逆流沖洗；反沖洗

back（後）+ wash（洗）

例 The political situation of this country has been in the turmoil resulting from the **backwash** of the election fraud.
這個國家的政治局勢處於因選舉舞弊的餘波所引起的混亂之中。

» **backwater**
[`bæk͵wɔtɚ]

n. 回水；停滯；死氣沉沉的地方；閉塞之地

back（回）+ water（水）

例 He can't imagine living the rest of his life in such a rural **backwater**.
他無法想像要在這樣一個偏遠閉塞的農村度過餘生。

» **comeback**
[`kʌm͵bæk]

n. 重振旗鼓；巧妙反駁

come（來）+ back（回）

例 He went bankrupt at the age of 45, but made a **comeback** in only five years.
他在四十五歲的時候破產，但在僅僅五年之內就重振旗鼓，東山再起了。

» **drawback**
[`drɔ͵bæk]

n. 缺點；不利條件；撤回

draw（拉長）+ back（往後）

例 One of the **drawbacks** of living in the suburbs is that it often takes longer to get to most destinations.
住在郊區的最大缺點之一就是到大部分地方都要花更久的時間。

» **feed**back
['fid,bæk]

n 反饋信息

feed（餵食）
+ back（返回）

例 While there are some negative comments on our proposal, there is also a lot of positive **feedback**.
儘管我們的提案得到一些負面評論，但是也有很多正面的反饋信息。

» **green**back
['grin,bæk]

n. 美鈔

green（綠色）
+ back（背）

例 The bag full of **greenbacks** had been buried in the backyard of the house for decades.
這裝滿美鈔的袋子被埋在房子後院裡數十年之久。

» **hard**back
['hard,bæk]

n. 精裝本、硬皮書
adj. 硬皮的，精裝的

hard（硬的）
+ back（背）

例 This series of science encyclopedias is only published in **hardbacks**.
這一系列科學百科全書只出版精裝本。

» **hog**back
['hɑg,bæk]

n. 陡峻的山脊、豬背嶺

hog（豬）+ back（背）

例 A **hogback** that snakes along a surface in a winding line marks the boundary between the two countries.
一座沿著地面蜿蜒曲折的陡峻山脊標示著這兩國間的分界。

» **paper**back
['pepɚ,bæk]

n. 平裝本
adj. 平裝本的

paper（紙）+ back（背）

例 The author's new book will only be published in **paperback**.
該作家的新書將只會以平裝本印製出版。

👆 同義字 softback

B

» piggyback
[ˋpɪgɪˌbæk]

n. 揹負；肩扛
v. 把……扛在肩（或背）上；揹負式裝運

piggy（小豬）＋ back（背）

例 The little girl was too tired to walk, so her father gave her a **piggyback**.
小女孩太累了走不動，所以她的爸爸將她扛在肩上。

» quarterback
[ˋkwɔrtɚˌbæk]

n. （橄欖球）四分衛；（活動的）指揮者；操縱、領導者

quarter（四分之一）＋ back（後）

例 Advice and opinions from an armchair **quarterback** are usually not so constructive.
只會紙上談兵的人所給的建議和意見通常沒什麼建設性。

» setback
[ˋsɛtˌbæk]

n. 挫折、失敗、倒退；（疾病）復發

set（放）＋ back（回）

例 He experienced many a **setback** but never gave up trying.
他經歷了許多挫折，卻從未放棄繼續嘗試。

» switchback
[ˋswɪtʃˌbæk]

n. Z 字型山路

switch（改變）＋ back（倒退）

例 Most of the passengers got serious carsick on the **switchback** road trip.
大部分的乘客在這趟 Z 字型山路車程中都嚴重的暈車。

» throwback
[ˋθroˌbæk]

n. 返回；復古；懷舊

throw（丟）＋ back（回）

例 The building's exterior design is a **throwback** to the Qing Dynasty.
這棟建築物的外觀是清朝的復古設計。

ball 球

✿✿ 聯想助記

» **ballpark**

[ˋbɔlpɑrk]

n. 棒球場；約略數目
adj. 大略估計的

ball（球）+ park（公園）

例 What's the **ballpark** figure for the sales last season?
上一季銷售額大概是多少？

» **ballpoint**

[ˋbɔl͵pɔɪnt]

n. 圓珠尖

ball（球）+ point（尖端）

例 **Ballpoint** pens were a genius design and invention that changed writing forever.
原子筆是永遠改變了書寫的一個天才設計與發明。

» **ballproof**

[ˋbɔl͵pruf]

adj. 防彈的

ball（球）+ proof（防的）

例 Thanks to the **ballproof** vest, the police officer wasn't really injured by the bullet.
多虧那件防彈背心，那個警察並沒真的被那顆子彈傷到。

» **ballroom**

[ˋbɔl͵rʊm]

n. 舞廳

ball（球）+ room（房間）

例 My grandparents have started taking **ballroom** dance lessons since they retired.
我的祖父母自從退休後就開始上社交舞課。

39

» **blackball**

[`blæk͵bɔl]

n. 反對票

v. 投反對票；排斥

black（黑色）
+ ball（球）

例 The board of directors **blackballed** his membership application because of the recent scandal.
董事會因為他的醜聞而對他的入會申請投下反對票。

» **cornball**

[`kɔrn͵bɔl]

n. 鄉巴佬，思想過時之人

adj. 過時的；老掉牙的

corn（玉米）
+ ball（球）

例 I'm tired of all these **cornball** romantic comedies. Do we have other options?
我厭倦那些老掉牙浪漫喜劇片。我們有沒有其他選擇？

» **eyeball**

[`aɪ͵bɔl]

n. 眼球

v. 瞪著看

eye（眼）+
ball（球）

例 Can you stop **eyeballing** every pretty girl that comes your way? It's embarrassing.
你可以不要盯著朝你走過來的每一個漂亮女生看嗎？這樣很丟臉耶。

» **fireball**

[`faɪr͵bɔl]

n. 火球；太陽

fire（火）+
ball（球）

例 The oil tanker truck soon became a huge orange **fireball** as it exploded.
那輛油罐車在爆炸瞬間便成了一個巨大的橘色火球。

» goofball
['guf,bɔl]

n. 【俚】鎮靜劑藥丸；精神失常的人；使人發笑的蠢蛋、傻瓜

goof（傻瓜）+ ball（球）

例 The salesman purposely acted like a **goofball** in order to grab customers' attention.
那個業務員為了抓住顧客的注意力，刻意表現得像個傻蛋一樣。

» hardball
['hard,bɔl]

n. 硬式棒球；強硬態度

hard（硬的）+ ball（球）

例 Jeff may seem like a harmless guy, but he never hesitates to play **hardball** to get what he wants.
Jeff 可能看起來像個無害的人，但他從不猶豫使用強硬手段得到他想要的東西。

» lowball
[lo,bɔl]

n. 低飛球
v. 開低價（收購、聘請）
adj. 偏低價的

low（低的）+ ball（球）

例 I think you should negotiate the **lowball** job offer as you are obviously overqualified.
我認為你應該對這份低薪聘僱的工作機會進行談判，因為你顯然資歷條件過好。

» mothball
['mɔθ,bɔl]

n. 樟腦丸
adj. 後備的

moth（蛾、蛀蟲）+ ball（球）

例 To keep off the cockroaches and other insects, you can put some **mothballs** in your closet.
為了避免蟑螂及其他蟲子接近，你可以在衣櫃裡放一些樟腦丸。

B

» **oddball**

[ˋɑd͵bɔl]

n. 古怪的人
adj. 古怪的

odd（古怪的）
+ ball（球）

例 Emilie is a real **oddball** in our school–she always keeps to herself.
Emilie 是我們學校裡一個超級怪咖—她總是自己一個人獨來獨往。

» **screwball**

[ˋskru͵bɔl]

n. 旋轉球；（精神失常的）怪人
adj. 怪癖的；精神略怪的

screw（螺絲）
+ ball（球）

例 I thought I was finally going to have a normal roommate, but again, this guy turned out to be a real **screwball**.
我以為我終於能夠有一個正常的室友，但是又一次地，這個傢伙原來是個真正的神經病。

» **sourball**

[ˋsaʊr͵bɔl]

n.【口】脾氣壞之人

sour（酸的）
+ ball（球）

例 How can anyone live under the same roof with such a **sourball** like him?
怎麼有任何人能夠跟像他那樣的一個壞脾氣的人住在同一個屋簷下？

☞ **bank** 銀行;堤、岸

❀ 聯想助記

---

bancassurance
[ˋbæŋkəˌʃʊərəns]

n. 銀行保險業（＝ bankassurance）

bank（銀行）
＋ assurance
（保險）

例 It is proved that direct-to-consumer marketing is beneficial to increase **bancassurance** sales.
直接面對消費者的營銷模式證實有助於提升銀行保險業的銷售額。

» **bankability**
[bæŋkəˋbɪlətɪ]

n. 可融資性、變現能力

bank（銀行）
＋ ability（能力）

例 The bank won't give you a loan if the **bankability** of the project is too low.
如果該物件的可變現性太低，銀行就不會讓你貸款。

» **bankbook**
[ˋbæŋkˌbʊk]

n. 存摺

bank（銀行）
＋ book（書）

例 You need to bring your **bankbook** as well as your identity documents if you wish to make any changes to your bank account.
如果您想辦理任何銀行帳號變更，請攜帶您的存摺及身份證明文件。

B

» **banknote**
[`bæŋknot]

n. （中央銀行發行的）鈔票

bank（銀行）
＋ note（便條）

例 If you suspect you have a counterfeit **banknote**, you should immediately inform the relevant national authorities.
如果你懷疑拿到假鈔，便應該立刻通知相關國家單位。

» **bankroll**
[`bæŋkˌrol]

n. 鈔票；資金
v. 提供資金

bank（存款）
＋ roll（滾動）

例 The first step to become a millionaire is knowing how to manage your **bankroll**.
成為百萬富翁的第一步，就是知道怎麼管理你的資金。

» **bankside**
[`bæŋkˌsaɪd]

n. 岸邊；河岸坡

bank（岸）＋
side（邊）

例 Along the **bankside** you can find some best cafes and restaurants in London.
沿著河岸你可以找到一些倫敦最棒的咖啡館和餐廳。

» **cryobank**
[`kraɪə`bæŋk]

n. （保存精子或可移植組織的）冷凍庫

cryo-（冷凍）
＋ bank（銀
行）

例 Nowadays, people who put off their parenthood until later in life can choose to store their semen or eggs in a **cryobank**.
現今想要推遲生育計畫的人可以選擇將他們的精子或卵子儲存在冷凍庫裡。

» **databank**
[`detəˌbæŋk]

n. 資料庫

data（資料）
＋ bank（銀
行）

例 The **databank** is accessible by any registered users.
資料庫是所有已註冊的使用者都能進入的。

» **mountebank**
[ˋmaʊntəˌbæŋk]

| n. | 江湖術士;江湖騙子 |
| v. | 行騙 |

mount(登上)
+ bank(岸)

例 He is a **mountebank** who makes a living by selling quack medicines.
他是一個靠賣假藥維生的江湖郎中。

» **sandbank**
[ˋsændˌbæŋk]

| n. | 沙洲、沙丘 |

sand(沙)+
bank(岸)

例 Unfortunately, the pilot whale found stranded on the **sandbank** earlier this morning has been dead.
很不幸地,今天稍早被發現擱淺在沙岸上的巨頭鯨已經死亡了。

B

» **riverbank**
[ˋrɪvɚˌbæŋk]

| n. | 河堤 |

river(河)+
bank(岸)

例 We took a walk along the river, and then sat at the **riverbank** watching the sunset.
我們沿著河川散著步,然後坐在河堤上欣賞夕陽。

🗨 **bath** 沐浴；浴室

聯想助記

» **bathhouse**
[ˋbæθˌhaʊs]

n. 公共澡堂

bath（沐浴）
＋ house（屋子）

例 In Japan, there are numerous **bathhouses** where you can enjoy the healing powers of warm mineral waters.
在日本，有許多你可以享受暖呼呼礦泉的療癒力的公共澡堂。

» **bathrobe**
[ˋbæθˌrob]

n. 浴袍

bath（沐浴）
＋ robe（袍子）

例 It's already noon, but Emily is still wearing her **bathrobe** and slippers.
現在已經中午了，但 Emily 仍然穿著她的浴袍和拖鞋。

» **bathroom**
[ˋbæθˌrum]

n. 浴室

bath（沐浴）
＋ room（室）

例 May I be excused to go to the **bathroom**?
不好意思，我可以去一下洗手間嗎？

» **bathtub**
[ˋbæθˌtʌb]

n. 浴缸

bath（沐浴）
＋ tub（盆）

例 Both bathrooms are furnished with **bathtubs**, showers and hand washbasins.
兩間浴室都有配置浴缸、淋浴間及洗手盆。

» **bathwater**

[ˋbæθ͵wɔtɚ]

n. 洗澡水

bath（沐浴）
＋ water（水）

例 Even though the proposal is not so satisfactory, we're not going to throw the baby out with the **bathwater**.
即使整個提案不是那麼令人滿意，我們也不會全盤否定它。

✎ 諺語教室 **throw the baby out with the bathwater**
（把寶寶跟著洗澡水一起丟掉）意指「不分良莠全盤否定」。

B

» **birdbath**

[ˋbɝd͵bæθ]

n.（供鳥戲水的）水盆

bird（鳥）＋
bath（沐浴）

例 A **birdbath** can attract some feathered friends into the garden to drink some fresh water and bathe in.
一個供鳥戲水的水盆能吸引一些鳥類朋友到花園裡來飲用新鮮的水和沐浴。

» **bloodbath**

[ˋblʌdbæθ]

n. 大屠殺

blood（血）＋
bath（沐浴）

例 He was probably the only person that survived the **bloodbath** where nearly 8,000 people were killed.
他可能是那場幾乎有八千人死亡的大屠殺中僅有的倖存者。

» **sunbath**

[ˋsʌnbæθ]

n. 日光浴

sun（日）＋
bath（沐浴）

例 You need to apply sunscreen to your skin 30 minutes before **sunbath**.
你需要在日光浴前三十分鐘在皮膚上塗抹防曬油。

☞ **belt** 腰帶、皮帶；帶狀物

☆ 聯想助記

» **seatbelt**
[ˈsitˌbɛlt]

n. 安全帶

seat（座位）
＋ belt（帶）

例 Passengers should keep their **seatbelts** fastened during the entire flight.
乘客應在整趟飛行期間繫緊安全帶。

» **beltway**
[ˈbɛltˌwe]

n. 環城快速道路

belt（帶狀物）
＋ way（道路）

例 The result of the presidential election was so surprising that everyone inside the **beltway** was stove-piping.
總統選舉的結果實在太令人吃驚了，以至於首都圈內的所有人都議論紛紛。

✎ 習慣用語 **inside the beltway**（首都圈內）
beltway（環快道路）乃環繞「華盛頓特區」的一條快速公路，因此美國習慣用 inside the beltway（環線圈內）來指稱不包含國會參眾兩議院，以美國聯邦政府為中心的政治圈的個人或團體。

» **beltless**
[ˈbɛltˌlɛs]

adj. 無腰帶的

belt（皮帶）
＋ less（無的）

例 **Beltless** coats are in this season.
無腰帶的外套這一季很流行。

» **beltline**

[ˈbɛltlaɪn]

n. 腰圍;腰線

belt(帶)+ line(線)

例 By raising the **beltline** of the vehicle, they made the car look sportier and airier.

利用拉高車體的腰線,他們讓車子看起來更加輕便優美。

» **greenbelt**

[ˈgrinˌbɛlt]

n. 城市周圍的綠化帶

green(綠色)+ belt(帶)

例 The development of the **greenbelt** is expected to bring an oasis of parks, lakes and paths through Taipei Metropolitan Area.

綠化帶的建設將為台北都會地區迎來一處有公園、湖泊和步道的綠洲。

B

» **shelterbelt**

[ˈʃɛltɚˌbɛlt]

n. 防風林

shelter(防護)+ belt(帶)

例 We should strengthen the farmland **shelterbelt** construction to improve agricultural production conditions.

我們應該加強農田防風林建設,以改善農業生產條件。

» **Snowbelt**

[ˈsnoˌbɛlt]

n. 冬季嚴寒之美國東北和中西部

snow(雪)+ belt(地帶)

例 The **Snowbelt** is sparsely populated due to the bitter cold weather.

冰雪地帶因為天氣嚴寒而人煙稀少。

» **Sunbelt**

[ˈsʌnˌbɛlt]

n. (美國南方)陽光地帶

sun(太陽)+ belt(帶)

例 We're moving to Florida and definitely looking forward to our new life in the **Sunbelt**.

我們即將搬到佛羅里達,而且非常期待我們在陽光地帶上的新生活。

☞ board 板子；董事會；膳食

✵ 聯想助記

» **billboard**
[ˋbɪlˌbord]

n. 廣告牌

bill（傳單）＋ board（牌）

例 It's a good idea to display an advertisement on the digital **billboard** outside the building.
在大樓外的數位廣告牌上放廣告是個好主意。

» **boardsailing**
[ˏbordˋselɪŋ]

n. 風帆衝浪

board（板） ＋ sail（帆） ＋ ing（動名詞字尾）

例 **Boardsailing** has been a very popular water sport in recent years.
風帆衝浪是最近幾年非常受歡迎的水上運動。

✋ 同義字 **sailboarding**

» **boardinghouse**
[ˋbordɪŋˏhaʊs]

n. 供膳宿舍

board（供膳） ＋ ing（動名詞字尾）＋ house（屋舍）

例 The **boardinghouse** can accommodate 300 tenants.
這間供膳宿舍能提供三百位房客住宿。

» **boardroom**
[ˋbordˏrum]

n.（董事會）會議室

board（董事會）＋ room（房間）

例 Following a **boardroom** power struggle in 1984, Steve Jobs first resigned from the company he cofounded.
在 1984 年一次董事會議權力鬥爭之後，賈伯斯第一次辭去了他所共同創立的公司。

» **bodyboarding**

[ˋbɑdɪˋbordɪŋ]

n. 臥式衝浪、趴板衝浪

body（身體）
＋ board（板）
＋ ing（動名
詞字尾）

例 **Bodyboarding** is a fun water sport for beginner surfers to start with.
臥式衝浪是適合衝浪新手入門的一種有趣的水上運動。

» **cardboard**

[ˋkɑrdˌbord]

n. 硬紙板

adj. 硬紙板製的；虛構的；呆板膚淺的

card（卡片）
＋ board（板）

例 The actress' bad acting makes her a **cardboard** character in *Ghost Castle*.
這女演員的爛演技使得她在《鬼堡》這部電影裡的角色超呆板。

🖐 同義字 **boxboard, paperboard**

» **cupboard**

[ˋkʌbɚd]

n. 櫥櫃；壁櫥

cup（杯）＋
board（板子）

例 All tableware and dining utensils are in the **cupboard** of the dining room.
所有餐具和用餐器皿都在餐廳的櫥櫃裡。

» **fingerboard**

[ˋfɪŋgɚˌbord]

n. （提琴）指板；（鋼琴）鍵盤

finger（手指）
＋ board（板、
盤）

例 The pianist slowly reached out his fingers to the **fingerboard** and started to play.
鋼琴家緩緩將手伸向鍵盤，並開始彈奏。

» **keyboard**

[ˋkiˌbord]

n. （電腦）鍵盤；鍵盤樂器

key（鍵）＋
board（板）

例 The key to fast typing speed is to type without looking at the **keyboard**.
快速打字的關鍵就是打字眼睛不看鍵盤。

B

» **motherboard**
['mʌðɚˌbɔrd]

n. 主機板

mother（母）
+ board（板）

例 The device is useless because its **motherboard** is seriously damaged.
因為主機板嚴重受損，這機器已經沒用了。

» **overboard**
['ovɚˌbɔrd]

adj. 過度熱心的
adv. （從船上）落水

over（從邊緣往下）+ board（船板）

例 A passenger on the ship quickly threw a lifebuoy to the man who fell **overboard**.
一名船上的乘客迅速將一個救生圈丟給那個落水的男子。

» **sideboard**
['saɪdˌbɔrd]

n. 餐具櫃

side（側邊）
+ board（板）

例 We need a bigger **sideboard** for cutlery.
我們需要一個更大的餐具櫃來放置餐具。

» **skateboarding**
['sketˌbɔrdɪŋ]

n. 溜滑板

skate（溜冰）
+ board（板）
+ ing（動名詞字尾）

例 **Skateboarding** is found to be one of the most popular sports with teenagers in the U.S.
溜滑板是美國相當受到青少年喜愛的運動之一。

» **snowboarding**
[snoˌbɔrdɪŋ]

n. 滑板滑雪

snow（雪）+ board（板）
+ ing（動名詞字尾）

例 We're planning a **snowboarding** trip in Sweden this winter.
我們正計畫今年冬天到瑞典滑雪。

» splashboard

['splæʃ,bord]

| n. 防水板；擋泥板

splash（濺、潑）＋ board（板）

例 It is strongly suggested that you install a kitchen **splashboard** between the sink and the wall to prevent mold.
為了防霉，強烈建議您在水槽和牆壁中間安裝一個廚房防水板。

» springboard

['sprɪŋ,bord]

| n. （體操）跳板；出發點；開端

spring（跳、彈）＋ board（板）

例 Internship experiences can provide students a **springboard** into their chosen career after they graduate from school.
實習經驗為學生們畢業後進入所選擇的職業提供了一個跳板。

» switchboard

['swɪtʃ,bord]

| n. 電話總機

switch（轉換）＋ board（板）

例 If you don't know the extension number, the **switchboard** operator can route you to the necessary department or person.
如果你不知道分機號碼，總機人員可以幫你轉接到所需的部門或人員。

» weatherboard

['wɛðɚ,bord]

| n. 擋雨板；擋風板
| v. 裝護牆板

weather（天氣）＋ board（板）

例 External **weatherboards** can not only give your home a new look but also offer better protection from the weather.
外部的護牆板不僅可以為你的房子帶來新面貌，同時也能提供遮風擋雨的更佳防護。

🖐 同義字 clapboard

B

53

☞ **bear** 熊；忍耐、承擔；產生

❈ **聯想助記**

» **bearcat**
[`bɛr͵kæt]

n. 勇猛的拳擊手；有權勢的人

bear（熊）+
cat（貓）

例 He got into trouble with the **bearcat** for falling foul of him.
他因為得罪了那個有權勢的人而惹上麻煩。

» **forbear**
[fɔr`bɛr]

v. 克制，忍耐

for（為了）+
bear（忍耐）

例 The man **forbore** giving the hoodlum a good beating.
男子忍住沒有揍那個無賴一頓。

» **forebear**
[`for͵bɛr]

n. 祖先

fore（前面的）
+ bear（承擔）

例 Generations of our **forebears** have lived on this island for centuries.
我們祖先的世世代代子孫好幾世紀以來都住在這座島嶼上。

» **overbear**
[`ovɚ͵bɛr]

v. 克服，鎮壓

over（在……
上方）+ bear
（承擔）

例 Children whose parents often **overbear** them with threats of violence are more likely to have behavioral and emotional disorders.
時常被父母以暴力威脅的方式打壓的孩子較可能有行為上及情緒性的問題。.

» **talebearer**
['tel,bɛrɚ]

n. 打小報告的人、告密者；散播謠言者

tale（壞話）
＋ bear（產生）＋ er（者）

例 Jane and Anny used to be close friends, but then a **talebearer** separated them.
Jane 和 Anny 曾經是閨蜜，但是後來被一個搬弄是非者給離間了。

» **torchbearer**
['tɔrtʃ,bɛrɚ]

n. 持火炬者；傳遞知識者；啟蒙者

torch（火把）
＋ bear（承擔）＋ er（者）

B

例 It's a great honor for me to be the first **torchbearer** of the coming Olympic Games.
擔任即將到來的奧運會的第一個傳遞聖火者，對我來說是極大的榮耀。

TRACK 014

☞ **bed** 床

» **bedclothes**
['bɛd,kloz]

n. 寢具用品

bed（床）＋ clothes（衣服）

例 We are a company specialized in **bedclothes** in Taiwan.
我們是一家在台灣專賣寢具用品的公司。

» bedgown
[`bɛd͵gaʊn]

n. 睡衣

bed（床）＋
gown（長袍）

例 The girl who had changed into her cotton **bedgown** was ready to sleep.
那個已經換上睡衣的女孩準備要睡了。

» bedfast
[`bɛd͵fæst]

adj. （因病）臥床的

bed（床）＋
fast（緊的）

例 The old man has been ill and **bedfast** for many years.
那名老翁已經生病臥床多年。

» bedfellow
[`bɛd͵fɛlo]

n. 同床者

bed（床）＋
fellow（伙伴）

例 The couple sticks to their marriage even though they're already strange **bedfellows**.
即便早已同床異夢，這對夫妻仍死守著婚姻。

» bedpan
[`bɛd͵pæn]

n. 便盆

bed（床）＋
pan（秤盤、
盆）

例 The care-giver is assisting the bedridden patient with a **bedpan**.
看護正在協助久病臥床的病患使用便盆。

» bedraggle
[br`dræg!]

v. 弄髒、弄濕

bed（床）＋
rag（破布）＋
le（動詞字尾）

例 The boys were drenched and **bedraggled** after running all the way home in the rain.
男孩們一路冒著雨跑回家，全身濕透像落湯雞一樣。

» bedridden

[ˋbɛdrɪdn]

adj. （因失能而）臥床不起的、纏綿病榻的

bed（床）
+ ridden
（受……支配的）

例 Caregivers of **bedridden** elderly people often carry too heavy a burden.
纏綿病榻的老年人的照顧者通常承受著過重的責任負擔。

» bedrock

[ˋbɛdˌrɑk]

n. 床岩；根基、基礎

bed（床）+ rock（岩）

例 Trust and mutual respect are the **bedrock** of every long-lasting relationship.
信任與互相尊重是每一段持久關係的根基。

» bedroom

[ˋbɛdˌrʊm]

n. 臥室

bed（床）+ room（房間）

例 We're looking for a two-**bedroom** apartment near the metro station.
我們要找一個捷運站附近的兩房公寓。

🖐 同義字 **bedchamber**

» bedside

[ˋbɛdˌsaɪd]

n. 床側、床邊
adj. 床旁的

bed（床）+ side（邊）

例 As a good doctor, your **bedside** manner should be as excellent as your medical skills.
作為一名良醫，你的醫療態度應與你的醫術一樣精湛。

✎ 實用片語 **bedside manner** 醫療服務態度

B

» **bedsitter**

[ˋbɛdsɪtɚ]

n. 寢室兼起居室

bed（床）+ sitter（起居室）

例 You should consider buying a **bedsitter** apartment rather than a flat if you're on a tight budget.
如果你預算很緊的話，你應該考慮買個寢室起居兩用的公寓，而不是整層公寓。

» **bedspread**

[ˋbɛdˏsprɛd]

n. 床罩

bed（床）+ spread（鋪展）

例 For me, a **bedspread** is an unnecessary item, which is nothing more than a decorative element.
對我來說，床罩是一種不必要的東西，只是個裝飾用的元素罷了。

🖐 同義字 bedcover

» **bedstead**

[ˋbɛdˏstɛd]

n. 床架

bed（床）+ stead（代替）

例 Make sure the **bedstead** is strong enough to create a stable surface for the mattress.
床架務必夠堅固，以提供床墊一個穩固的表面。

🖐 同義字 bedframe

» **bedtime**

[ˋbɛdˏtaɪm]

n. 就寢時間
adj. 睡前的

bed（床）+ time（時間）

例 Our usual **bedtime** is no later than 10 o'clock.
我們平常的就寢時間不會晚於十點。

» bedwetting

[ˋbɛdwɛtɪŋ]

n. 尿床

bed（床）+ wet（濕的）+ ing（動名詞字尾）

例 Disruptions in a child's normal routine are likely to cause anxiety and consequently result in **bedwetting**.
當一個孩童的正常作息受到干擾時，就很可能造成焦慮並隨之導致尿床。

» childbed

[ˋtʃaɪldˏbɛd]

n. 分娩

child（孩子）+ bed（床）

B

例 Risk of dying in **childbed** is particularly high for women in low-income countries.
低收入國家的女人承受的分娩死亡風險特別高。

» daybed

[ˋdeˏbɛd]

n. 坐臥兩用長椅

day（日）+ bed（床）

例 We would like to decorate our bedroom with a **daybed** under the windows.
我們想在窗戶下方放一個坐臥兩用長沙發來裝飾臥室。

» deathbed

[ˋdɛθˏbɛd]

n. 臨終所臥的床
adj. 臨終時的

death（死亡）+ bed（床）

例 The man lay in his **deathbed**, hoping to see his child for the last time.
男子躺在臨終的病床上，希望能見孩子最後一面。

» seabed

[ˋsiˏbɛd]

n. 海底，海床

sea（海）+ bed（床）

例 Due to the climate change, the **seabed** has been sinking under the weight of the rising seas.
由於氣候變遷，海床在日漸上升的海水重量下持續往下沉。

👉 camp 露營；營

» **campfire**
[`kæmp,faɪr]

n. 營火

camp（營）
＋ fire（火）

例 We sang and danced around the **campfire** all night last night.
我們昨晚整夜圍著營火又唱又跳。

» **campsite**
[`kæmp,saɪt]

n. 營地

camp（露營）＋ site（地）

例 We spent our long weekend at the **campsite** in the mountains.
我們在山裡的營地度過我們的連假。

✋ 同義字 **campground**

» **decamp**
[dɪ`kæmp]

v. 撤營；（秘密而匆忙地）逃走、逃亡

de（離開）＋ camp（營）

例 The suspect **decamped** from his place in the middle of the night.
嫌犯在半夜匆忙從他住處逃亡了。

» **campstool**
[ˋkæmp͵stul]

n. （露營用的）折疊椅

camp（露營）＋ stool（凳子）

例 I am looking for **campstools** that are light and portable.
我正在找輕便好攜帶的露營椅。

» **camper**
[ˋkæmpɚ]

n. 露營者；露營車

camp（露營）＋ er（施動者名詞字尾）

例 Camping in a **camper** is more convenient than camping in a tent.
露營車露營比帳篷露營來得方便。

TRACK 016

☞ **card** 卡

» **bankcard**
[ˋbæŋk͵kɑrd]

n. 銀行卡

bank（銀行）＋ card（卡片）

例 With this **bankcard**, you can withdraw cash from any ATM with no service fee.
用這張銀行卡，你可以在任何一台自動櫃員機免服務費提領現金。

» **notecard**
[not͵kɑrd]

n. 記事卡；索引卡

note（筆記）＋ card（卡片）

例 The speaker took a peek at the **notecard** and proceeded with his speech.
演說者快速看了提示卡一眼，就繼續演說。

C

» keycard
[ˈkiˌkɑrd]

n. 鑰匙卡

key（鑰匙）
+ card（卡）

例 Please return the **keycard** at the reception when you check out.
當您退房時，請在接待處退還鑰匙卡。

» timecard
[ˈtaɪmˌkɑrd]

n. 工時卡、出勤卡

time（時間）
+ card（卡）

例 Your monthly **timecard** hours will be totaled for payroll at the end of the month.
你每個月的出勤時數將會在月底加總計薪。

» postcard
[ˈpostˌkɑrd]

n. 明信片

post（郵寄）
+ card（卡片）

例 My friend sent me a **postcard** from Sri Lanka while he was there for vacation.
我朋友在斯里蘭卡度假時從那裡寄了張明信片給我。

» undercard
[ˈʌndɚˌkɑrd]

n. 預熱活動；熱身賽

under（在……之下）+ card（卡）

例 The **undercard** press conference is scheduled to take place two hours before the match.
暖身賽記者會被安排在賽前兩小時舉行。

» scorecard
[ˈskorˌkɑrd]

n. 計分卡

score（分數）+ card（卡）

例 They usually keep a **scorecard** when they play the boardgame.
他們玩桌遊時，通常都會用計分卡計分。

» **cardholder**
[`kard,holdɚ]

n. 領有正式身分證明的會員；持有借書證者

card（卡）
＋ holder（持有者）

例 All our VIP **cardholders** are entitled to additional discount for promotional items.
我們所有的貴賓卡持有者都能享有促銷商品的額外折扣。

» **cardboard**
[`kard,bord]

n. 硬紙板
adj. 硬紙板的

card（卡）
＋ board（板）

例 He has packed everything into **cardboard** boxes.
他已經將所有東西都打包進硬紙箱裡了。

C

» **flashcard**
[flæʃ,kard]

n. 閃示卡

flash（閃現）
＋ card（卡）

例 **Flashcards** are useful teaching aids for teachers to teach vocabulary.
閃示卡對老師來說是教單字很有用的教具。

TRACK 017

☞ **cat** 貓

» **catcall**
[`kæt,kɔl]

n. 喝倒采
v. 發噓聲

cat（貓）＋ call（叫喊）

例 The government's latest anti-epidemic policies had prompted **catcalls** from opposition politicians.
政府最新的防疫政策讓反對派政治人物們噓聲四起。

» **cathouse**
['kæt,haʊs]

n. 妓院

cat（貓）+ house（房屋）

例 The man used to hang out at **cathouses** before he got married.
那男人在結婚之前常在風月場所出沒。

» **catlike**
['kæt,laɪk]

adj. 似貓的；輕手輕腳地

cat（貓）+ like（像）

例 I walked downstairs with **catlike** tread because I didn't want to wake my parents.
我躡手躡腳地走下樓，因為我不想吵醒我爸媽。

» **catnap**
['kætnæp]

n. 打瞌睡；假寐

cat（貓）+ nap（盹兒）

例 Grandpa doesn't sleep much at night, but he takes **catnaps** during the day.
爺爺晚上睡得不多，但白天會假寐好幾次。

» **catnip**
['kætnɪp]

n. 貓薄荷

cat（貓）+ nip（強烈的味道）

例 **Catnip** is a plant whose smell is very attractive to cats and can affect their behavior.
貓薄荷是一種味道能吸引貓，而且能影響牠們行為的植物。

👋同義字 **catmint**

» **cattish**
['kætɪʃ]

adj. 如貓的；陰險的，狡猾的

cat（貓）+ -ish（有……特徵的）

例 "Sure," she said with a **cattish** smile, "I'll definitely be there."
「當然，我一定會去的。」她帶著陰險的笑容說。

» catwalk
[ˋkætˏwɔk]

n. 狹小通道；伸展臺

cat（貓）＋ walk（步行；步道）

例 The models rehearsed on the **catwalk** together before the fashion show started.
模特兒們在服裝秀開始前一起在伸展台上做彩排。

» copycat
[ˋkɑpıˏkæt]

n. 無主見的傢伙；抄襲者、模仿者

copy（複製）＋ cat（貓）

例 Look! Jean just bought a dress exactly the same as mine. She's a terrible **copycat**!
你看！Jean 買了一件跟我一模一樣的洋裝。她真是個討厭的學人精！

» hellcat
[ˋhɛlˏkæt]

n. 悍婦；巫婆

hell（地獄）＋ cat（貓）

例 Don't mess with the **hellcat** who lives next door unless you want trouble.
除非你想給自己找麻煩，否則不要招惹住隔壁的那個恰查某。

» polecat
[ˋpolˏkæt]

n. 雞貂；臭鼬；卑鄙小人

pole（柱）＋ cat（貓）

例 That miserable old **polecat** is not worth taking pity on.
那個討人厭的卑鄙老人根本不值得同情。

» snowcat
[snoˏkæt]

n. 雪地履帶車

snow5（雪）＋ cat（貓）

例 The most common way to reach the mountain top is by **snowcat**.
到達山頂最常見的方式就是搭乘雪地車。

C

» **tomcat**

[`tɑmˌkæt]

n. 公貓;到處找女人鬼混的男子

tom(雄性動物)+ cat（貓）

例 Sammi broke up with Larry as soon as she found out that he was a **tomcat**.
Sammi 一發現 Larry 是個到處找女人鬼混的男人後就立刻跟他分手了。

» **wildcat**

[`waɪldˌkæt]

n. 野貓;山貓;暴戾的人

wild（野生的）+ cat（貓）

例 **Wildcats**, especially adult ones, can be very difficult to tame.
野貓,尤其是成貓,是非常難以馴服的。

TRACK 018

☞ **cut** 剪、減、割;縮短

» **cutlet**

[`kʌtlɪt]

n. 肉片;炸肉排

cut（切）+ let（表示「小」的詞綴）

例 For the main course, I'll have a lamb **cutlet**.
主菜的部分,我要點小羊排。

» **cutline**

[`kʌtˌlaɪn]

n. 插圖下的簡短說明;標題

cut（剪）+ line（一行字）

例 I had to read the **cutline** below the picture to get the idea about what had happened to the victims.
我必須讀照片下的說明才知道受害者們發生了什麼事。

» cutover
[ˋkʌtˌ ovɚ]

n. （電腦）切換

cut（切）+ over（越過）

例 Due to the high risk of replacing the old system with the new one, the **cutover** strategies require thorough consideration and planning.
由於以新系統取代舊系統的風險很高，切換策略必須經過徹底的仔細考慮和計畫。

» cutpurse
[ˋkʌtˌ pɝs]

n. 小偷、扒手

cut（割）+ purse（錢包）

例 The **cutpurse** was caught red-handed stealing money from the old lady.
那個扒手偷老太太的錢時被逮個正著。

» cutthroat
[ˋkʌtˌ θrot]

n. 殺手
adj. 殘酷無情的；激烈的

cut（割）+ throat（喉嚨）

例 The championship trophy has always been a very **cutthroat** competition.
冠軍杯錦標賽的競爭一直以來都非常激烈。

» cutup
[ˋkʌtˌ ʌp]

n. 搞笑的人

cut（剪）+ up（起）

例 Tim is a **cutup** who always tells jokes and acts silly in my class.
Tim 是我班上一個總是講笑話和做蠢事的人。

» cutwork
[ˋkʌtˌ wɝk]

n. （桌布等）挖花花邊

cut（剪）+ work（針線活）

例 The pretty white linen table cloth with a **cutwork** design just gave the dining room a different look.
這有著花邊設計的漂亮白色亞麻桌巾給了餐廳一個不同的樣貌。

C

» **haircut**
[ˋhɛrˌkʌt]

n. 剪髮、理髮；髮型

hair（頭髮）
+ cut（剪）

例 Jessie's new **haircut** makes her look 10 years younger.
Jessie 的新髮型讓她看起來年輕了十歲。

» **shortcut**
[ˋʃɔrtˌkʌt]

n. 捷徑

short（短的）
+ cut（縮短）

例 The taxi driver decided to take a **shortcut** to avoid traffic.
計程車司機決定抄捷徑避開塞車。

» **undercut**
[ˋʌndɚˌkʌt]

v. 削價競爭；接受較低薪資與……搶工作

under（在……下的）+ cut（減）

例 Being **undercut** by cheaper foreign agricultural product suppliers, local farmers' complaints can be heard nationwide.
由於遭到較廉價外國農產品供應商的削價競爭，全國各地的本地農民都怨聲載道。

» **uppercut**
[ˋʌpɚˌkʌt]

n. 上鉤拳
v. 以上鉤拳打

upper（上的）+ cut（剪）

例 There are many benefits to practice the **uppercut** punch because the movement engages the entire body.
練習上鉤拳拳擊有許多好處，因為這個動作會用到全身的肌肉。

☞ cake 蛋糕；餅狀食物

☆ 聯想助記

» **beefcake**

[`bif͵kek]

n. 健美男子照片

beef（牛肉）＋ cake（蛋糕）

例 The **beefcake** firefighter calendar this year is selling like hotcakes.
今年的消防隊猛男月曆正在熱銷中。

» **cakewalk**

[`kek͵wɔk]

n. 極為容易的事
v. 輕而易舉地達成或獲勝

cake（蛋糕）＋ walk（走路）

例 Winning the championship wasn't a **cakewalk** for the team because of their strong opponent.
因為對手強勁，贏得冠軍對這個隊伍來說並非輕而易舉的事。

» **cupcake**

[`kʌp͵kek]

n. 杯子蛋糕

cup（杯子）＋ cake（蛋糕）

例 I love **cupcakes** without icing sugar.
我喜歡沒有糖霜的杯子蛋糕。

» **friedcake**

[`fraɪd͵kek]

n. 油炸餅

fried（油炸的）＋ cake（餅）

例 The food truck on the street corner sells the best **friedcakes** in town.
街角的餐車販售城裡最棒的油炸餅。

C

» **fruitcake**
['frut,kek]

n. （加入果乾的）水果蛋糕

fruit（水果）
＋ cake（蛋糕）

例 My grandmother never gave anyone the recipe of her **fruitcake**.
我奶奶從不給任何人她水果蛋糕的配方。

🖊 **特殊片語用法** **as nutty as a fruitcake** 極瘋狂的，極古怪的
例 The scientist who literally lives in his laboratory has been as nutty as a **fruitcake**.
那個根本就是住在實驗室裡的科學家一直都蠻瘋狂古怪的。

» **hotcake**
[hat,kek]

n. 熱蛋糕；烤餅

hot（熱的）
＋ cake（蛋糕）

例 The **hotcake** tastes even better with a scoop of ice cream.
熱蛋糕加一匙冰淇淋吃起來更好吃。

🖊 **常用片語** **sell like hotcakes** 熱銷；暢銷
例 All the popular writer's books are **selling like hotcakes**.
這受歡迎的作家的每一本書都很暢銷。

» **oatcake**
['ot,kek]

n. 燕麥餅

oat（燕麥）
＋ cake（餅）

例 **Oatcakes** are good replacement for meals when you're on a diet.
當你節食時，燕麥餅是很好的代餐。

» **pancake**

[ˋpænˌkek]

| n. 鬆餅，薄煎餅；（化妝用的）濕粉餅 | pan（平底鍋）＋ cake（餅） |

例 For breakfast, I usually have **pancakes** with butter and syrup.
早餐我通常吃薄煎餅佐奶油和糖漿。

» **seedcake**

[ˋsidkek]

| n. 撒有芳香種子的（如芝麻等）的糕餅；油餅 | seed（種子）＋ cake（糕、餅） |

例 The sesame **seedcake** is the signature dish of this Chinese restaurant.
芝麻酥餅是這間中國餐館的招牌菜。

» **shortcake**

[ˋʃɔrtˌkek]

| n. 水果酥餅，脆餅 | short（短的）＋ cake（餅） |

例 Aunt Lucy's strawberry **shortcakes** are always the most popular party snack.
Lucy 阿姨的草莓水果酥餅總是最受歡迎的派對小點。

C

☞ chair 椅子

» **armchair**

[ˋɑrmˌtʃɛr]

n. 扶手椅
adj. 安逸舒適卻不切實際的

arm（手臂）
＋ chair（椅子）

例 Grandma is taking a nap in her rocking **armchair**.
奶奶在她的扶手搖椅上打盹兒。

例 Without any personal experience in the field, he is nothing more than an **armchair** strategist.
沒有任何戰場上的經驗，他也不過是紙上談兵的戰略家罷了。

» **chairborne**

[ˌtʃɛrˋborn]

adj. 內勤的；光說不練的

chair（椅子）
＋ borne（表示「運載的」形容詞字尾）

例 I'm tired of listening to the **chairborne** commander who tells me that we cannot shatter the enemy lines.
我聽膩那個光說不練的指揮官說我們無法衝破敵軍防線。

» **chairlift**

[ˋtʃɛrlɪft]

n. （運送滑雪者或遊客上、下山的）升降機

chair（椅子）
＋ lift（吊車）

例 Sliders got a **chairlift** ride up to the top of the slide, and then rode a sled down.
滑雪者搭乘升降機至滑道頂端，然後乘雪橇下來。

» **chairperson**
[ˋtʃɛrˌpɝsn]

| n. 主席;議長;委員長;董事長;(大學的)系主任 | chair(椅子)+ man(人) |

例 At the age of 45, Mr. Jackson was designated as the **chairman** of the board.
在四十五歲時,Jackson 先生就被任命為董事會的董事長。

同義字 **chairman, chairlady, chairwoman**

» **chairmanship**
[ˋtʃɛrmənˌʃɪp]

| n. 主席職位 | chairman(主席)+ ship(關係、身份) |

例 Do you have any candidate that can take over the **chairmanship** of the committee in mind?
你心裡有任何可以接任這個委員會主席職務的人選嗎?

» **highchair**
[ˋhaɪˌtʃɛr]

| n. (附托盤給嬰兒進食用的)高腳椅 | high(高的)+ chair(椅子) |

例 The baby is waiting quietly for his food in his **highchair**.
寶寶坐在高腳餐椅上靜靜地等待他的食物。

» **pushchair**
[ˋpuʃtʃɛr]

| n. 摺疊式嬰兒車 | push(推)+ chair(椅子) |

例 This new **pushchair** paired with a car seat is very popular with parents for its practicability.
這款配有兒童汽車座椅的新式折疊式嬰兒推車因其實用性而備受家長歡迎。

» **wheelchair**
[ˋhwilˋtʃɛr]

| n. 輪椅 | wheel(輪子)+ chair(椅子) |

例 The man had to spend the rest of his life in a **wheelchair** after the car accident left him paralyzed from the waist down.
男子在車禍導致下半身癱瘓後,餘生都得坐輪椅。

☞ **chop** 砍、劈；排骨

☆ **聯想助記**

» **chophouse**

[`tʃɑp,haʊs]

n. 牛排館；小吃店

chop（排骨）
＋ house（房屋）

例 It's been difficult to get a seat at the **chophouse** since it was included in the Michelin Guide.
這間牛排館自從被納入米其林指南後，就一位難求。

» **chopfallen**

[`tʃɑp,fɔlən]

adj. 下顎或下頜下垂的；沮喪的

chop（排骨）
＋ fallen（掉下的）

例 He was **chopfallen** when his girlfriend turned down his proposal.
當女友拒絕他的求婚時，他感到非常沮喪。

» **choplogic**

[`tʃɑp,lɑdʒɪk]

n. 詭辯
adj. 好辯的

chop（劈）
＋ logic（邏輯、理由）

例 It's impossible to win an argument with a person who argues in a **choplogic** way.
跟詭辯的人爭執是爭不贏的。

» **choppy**

[`tʃɑpɪ]

adj. 多裂縫的；斷斷續續的；波瀾起伏的、突變的

chop（砍、劈）＋ y（形容詞字尾）

例 He is proficient in reading and writing English, but his spoken English is quite **choppy**.
他精通英語閱讀和書寫，但是英語卻說得不是很流暢。

» **chopstick**
[ˈtʃɑpˌstɪk]

n. 筷子

chop（砍、劈）+ stick（枝條）

例 Many foreigners find it difficult to eat with **chopsticks**.
許多外國人都覺得用筷子吃飯很困難。

TRACK 022

C

🖐 **club** 會所；社團；棍棒

» **clubable**
[ˈklʌbəbl]

adj. 好交際的

club + able（能夠的）

例 He makes friends easily because of his **clubable** nature.
他好交際的天性讓他很容易結交朋友。

» **clubhand**
[ˈklʌbˌhænd]

n. 畸形手

club（棍棒）+ hand（手）

例 The girl was born **clubhanded**.
那女孩生來就有手部畸形。

» **clubfoot**
[ˈklʌbˈfʊt]

n. 畸形足；彎腳

club（棍棒）+ foot（腳）

例 The boy is unable to walk because his **clubfoot** wasn't treated and corrected timely.
那男孩因為畸形足未能及時治療及矯正，而無法走路。

» **clubhouse**
[ˋklʌbˋhaʊs]

n. 俱樂部會所

club（俱樂部）＋ house（房屋）

例 All sports facilities in the **clubhouse** are accessible to all our members 24/7.
我們所有的會員全年都能使用俱樂部會所內的所有運動設施。

» **nightclub**
[ˋnaɪtˏklʌb]

n. 夜店、夜總會

night（夜晚）＋ club（會所、俱樂部）

例 He used to hang out at **nightclubs** almost every night before he got married.
他在結婚前每天晚上都在夜店晃蕩。

TRACK 023

☞ **coat** 外套；覆蓋……表面

» **coatdress**
[ˋkotˏdrɛs]

n. 外套式連衣裙

coat（外套）＋ dress（洋裝）

例 The lady in a white **coatdress** looked elegant and sophisticated.
穿著白色外套式連衣裙的女士看起來優雅又洗練。

» coatrack

[ˋkotˏræk]

n. 衣帽架

coat（外套）＋ rack（架）

例 Just hang your jacket and cap on the **coatrack** at the porch.
把你的外套和帽子掛在門廊上的衣帽架上即可。

» coatroom

[ˋkotˏrʊm]

n. 衣帽間

coat（外套）＋ room（房間）

例 Don't forget to retrieve your coats or umbrellas at the **coatroom** before you leave.
離開前別忘了取回你們留在衣帽間的外套或雨傘。

» greatcoat

[ˋgretˏkot]

n. 厚重長大衣

great（大的）＋ coat（外套）

例 You need a nice **greatcoat** to keep you warm during the cold winter.
你需要一件好的厚重長大衣，讓你在嚴寒的冬天保持溫暖。

» housecoat

[ˋhaʊsˏkot]

n.（女）寬鬆的長家居服

house（屋子）＋ coat（外套）

例 She feels the most comfortable in her **housecoat** at home.
在家裡穿著家居服最能讓她感到自在。

» overcoat

[ˋovɚˏkot]

n. 外套、大衣

over（上方的）＋ coat（外套）

例 I need a long thick **overcoat** for the upcoming winter.
我需要一件長厚外套迎接即將到來的冬天。

✋ 同義字 **topcoat**

C

» **raincoat**
['ren,kot]

n. 雨衣

rain（雨）＋ coat（外套）

例 You'd better bring your **raincoat** with you in case it rains this afternoon.
你最好隨身帶著雨衣，以防今天下午下雨。

» **sugarcoat**
['ʃugə,kot]

n. 糖衣
adj. 使有吸引力；裹上糖衣

sugar（糖）＋ coat（使覆蓋；外套）

例 Lies are lies no matter how they are **sugarcoated**.
無論怎麼用糖衣包裝，謊言就是謊言。

» **tailcoat**
['tel,kot]

n. 燕尾服

tail（尾巴）＋ coat（外套）

例 The nominee attended the awards ceremony in his best **tailcoat**.
被提名人穿著他最好的燕尾服出席頒獎典禮。

» **turncoat**
['tɝn,kot]

n. 背叛者；叛徒

turn（翻轉）＋ coat（外套）

例 The spokesperson made it clear that they would not accept the **turncoats** who sought to return to the party.
發言人清楚表示他們將不會接受想重新回到黨內的變節者。

» **undercoat**
['ʌndə,kot]

n. 底漆；（動物長毛下的）絨毛
v. 上底漆

under（在……下方）＋ coat（覆蓋）

例 Before painting, it is necessary to **undercoat** the walls so as to obliterate the color beneath.
在油漆前，有必要先在牆上塗上底漆以消掉下方的顏色。

» **waistcoat**

[ˋwestˌkot]

n. 背心

waist（腰部）
＋ coat（外套）

例 A man in a black **waistcoat** welcomed us at the gate.
一個穿著黑色背心的男子在大門歡迎我們。

 TRACK 024

C

☞ **cock** 公雞；雄禽；龍頭、活栓

» **bibcock**

[ˋbɪbˌkak]

n. 彎口水龍頭

bib（圍兜）
＋ cock（龍頭）

例 The backflow preventer can stop water from returning through the **bibcock** from the hose.
防倒流裝置可阻止水從水管流回水龍頭。

» **cockloft**

[ˋkakˌlɔft]

n. 小閣樓、頂樓小室

cock（公雞）
＋ loft（閣樓，頂樓）

例 The **cockloft** is used as a store room at present.
頂樓的小空間目前被作為儲藏室使用。

» **gamecock**

[ˋgemˌkak]

n. 鬥雞

game（比賽）＋ cock（公雞）

例 Both **gamecocks** were slightly injured during the cockfight.
兩隻鬥雞在鬥雞過程中都受了輕傷。

» cockcrow

['kak͵kro]

n. 公雞啼叫；黎明

cock（公雞）＋ crow（啼叫）

例 She woke up as soon as she heard the **cockcrow**.
她一聽到雞啼就醒來了。

» coldcock

['kold͵kak]

v. 將……用力擊倒，把……打昏

cold（冷）＋ cock（扳起板機）

例 The brave clerk **coldcocked** the robber with the telephone.
勇敢的行員用電話機將搶匪擊昏。

» stopcock

['stap͵kak]

n. 旋塞閥；止水栓

stop（停止）＋ cock（活栓）

例 You need to turn off the **stopcock** on the pipe before you replace the old bathtub faucet with a new one.
在將舊的浴缸龍頭換新之前，你需要將水管的止水栓關上。

» cocksure

['kak`ʃur]

adj. 過分自信的、確信的

cock（公雞）＋ sure（確定的）

例 Jack was so **cocksure** of winning that he didn't even bother to practice before the game.
Jack 過分自信會贏，以至於比賽前他根本懶得練習。

» cockfight

['kak͵faɪt]

n. 鬥雞

cock（公雞）＋ fight（戰鬥）

例 **Cockfight** has been banned in this country for many years.
鬥雞在這個國家已經被禁止許多年了。

» **poppycock**

[ˈpɑpɪˌkɑk]

n. 胡說、廢話

poppy（罌粟花）＋ cock（公雞）

例 Don't listen to him. That was just **poppycock**.
別聽他的。那都是胡說八道。

» **weathercock**

[ˈwɛðɚˌkɑk]

n. 風信雞；見風轉舵的人、牆頭草

weather（天氣）＋ cock（公雞）

例 Most politicians are like **weathercocks**. They don't have an opinion until they consult the polls.
大部分的政客都很會見風轉舵。他們的想法都來自於民調結果。

» **shuttlecock**

[ˈʃʌtl̩ˌkɑk]

n. 踢毽子、打羽毛球
v. 來回穿梭

shuttle（短程往返）＋ cock（公雞）

例 The office assistant's responsibilities include **shuttlecocking** the documents for signatures.
辦公室助理的職責包含往返文件送簽。

» **cockish**

[ˈkɑkɪʃ]

adj. 像公雞的；自負的

cock（公雞）＋ ish（像……的）

例 He was so **cockish** that he thought I was no match for him.
他自大地認為我不是他的對手。

» **cocky**

[ˈkɑkɪ]

adj. 驕傲的、自負的

cock（公雞）＋ y（形容詞字尾）

例 Don't get too **cocky** and look down on your rivals.
別太自負而小看你的對手了。

C

» cocktail
['kak,tel]

n. 雞尾酒;(西餐)開胃品

cock(公雞)＋ tail（尾）

例 Let's go get a drink at the **cocktail** lounge while waiting to board the flight.
咱們在等候登機的時間去機場酒吧喝一杯吧。

» cockroach
['kak,rotʃ]

n. 蟑螂

cock（公雞）＋ roach（蟑螂）

例 What can I do to get rid of **cockroaches** in my house?
我要怎麼做才能擺脫家裡的蟑螂?

» peacock
['pikak]

n. 雄孔雀;愛炫耀的人、愛虛榮的人

pea（豌豆）＋ cock（雄鳥）

例 Look at that strutting male **peacock** showing off its feathers.
看那隻昂首闊步的孔雀正在炫耀牠的羽毛。

» cockpit
['kak,pɪt]

n. 駕駛員座艙;鬥雞場;戰場

cock（龍頭）＋ pit（窪坑）

例 According to regulations, the **cockpit** should be staffed by two pilots.
根據規定,駕駛員座艙至少必須配置兩名駕駛員。

» cockeye
['kak,aɪ]

n. 鬥雞眼,斜眼

cock（公雞）＋ eye（眼）

例 The man with a **cockeye** has difficulty getting a job.
那個有鬥雞眼的男子在找工作上有困難。

» **cockeyed**

[ˋkɑkˌaɪd]

adj. 鬥雞眼的；愚蠢的、荒唐的

cock（公雞）
＋ eye（眼）
＋ ed（過去分詞字尾）

例 I'm sorry, but that **cockeyed** idea is not likely to succeed.
很抱歉，但那個荒唐的點子是不可能成功的。

TRACK 025

☞ **cold**　冷；冷的

❀ 聯想助記

» **coldish**

[ˋkoldɪʃ]

adj. 頗冷的

cold（冷）
＋ ish（有點……的）

例 It is warm during the day, but **coldish** at night.
白天很溫暖，但晚上會有點冷。

» **coldblooded**

[ˋkoldˋblʌdɪd]

adj. 冷血的

cold（冷的）＋ blood（血）＋ ed（過去分詞形容詞字尾）

例 The **coldblooded** murderer didn't deserve our sympathy.
那個冷血的殺人兇手不值得我們的同情。

» **coldhearted**

['kold'hartɪd]

adj. 鐵石心腸的；冷淡無情的

cold（冷的）+ heart（心）+ ed（過去分詞形容詞字尾）

例 It was very **coldhearted** of those people to turn a blind eye to bullying.

那些人對霸凌事件竟然視而不見，真的是鐵石心腸。

» **coldshoulder**

['kold'ʃoldɚ]

v. 對……冷淡；冷漠待人

cold（冷的）+ shoulder（肩膀）

例 Some customers felt that they were being **coldshouldered** when shopping in our store.

有些顧客在本店購物時感覺被冷漠對待。

D

👉 **date** 日期

❀ 聯想助記

» **backdate**

[`bæk͵det]

v. 回溯

back（回）
＋ date（日期）

例 The smoking ban in England was **backdated** to 1 July 2007.
英國的禁煙令可回溯至 2007 年七月一日。

» **misdate**

[mɪs`det]

n. 錯誤的日期

v. 填錯日期

mis（錯誤）
＋ date（日期）

例 We didn't get our pay on time because the accountant **misdated** our paychecks.
我們沒有準時拿到薪水，因為會計把我們薪水支票的日期填錯了。

» **outdate**

[aʊt`det]

v. 使過時

out（脫離）
＋ date（日期）

例 Smartphones **outdate** so fast that it is completely unnecessary to pursue the latest model.
智慧型手機過時的速度非常快，完全沒必要追求最新款式。

» **outdated**
[ˌaʊtˈdetɪd]

adj. 過時的；舊式的

out（脫離）＋ date（日期）＋ ed（分詞形容詞字尾）

例 The man appeared at the party in an **outdated** suit.
男子穿著一套舊式的西裝出現在派對上。

» **update**
[ʌpˈdet]

v. 更新；使現代化；提供最新信息

up（上升）＋ date（日期）

例 We'll **update** you as soon as we get more information.
一但我們得到更多訊息，就會立刻提供您最新信息。

» **playdate**
[pleˈdet]

n. 遊戲約會

play（遊戲）＋ date（約會）

例 The kids are looking forward to their **playdate**.
孩子們相當期待他們約好的遊戲日。

» **postdate**
[ˈpostˈdet]

v. 推遲日期

post（後）＋ date（日期）

例 The landlady was kind enough to let me **postdate** my rent check until the day when I get paid.
房東太太很好心，讓我將房租支票的日期推遲到領薪日。

☞ **day** 日；白天

» **birthday**

['bɝθ,de]

n. 生日

birth（出生）+ day（日）

D

例 In Taiwan, Teacher's Day is celebrated on September 28, the **birthday** of Confucius.

在台灣，九月二十八日，也就是孔子誕辰這天，會慶祝教師節。

» **daycare**

['de,kɛr]

n. 日托；日間照護

day（白天）+ care（照顧）

例 Many working mothers have no options but to send their kids to **daycare**.

許多職業母親除了將孩子送到日間托兒所之外別無選擇。

» **daylong**

['de,lɔŋ]

adj. 整日的

adv. 整天地

day（日）+ long（長）

例 The charity fair will be held in the Old Town Square **daylong**.

慈善義賣會將會在老城廣場上舉行一整天。

» **dayspring**

['de,sprɪŋ]

n. 黎明、拂曉；開端

day（日）+ spring（根源）

例 They sat patiently in the dark, waiting for the **dayspring** to come.

他們耐心地坐在黑暗中等待黎明的到來。

✋ 同義字 **daybreak**

» **daytime**

['de,taɪm]

n. 白晝，白天

day（日）+ time（時間）

例 The moon and the stars are usually not to be seen in the **daytime**.
月亮和星星通常在白天是看不到的。

» **holiday**

['hɑlə,de]

n. 節日

holy（神聖的）+ day（日子）

例 Our manager is away on **holiday** these two days.
我們經理這兩天外出度假去了。

» **Mayday**

['mede]

n. 求救信號

May（五月）+ day（天）

例 The distress call **Mayday** must be used only when there's an urgent and life-threatening state of affairs in progress.
Mayday 這個求救訊號一定要在有緊急且危及生命的情況發生時才能使用。

» **midday**

['mɪd,de]

n. 正午

mid（中間的）+ day（日）

例 For me, beef noodles are perfect for the **midday** meal.
對我來說，午餐吃牛肉麵正好。

» **payday**

['pe,de]

n. 發薪日

pay（薪水）+ day（日）

例 Normally, **payday** is the 10th of each month.
正常情況下，發薪日是每個月的十號。

» daylight

[`de͵laɪt]

n. 日光；黎明

day（日）+ light（光）

例 Taj Mahal looks pearly white in **daylight**, and turns golden when lit by the moon.
泰姬瑪哈陵在日光下看起來是珍珠白色的，而在被月光照射時則變成金色的。

» nowadays

[`naʊə͵dez]

n. 當今，現代
adv. 現今，時下

now（現在）+ a（任一）+ day（日）

例 Many students **nowadays** are under great stress of examinations.
時下有很多學生都承受著極大的考試壓力。

» everyday

[`ɛvrɪ`de]

adj. 每日的、平日的

every（每一）+ day（日）

例 We all need to get away from our **everyday** life once in a while.
我們都需要偶爾脫離一下日常生活。

» daydreamer

[`de͵drimɚ]

n. 夢想者，空想家

day（日）+ dream（做夢）+ er（者）

例 Be a practitioner rather than a **daydreamer**.
當個實踐者，而非只會做白日夢的人。

D

» **daybook**
['de,bʊk]

n. 日記簿

day（日）＋
book（本子）

例 My mother has a habit of keeping track of all her
activities in her **daybook**.
我媽媽有將所有行程記錄在日記簿的習慣。

» **someday**
['sʌm,de]

adv. 有朝一日

some（某）
＋ day（日）

例 You are going to pay for what you've done **someday**.
總有一天你會為你所作所為付出代價。

TRACK 028

☞ **dead** 死的；完全的

» **deadbeat**
['dɛd,bit]

n. 欠債不還的人；遊手好閒者

dead（死的）
＋ beat（節
拍）

例 You were foolish enough to lend money to that
deadbeat.
你真是傻得可以，居然借錢給那個欠債不還的人。

» **deadbolt**
['dɛd,bolt]

n. 門栓

dead（死的）
＋ bolt（栓）

例 I can't open the door without the key to the **deadbolt**.
沒有門栓的鑰匙我無法打開這扇門。

» **deadfall**

[`dɛd͵fɔl]

n. 陷阱

dead（死的）＋ fall（掉落）

例 They set up a **deadfall** trap, trying to catch the fox.
他們設立了一個陷阱，試圖抓住那隻狐狸。

» **deadhead**

[`dɛd͵hɛd]

n. 枯花；呆子，頭腦不好的人；免票者
v. 摘去枯花

dead（死的）＋ head（腦袋）

例 The gardener is **deadheading** the flowers with scissors.
園丁正在用剪刀剪去枯花。

» **deadline**

[`dɛd͵laɪn]

n. 截止日期；最後期限

dead（死的）＋ line（線）

例 It is impossible for us to get the work done by the **deadline**.
我們不可能在截止日期前把工作完成。

» **deadlock**

[`dɛd͵lɑk]

n. 僵局
v. 使僵持；使停頓；陷入僵局

dead（完全的）＋ lock（鎖）

例 The two parties have reached a **deadlock** in negotiation.
雙方已經陷入談判的僵局。

» **deadpan**

[`dɛd͵pæn]

n. 面無表情；面無表情的人
adj. 毫無表情的，不動聲色的

dead（死的）＋ pan（平底鍋）

例 His **deadpan** humor made the whole speech even more interesting.
他的冷面幽默使得整場演說更加有趣。

D

☞ **deer** 鹿

※ 聯想助記

» **deerskin**
['dɪr,skɪn]

n. 鹿皮

deer（鹿）
+ skin（皮）

例 This designer **deerskin** handbag is a limited edition.
這個設計師鹿皮手提包是限量款。

» **deerhound**
['dɪr,haʊnd]

n. 獵鹿犬

deer（鹿）
+ hound（獵犬）

例 Instead of sniffing out the trail, **deerhounds** hunt the deer by chasing.
獵鹿犬是用追捕，而非嗅聞足跡的方式獵鹿。

» **deerstalker**
['dɪr,stɔkɚ]

n. 獵鹿人

deer（鹿）
+ stalker（跟蹤者）

例 The **deerstalker** tried to catch the fawn but failed.
獵鹿人企圖抓住那隻小鹿，卻沒有成功。

» **reindeer**
['ren,dɪr]

n. 馴鹿

rein（韁繩；駕馭）+ deer（鹿）

例 How many **reindeers** pull the sleigh that Santa rides?
有幾隻馴鹿拉聖誕老人騎乘的雪橇？

👉 **desk** 書桌、辦公桌；寫字檯

🎴 **聯想助記**

D

» **deskbound**
[`dɛskˌbaʊnd]

adj. 需要伏案工作的，做辦公室工作的

desk（辦公桌）+ bound（受束縛的）

例 My father is a **deskbound** office worker.
我父親是個需要伏案工作的辦公室上班族。

» **desktop**
[`dɛsktɑp]

n. 桌面；桌上型電腦

desk（書桌）+ top（上方）

例 Will laptops replace **desktop** computers entirely one day?
筆記型電腦有一天將會完全取代桌上型電腦嗎？

» **deskman**
[`dɛskˌmæn]

n. 辦公室工作人員；坐辦公桌的人

desk（辦公桌）+ man（人）

例 Jerry is a fieldman instead of a **deskman**.
Jerry 是外務員，而非辦公室內勤人員。

👉 door 門

» **doorkeeper**

[ˋdorˏkipɚ]

n. 門房；守門人

door（門）
＋ keeper
（看守人）

例 The man was stopped by the **doorkeeper** when he tried to get into the building.
男子試圖進入大樓時被門房給阻止了。

🖐 同義字 **doorman**

» **doornail**

[ˋdorˏnel]

n.（門上用作裝飾的）大頭釘子

door（門）
＋ nail（釘子）

例 Don't be afraid. The cockroach looks as dead as a **doornail**.
別害怕。那隻蟑螂看起來已經完全死了。

✎ 常用片語 **as dead as a doornail** 完全死了的

» **doorplate**

[ˋdorˏplet]

n. 門牌

door（門）
＋ plate（金屬板）

例 The Lin family removed the **doorplate** when they moved out.
林家人在他們搬走時移除了門牌。

» doorpost
[`dor,post]

n. 門柱

door（門）+ post（柱）

例 Stop yelling. Daniel is as deaf as a **doorpost** when he is playing computer games.
別喊了。Daniel 在玩電腦遊戲時跟聾了沒兩樣。

✎ 常用片語 **as deaf as a doorpost** 非常聾的

» dooryard
[`dor,jard]

n. 門前庭院

door（門）+ yard（庭院）

例 The kids are playing hide-and-seek at the **dooryard**.
孩子們在門前庭院玩捉迷藏。

» indoor
[`ɪn,dor]

adj. 室內的

in（在……裡面）+ door（門）

例 There is an **indoor** swimming pool in this hotel.
這間飯店裡有一個室內泳池。

» indoors
[`ɪn`dorz]

adv. 在室內，在屋裡；往室內

in（在……裡面）+ door（門）

例 We stayed **indoors** most of the time during the typhoon.
我們在颱風期間大部分時間都待在屋裡。

🖐 同義字 **withindoors**

» outdoor
[`aʊt,dor]

adj. 戶外的

out（外）+ door（門）

例 The boys prefer **outdoor** sports to indoor activities.
男孩子們喜歡戶外運動勝過室內活動。

D

» **outdoors**
[`aʊt`dorz]

| n. | 戶外，野外 |
| adv. | 在戶外；露天；往戶外 |

out（外）+
door（門）

例 The teacher brought the classroom **outdoors**, and taught his students to explore the nature.
老師將教室帶到戶外，並教導他的學生們探索大自然。

👋 **同義字** **withoutdoors**

» **outdoorsman**
[aʊt`dɔrzmən]

| n. | 戶外生活者（如獵人，漁人等）；喜愛戶外活動的人 |

outdoor（戶外的）+
man（人）

例 Jerry and his brother are both **outdoorsmen**. They spend a lot of time going camping or fishing.
Jerry 和他哥哥都是喜愛戶外活動的人。他們花很多時間去露營或是釣魚。

» **trapdoor**
[`træp,dɔr]

| n. | 陷阱門；暗門；活動天窗 |

trap（陷阱）+ door（門）

例 We didn't know there was a **trapdoor** until it was suddenly opened.
在那道門突然被打開之前，我們並不知道那兒有個暗門。

» **doorstep**
[`dor,stɛp]

| n. | 門階 |

door（門）+ step（台階）

例 There is a supermarket right at our **doorstep**.
我們家門口就有個超級市場。

✏ **常用片語** **at one's doorstep** 離某人很近

» **doorbell**
[ˋdorˏbɛl]

n. 門鈴

door（門）
＋ bell（鈴）

例 I was listening to the music, so I didn't hear the **doorbell** ring.
我正在聽音樂，所以沒有聽到門鈴響。

» **doorsill**
[ˋdorˏsɪl]

n. 門檻

door（門）
＋ sill（基石，底木）

例 The **doorsill** can stop dust from getting into our house.
門檻可以阻擋灰塵進入我們的屋子。

TRACK 032

☞ **draw** 畫；拉；領取；抽籤

» **drawer**
[ˋdrɔɚ]

n. 抽屜

draw（拉）
＋ er（名詞字尾）

例 The file is kept in the right-hand **drawer** of the desk.
檔案就放在書桌的右邊抽屜。

» **drawerful**
[ˋdrɔrfʊl]

n. 一抽屜之量

drawer（抽屜）＋ ful（充滿的）

例 He found a **drawerful** of unsent letters in his grandfather's desk.
他在爺爺的書桌發現一整抽屜沒有寄出的信件。

» **drawbar**
[`drɔ͵bɑr]

n. （列車間的）掛鉤；（列車的）牽引桿

draw（拉）+ bar（條狀物）

例 The cars of the train are linked and pinned by **drawbars**.
火車的車廂是以牽引桿連結並固定的。

» **drawcard**
[`drɔ͵kɑrd]

n. 叫座的節目（場面或演員）；吸引人的地方（餐廳或景點）

draw（拉）+ card（卡）

例 The nameless food stall appears to be the town's **drawcard**.
那間無名的小吃攤顯然是這小鎮最吸引人的景點。

» **outdraw**
[aʊt`drɔ]

v. 比……更能吸引人；拔槍速度更快

out（出）+ draw（拉）

例 The night market **outdrew** any famous restaurant in town.
夜市比鎮上任何有名的餐廳更能吸引人。

» **overdraw**
[`ovɚ`drɔ]

v. 拉過頭；誇張；透支

over（過度）+ draw（拉；提領）

例 My account is currently $10,000 **overdrawn**. That is, I am in debt now.
我的帳戶目前透支一萬元；也就是說，我現在是負債的狀態。

» **withdraw**
[wɪð`drɔ]

v. 提領；收回；撤退

with（以……工具）+ draw（拉）

例 I need to **withdraw** some money from an ATM.
我需要從自動櫃員機提點錢。

» **drawback**

['drɔ,bæk]

n. 缺點，不利條件；障礙

draw（拉）
＋ back（回）

例 The only **drawback** of the applicant is that he is inexperienced.
那個應徵者的唯一缺點就是經驗不足。

» **drawbridge**

['drɔ,brɪdʒ]

n. 開合橋

draw（拉）
＋ bridge
（橋）

例 Tower Bridge, located in London, is one of the most famous **drawbridges** in the world.
位在倫敦的倫敦塔橋是世上最有名的開合橋之一。

» **drawdown**

['drɔ,daʊn]

n. （資金）減少；（軍隊）縮編

draw（拉）
＋ down
（下）

例 By conceivable **drawdowns**, investors can minimize their investment risk exposed.
投資者可藉由可理解的降資來使暴露的投資風險減到最低。

» **drawknife**

['drɔ,naɪf]

n. 刮刀；雙柄拉刨

draw（拉）
＋ knife
（刀）

例 The woodworker is shaping a large piece of wood with a **drawknife**.
木工正在用拉刨為一大塊木頭塑形。

🖐 同義字 drawshave

D

dress　女裝、洋裝；打扮、穿衣

聯想助記

» **dressmaker**
['drɛs,mekə-]

n. 女裝裁縫師

dress（女裝）
＋ maker（製作者）

例 The **dressmaker** took out the new dress and asked her to fit on.
女裝裁縫師拿出那件新洋裝，並要求她試穿。

» **hairdresser**
['hɛr,drɛsə-]

n. 美髮師

hair（頭髮）
＋ dress（打扮）＋ er（「施動者」名詞字尾）

例 The **hairdresser** is very popular that you must make an appointment with her in advance.
那個美髮師相當受歡迎，你一定得跟她事先預約才行。

» **headdress**
['hɛd,drɛs]

n. 頭飾、頭巾

head（頭）
＋ dress（打扮）

例 The man who wears a **headdress** looks like the chief of the tribe.
那個戴著頭巾的男子看起來像是部落的首領。

» **housedress**
['haʊs,drɛs]

n. 居家服、家常便服

house（屋子）＋ dress（服裝）

例 Lisa changed into her comfortable **housedress** as soon as she got home.
Lisa 一回到家就換上舒服的居家服。

» overdress

[ˋovɚˋdrɛs]

v. 穿著過分講究；使穿得過多

over（過分）+ dress（打扮）

例 It is just a casual party. Don't **overdress** yourself.
這只是個休閒派對。不要打扮得過份講究了。

» underdress

[ˋʌndɚˋdrɛs]

n. 內衣；裙子；內裙
v. 穿著過分樸素的衣服

under（在……之下）+ dress（打扮）

例 I felt completely **underdressed**, as everyone else was dressed up to the nines.
我覺得自己穿得太隨便了，因為所有其他人都打扮得極為講究。

» undress

[ʌnˋdrɛs]

n. 半裸；全裸
v. 脫下……的衣服

un（不）+ dress（穿衣）

例 Michael broke his left arm, so he could neither dress nor **undress** himself.
Michael 左手臂骨折，所以他既無法自己穿衣服，也無法自己脫衣服。

» nightdress

[ˋnaɪtˏdrɛs]

n. （女）睡袍、睡衣

night（夜晚）+ dress（洋裝）

例 Anna was still in her **nightdress** when I came home from work this afternoon.
當我今天下午從工作返家時，Anna 還穿著她的睡衣。

D

E

☞ ear 耳朵

☆ 聯想助記

» **earring**
[`ɪr,rɪŋ]

n. 耳環、耳飾

ear（耳）+ ring（環）

例 Many girls like to wear **earrings** but don't want to have their ears pierced.
很多女孩子喜歡戴耳環，但是不想要穿耳洞。

» **earwig**
[`ɪr,wɪg]

n. 地蜈蚣；有鉗小蟲

ear（耳）+ wig（假髮）

例 The boy was pinched by an **earwig** when he tried to pick it up.
男孩企圖抓起有鉗小蟲時被夾了。

» **earwax**
[`ɪr,wæks]

n. 耳垢；耳屎

ear（耳）+ wax（蠟）

例 A serious build-up of **earwax** can sometimes cause temporary hearing loss.
嚴重的耳垢堆積有時可能造成暫時性的聽力喪失。

» **eardrop**
[`ɪr͵drɑp]

n. 耳朵滴劑；滴耳液；垂墜耳飾

ear（耳）＋ drop（墜落）

例 The antibiotic **eardrops** are for the ear infections.
這些耳朵滴劑抗生素是用來治療耳朵發炎的。

» **earmark**
[`ɪr͵mɑrk]

n. 耳上記號
v. 在耳朵上做記號

ear（耳朵）＋ mark（記號）

例 Those cattle with **earmarks** belong to Mr. Williams.
那些耳朵上有記號的牛隻是屬於 Williams 先生的。

» **earshot**
[`ɪr͵ʃɑt]

n. 聽力所及之範圍，聲音所及之距離

ear（耳朵）＋ shot（射擊）

例 Although Jeff was clearly within **earshot** of his mother, he made no response to her.
雖然 Jeff 顯然是在聽得見他媽媽說話的距離，他對她所說的話卻不做回應。

» **earflap**
[`ɪr͵flæp]

n. 禦寒耳罩

ear（耳朵）＋ flap（蓋）

例 It's freezing today. You'd better put on your **earflap** to keep your ears warm.
今天凍死了。你最好戴上耳罩讓耳朵保持溫暖。

🖐 同義字 **earmuff**

» **earplug**
[`ɪr͵plʌg]

n. 耳塞

ear（耳朵）＋ plug（塞子）

例 My husband snores so loudly that I can't sleep without **earplugs**.
我先生打呼超大聲，我沒戴耳塞沒辦法睡覺。

E

» **earlobe**
[`ɪr͵lob]

n. 耳垂

ear（耳朵）
＋ lobe（波瓣、器官的葉）

例 The woman skillfully pierced the earrings through the girl's **earlobes**.
女子熟練地以耳環刺穿女孩的耳垂。

» **earache**
[`ɪr͵ek]

n. 耳痛

ear（耳朵）
＋ ache（痛）

例 Her **earache** was caused by serious ear infections.
她的耳朵痛是由嚴重的耳朵感染所造成的。

» **earpiece**
[`ɪr͵pis]

n. 耳機、聽筒；眼鏡的腳

ear（耳朵）
＋ piece（部分）

例 She couldn't hear her mom as she was wearing **earpieces**.
她戴著耳機所以聽不到媽媽說話。

✋ 同義字 **earphone**

TRACK 035

☞ **earth** 土、泥；地面；地球

» **earthnut**
[`ɝθ͵nʌt]

n. （落）花生

earth（土）
＋ nut（堅果）

例 Those squirrels are chewing on the **earthnuts**.
那些松鼠正在嚼食落花生。

» earthman
[ˋɝθˌmæn]

n. 地球人

earth（地球）＋ man（人）

例 Aliens must look a lot different from **earthmen**.
外星人長得一定跟地球人非常不一樣。

» earthlike
[ˋɝθˌlaɪk]

n. 大地色的；像地球的

earth（土；地球的）＋ like（像……的）

例 The scientists are looking for an **earthlike** planet which is habitable for humans.
科學家正在尋找一個像地球一樣適合人類居住的行星。

» earthrise
[ˋɝθˌraɪz]

n. 地出；地球上升之景象

earth（地球）＋ rise（上升）

例 The astronaut took a picture of **earthrise** from the moon.
太空人從月球上拍了一張地球上升景象的照片。

» earthwork
[ˋɝθˌwɝk]

n. 土木工程；（利用地貌發揮的）地景藝術

earth（地面、土）＋ work（工作）

例 The walls of Benin City, built in 1010 AD, was once described as "the world's largest **earthworks**."
於西元 1010 年建造的貝寧城牆曾被形容為「世界上最巨大的土方工程」。

» earthborn
[ˋɝθˌbɔrn]

adj. 地中長出的；凡人的、塵世的

earth（地面）＋ born（出生的）

例 Neither dragons nor phoenixes are **earthborn** creatures.
龍與鳳都不是屬於塵世間的生物。

E

» **earthmover**

[ˋɝ·θmuvɚ]

n. 推土機

earth（土）＋ mover（搬運者）

例 You need technical knowledge and skills to operate an **earthmover** or an excavator.
操作推土機或挖土機需要技術知識及技能。

» **earthbound**

[ˋɝ·θ͵baʊnd]

adj. 陸地上的；固定在土地上的；為世俗所束縛的

earth（土地）＋ bound（被縛住的）

例 Their flight is still **earthbound** due to a technical problem.
他們的班機因為技術性問題還沒起飛。

» **earthshaking**

[ˋɝ·θʃekɪŋ]

adj. 翻天覆地的；意義深遠的，極度重要的

earth（土地）＋ shaking（震動的）

例 The US government made an **earthshaking** announcement earlier today that the US troops would withdraw from Afghanistan soon.
美國政府今天稍早做了一項震撼全世界的宣布：美軍將立刻從阿富汗撤兵。

» **earthworm**

[ˋɝ·θ͵wɝ·m]

n. 蚯蚓

earth（土）＋ worm（蟲）

例 Many **earthworms** came onto the ground after the rain.
許多蚯蚓在下雨過後都鑽上地面來了。

» **earthquake**

[ˋɝ·θ͵kwek]

n. 地震

earth（地）＋ quake（震動）

例 A tsunami generated by the **earthquake** had killed thousands of people and destroyed the city.
一場由地震引起的海嘯造成數以千計的人死亡，並摧毀了那座城市。

» **unearth**
[ʌnˋɝθ]

v. （從地下）掘出、使出土；發現；揭露

un（相反）＋ earth（土地）

例 Archaeologists **unearthed** some 2000-year-old statues in Turkey thc other day.
考古學家日前在土耳其挖出了一些兩千年前的雕像。

TRACK 036

E

☞ **easy** 容易的；自在的

» **easygoing**
[ˋizɪ͵goɪŋ]

adj. 隨和的；溫和的，逍遙自在的

easy（容易的）＋ going（進行）

例 A person with an **easygoing** personality makes friends easily.
一個個性隨和的人很容易交到朋友。

» **speakeasy**
[ˋspik͵izɪ]

n. 地下酒吧

speak（說）＋ easy（自在的）

例 He took me to a **speakeasy** bar to experience New York's nightlife.
他帶我到一間地下酒吧體驗紐約的夜生活。

» **uneasy**
[ʌnˋizɪ]

adj. 不自在的；不安的

un（不）＋ easy（自在的）

例 I felt **uneasy** about speaking in front of a group of people.
我對於要在一群人面前講話感到很不自在。

» **overeasy**

[`ovəˋizɪ]

adj. 過於容易的

over（過於）
＋ easy（容易）

例 For an experienced party planner like me, preparing for a year-end banquet is an **overeasy** task.
對一個像我這樣經驗豐富的派對策劃者來說，準備一場年終晚會是再簡單不過的任務。

TRACK 037

👈 egg 蛋

» **eggy**

[ɛgɪ]

adj. 含蛋的；裹上蛋液的

egg（蛋）＋
y（有……
的）

例 For breakfast, he fried two slices of **eggy** toasts and made a cup of coffee for himself.
早餐他煎了兩片裹上蛋液的吐司，並泡了一杯咖啡給他自己。

» **eggcup**

[ˋɛg͵kʌp]

n. 蛋杯

egg（蛋）＋
cup（杯）

例 The soft-boiled eggs were served in **eggcups**.
水煮蛋被放在蛋杯裡端上桌。

» **eggnog**

[ˋɛg͵nɑg]

n. 蛋酒

egg（蛋）＋
nog（木釘）

例 Christmas **eggnog** is a traditional festive drink in Britain, Canada and the US.
聖誕蛋酒是英國、加拿大及美國的傳統節慶飲品。

» **eggless**

['ɛglɪs]

adj. 無蛋的

egg（蛋）+ less（無）

例 I'm wondering if an **eggless** cake tastes as good as an ordinary one.
不知道一個無蛋的蛋糕嚐起來是否跟一般的蛋糕一樣美味。

» **eggplant**

['ɛg,plænt]

n. 茄子

egg（蛋）+ plant（植物）

例 Braised **eggplant** with shredded pork is one of my favorite dishes.
魚香茄子是我最喜歡的菜餚之一。

» **eggshell**

['ɛg,ʃɛl]

n. 蛋殼

egg（蛋）+ shell（殼）

例 My mother always uses **eggshells** as a fertilizer supplement instead of throwing them out.
我媽媽總是將蛋殼作為肥料補充物，而不是把它們丟掉。

» **egghead**

['ɛg,hɛd]

n. 知識份子；理論家

egg（蛋）+ head（頭）

例 Those **eggheads** always talk the talk, but never walk the walk.
那些所謂的知識份子總是説一套做一套。

» **eggbeater**

['ɛg,bitɚ]

n. 打蛋器

egg（蛋）+ beater（攪拌器）

例 The chef mixed and beat eggs with an **eggbeater**.
廚師用打蛋器將蛋混合並攪打。

E

☞ **face**　臉、面貌；面對、朝向

❀ **聯想助記**

» **facemask** [`fes,mæsk]	n. 口罩	face（臉） ＋ mask（面具）

例 Owing to the COVID-19 pandemic, **facemasks** have become an essential part of our daily life.
由於新冠肺炎疫情，口罩已經成為我們日常生活中不可或缺的一部分。

» **facedown** [`fes,daʊn]	n. 對手或敵人間之對抗 adv. 面朝下地	face（朝向） ＋ down（往下）

例 The boy stumbled over a stone and fell **facedown** on the ground.
男孩被石頭絆倒，並面朝下地摔倒在地。

» **facelift** [`feslɪft]	n. 臉部拉皮	face（臉）＋ lift（提拉）

例 The lady decided to undergo **facelift** surgery to get rid of her wrinkled face.
那女士決定接受臉部拉皮手術，以擺脫她滿布皺紋的臉。

» **faceless**

['feslɪs]

| adj. | 無面孔的;不具個人身份的;無名的 |

face(臉)+ less(無的)

例 Thousands of **faceless** soldiers sacrificed their lives for the country.
數以千計的無名士兵為了國家犧牲自己的生命。

» **facecloth**

['fes,klɔθ]

| n. | 面巾;洗臉毛巾 |

face(臉)+ cloth(布)

例 She handed me a **facecloth** to wash my face and hands.
她遞給我一條毛巾,讓我洗手洗臉。

F

» **facetious**

[fə'siʃəs]

| adj. | 愛開玩笑的、亂開玩笑的 |

face(臉)+ tious(具有……的)

例 He's quite irritating by making **facetious** comments on others' appearance.
他老對他人的外表做些玩笑性的評論,讓人感到很討厭。

» **deface**

[dɪ'fes]

| v. | 毀壞……的外貌;損壞(使難辨認) |

de(減少)+ face(臉)

例 The memorial wall has been **defaced** with graffiti.
這面紀念牆被塗鴉給破壞了。

» **horsefaced**

[hɔrs'fest]

| adj. | 似馬臉的;臉長而難看的 |

horse(馬)+ face(臉)+ ed(分詞形容詞字尾)

例 The girl saw herself as **horsefaced** and thus decided to undergo plastic surgery.
女孩認為自己長得難看,因此決定接受整形手術。

» outface
[aʊtˋfes]

| v. 面對……而無懼色；蔑視 | out（出）+ face（面對） |

例 The thin and weak little boy braced himself to **outface** the bully.
那瘦弱的小男孩做好防備，面對霸凌者毫無懼色。

» preface
[ˋprɛfɪs]

| n. 序言；開端、序幕 |
| v. 為……寫序言 |

pre（先於）+ face（面孔）

例 The 15-minute musical performance was the **preface** to the award ceremony.
這段十五分鐘的音樂表演是頒獎典禮的序幕。

» surface
[ˋsɝfɪs]

| n. 表面 | sur（在上）+ face（面貌） |

例 From the picture, we can see that the **surface** of the moon is pretty rough.
從照片中我們可以看出月球表面是相當粗糙不平的。

» postface
[ˋpostˏfes]

| n. 後記 | post（張貼）+ face（面貌） |

例 In the **postface**, the author briefly wrote about what her marriage life was like.
在後記中，作者簡短地書寫了有關她婚姻生活的樣貌。

» typeface
[ˋtaɪpˏfes]

| n. 字體 | type（打字）+ face（面貌） |

例 Usually, we use a different **typeface** for headings to distinguish them from paragraphs.
通常我們會用不同的字體來區分標題和段落文字。

» **paleface**

[ˈpelˌfes]

n. 【貶】白人

pale（蒼白的）＋ face（臉）

例 It never occurred to her parents that she would one day marry a **paleface**.
她的父母從沒想過她有一天居然會嫁給一個白人。

» **boldface**

[ˈboldˌfes]

n. 粗體、黑體

bold（粗筆畫的）＋ face（面貌）

例 The headings should be highlighted in italic **boldface**.
標題應以斜粗體突顯出來。

» **blackface**

[ˈblækˌfes]

n. 扮作黑人的演員

v. 化黑臉妝

black（黑）＋ face（臉）

例 In this show, white actors put on **blackface** makeup to act out racist stereotypes.
在這部劇中，白人演員化上黑人妝演出種族主義者的刻板印象。

» **whiteface**

[hwaɪtˌfes]

n. 白臉；白臉小丑；白臉動物

white（白）＋ face（臉）

例 The **whiteface** clown on the stage caught everyone's eye.
舞台上的白臉小丑吸引了所有人的目光。

» **interface**

[ˈɪntɚˌfes]

n. 界面；接合面

inter（在中間）＋ face（面）

例 A network **interface** can connect your computer with a public network.
一個網路界面能讓你的電腦與公共網路連結。

F

☞ fair 公平的;美麗的;集市、展覽會

❄ 聯想助記

» **unfair**
[ʌn`fɛr]

adj. 不公平的

un（不）+ fair（公平的）

例 It was very **unfair** that the teacher only punished the boys.
老師只處罰男生，真是非常不公平。

» **fairness**
[`fɛrnɪs]

n. 公平、公正

fair（公平）+ ness（名詞字尾）

例 In all **fairness**, he is a responsible and diligent employee.
説句公道話，他是個克盡職守的好員工。

» **funfair**
[`fʌnfɛr]

n. 公共露天遊樂場

fun（樂趣）+ fair（集市）

例 The kids had a great time at the **funfair**.
孩子們在露天遊樂場玩得很愉快。

» **fairgoer**
[`fɛrˌgoɚ]

n. 參加展會的人;參觀者

fair（展覽會）+ go（去）+ er（施動者名詞字尾）

例 This is a grand exhibit that no **fairgoers** should miss.
這是一場參加展會者不容錯過的盛大展覽。

» fairground
[`fɛr,graʊnd]

n. 集市場地；露天商展場地

fair（集市）+ ground（場地）

例 The old city square has become a popular **fairground** in Prague.
老城廣場已經成了布拉格一個受歡迎的集市場地。

» fairish
[`fɛrɪʃ]

adj. 還好的，還可以的

fair（公平）+ ish（頗……的）

F

例 At this restaurant, you can enjoy good quality food at a **fairish** price.
在這間餐廳，你可以用合理的價錢吃到品質極優的餐點。

» fairy
[`fɛrɪ]

n. 仙女；小妖精

fair（美麗的）+ y（表「人」的名詞字尾）

例 Almost all kids love **fairy** tales.
幾乎所有的孩子都喜歡童話故事。

» fairyland
[`fɛrɪ,lænd]

n. 仙境；奇境

fairy（仙女）+ land（陸地）

例 This place is a veritable **fairyland**!
這個地方真是名符其實的仙境！

» fairylike
[`fɛrɪ,laɪk]

adj. 仙女般的；精靈般的

fairy（仙女）+ like（像……的）

例 How **fairylike** and elegant this white dress is!
這件白色洋裝真是散發優雅的仙氣啊！

» fairytale
[`fɛrɪ,tel]

adj. 美麗宛如在神仙故事中的；童話故事般的

fairy（精靈）+ tale（故事）

例 **Fairytale** love only exists in fairy tales.
童話故事般的愛情只存在於童話故事中。

👉 **fill** 裝滿、充滿；填物

» **backfill**
[`bæk͵fɪl]

n.	回填物
v.	回填

back（回）＋ fill（裝滿）

例 We dug a hole, positioned the new tree, and then **backfill** the planting hole with the soil.
我們挖了個洞，將新的樹擺好位置，接著將土回填至種植孔中。

» **fulfill**
[fʊl`fɪl]

v.	滿足；實踐、履行；完成

full（完全的）＋ fill（裝滿）

例 My parents never fail to **fulfill** their promises.
我爸媽從不會不履行承諾。

» **fulfilling**
[fʊl`fɪlɪŋ]

adj.	令人滿意、滿足的；能實現抱負的

full（完全的）＋ fill（裝滿）＋ ing（形容詞字尾）

例 Being a full-time stay-at-home mother is hard work, but it can be very **fulfilling**.
做一名全職在家的母親很辛苦，但卻很令人滿足。

» **infill**
[ɪn`fɪl]

n.	空隙填料
v.	填實；填入

in（在⋯⋯裡）＋ fill（裝滿）

例 The **infill** material used in the sports field is mainly rubber.
運動場的空隙填料主要是橡膠。

» **refill**
[`rifɪl]

n. 重新裝滿；補充置換物
v. 再裝滿

re（重新、再）＋ fill（裝滿）

例 The waiter came over and **refill** our coffee cups.
侍者走過來幫我們的杯子重新注滿咖啡。

» **overfill**
[`ovɚ`fɪl]

v. 裝到滿溢、裝得太滿、滿到溢出來

over（過）＋ fill（裝滿）

例 The waitress **overfilled** the cup and spilled the coffee.
女侍者將杯子裝得太滿，使得咖啡都溢出來了。

» **fiberfill**
[`faɪbɚ͵fɪl]

n. 合成纖維填塞物

fiber（纖維）＋ fill（填物）

例 All polyester **fiberfill** pillow and cushions are on sale this week.
所有的聚脂纖維枕頭和抱枕這週都特價。

TRACK 041

☞ **fore** 前部；在前的

✿ 聯想助記

» **forehead**
[`fɔr͵hɛd]

n. 前額

fore（前部）＋ head（頭）

例 The clerk takes everyone's temperature with a **forehead** thermometer at the entrance.
店員在入口用額溫槍測量每個人的體溫。

» **foreface**
['fɔr,fes]

n. 正面

fore（前部）
+ face（臉）

例 I didn't get to see the girl's **foreface** so I wasn't sure whether she was Jenny.
我沒看到那女孩的正面，所以不確定她是不是 Jenny。

» **forecast**
['fɔr,kæst]

n. 預報

v. 預測、預報

fore（在前的）+ cast（計算）

例 According to the weather **forecast**, we're going to have a rainy long weekend.
根據天氣預報，週休連假將會下雨。

» **forequarter**
['fɔr,kwɔrtɚ]

n. 軀體一側的前半部

fore（前部）
+ quarter（四分之一）

例 **Forequarter** cuts are perfect for pork stew.
豬肉的前半側肉片很適合用來做燉肉。

» **forearm**
[for`arm]

n. 前臂

v. 預先武裝

fore（前部）
+ arm（手臂）

例 The man who has a scar on his left **forearm** is a butcher.
那個左前臂有個刀疤的男子是一名肉販子。

fore（在前的）+ arm（武裝）

例 It is sensible to be **forearmed**.
預先做好準備是明智之舉。

» **forebear**
['fɔr,bɛr]

n. 祖先、祖宗

fore（在前的）+ bear（生小孩）

例 This is the land where my **forebears** had lived.
這是我的祖先們所居住的土地。

🖐 同義字 | forefather

» **foreboding**
[for`bodɪŋ]

<u>n.</u> （不祥的）預感

fore（在前）＋ bode（預示）＋ ing（名詞字尾）

例 He has a **foreboding** that his dog would die.
他有他的狗將會死掉的預感。

» **forecastle**
[`foksl̩]

<u>n.</u> 船首樓；前部的水手艙

fore（前部）＋ castle（城堡）

例 The captain went to the **forecastle** to lash down the anchors.
船長到船首樓將船錨拋下。

» **foredate**
[ˌæntrɪ`det]

<u>v.</u> 填早日期

fore（在前的）＋ date（日期）

例 He **foredated** the check upon request.
他應要求填早了支票的日期。

» **forefront**
[`forˌfrʌnt]

<u>n.</u> 最前方；最前線

fore（在前的）＋ front（前面）

例 Health care workers have been fighting against Covid-19 at the **forefront** since the outbreak began.
醫護人員自從新冠疫情爆發以來就一直在最前線對抗新冠病毒。

» **foregoing**
[for`goɪŋ]

<u>adj.</u> 前述的；上述的

fore（在前的）＋ going（進展）

例 The **foregoing** are some tasks that we should put on our priority list.
上述是一些我們應該列在優先處理事項的工作。

F

» foregather
[for`gæðɚ]

v. 預先集合；相遇、聚會、偶遇

fore（在前的）＋ gather（集合）

例 Why don't we **foregather** in a restaurant for brunch before the movie?
我們何不在電影開始前先在一間餐廳集合吃個早午餐？

» foreground
[`for,graʊnd]

n. 前景，最醒目的位置
v. 使突出，強調

fore（前部）＋ ground（場地）

例 You can use a strong **foreground** to make your photos look three-dimensional.
你可利用強烈突出前景的方式，讓你的照片看起來有立體感。

» forejudge
[for`dʒʌdʒ]

v. 推斷，臆斷

fore（在前的）＋ judge（判斷）

例 We can't **forejudge** his intention without any facts or evidence.
我們不能沒有任何事實或證據就推斷他的意圖。

» foreknow
[for`no]

v. 預知、預見

fore（在前的）＋ know（知道）

例 No one can possibly **foreknow** the trials and tribulations that we are about to experience in our life.
沒人能預知我們在人生中將會經歷的考驗與磨難。

» foreknowledge
[`for,nɑlɪdʒ]

n. 預知；先見之明

fore（在前的）＋ knowledge（知識）

例 The woman said she had **foreknowledge** of the future, but no one believed her.
女子說自己能預知未來，但沒人相信她。

» **forename**

['for,nem]

| n. 名（在姓前面） | fore（在前的）＋ name（名字） |

例 Nobody knows what Mr. Brown's **forename** is.
沒人知道 Brown 先生的名字是什麼。

» **forenoon**

['for,nun]

| n. 午前 | fore（在前的）＋ noon（中午） |

例 They schedule their meeting at 11 o'clock in the **forenoon**.
他們將會議預定在上午十一點鐘。

F

» **foreordain**

[,forɔr'den]

| v. 注定 | fore（在前的）＋ ordain（命運注定） |

例 It is **foreordained** that totalitarianism will eventually suffer a collapse.
極權主義注定最後終將垮台。

» **foreordination**

[,forɔrdə'neʃən]

| n. 宿命；注定 | fore（在前的）＋ ordination（任命） |

例 Every person has his **foreordination** during his mortal life.
每個人在有生之年都有自己的宿命。

» **forepart**

['for,part]

| n. 前部；前段 | fore（在前的）＋ part（部分） |

例 The **forepart** of the vessel looks like a bird.
這船艦的前身看起來就像一隻鳥。

» **foreperson**

[ˋforˌpɝsn]

n. 首席陪審員

fore（前部）
＋ person
（人）

例 The judge will select the **foreperson** before the trial begins.

法官會在審判開始之前選出首席陪審員。

» **forerun**

[forˋrʌn]

v. 跑在……之前；預示

fore（在前的）＋ run（跑）

例 Lunar or solar eclipses were seen as signs that **foreran** doom or disasters.

月食或日食曾被視為預示不幸或災難的徵象。

» **forerunner**

[ˋforˌrʌnɚ]

v. 先驅；祖先；預兆、徵候

fore（在前的）＋ runner（跑者）

例 George Washington was the **forerunner** of American Revolution.

喬治華盛頓是美國大革命的先驅。

» **forereach**

[forˋritʃ]

v. 追過；勝出

fore（在前的）＋ reach（抵達）

例 She ran as fast as she could, hoping to **forereach** the others.

她盡可能快地跑著，希望能追過其他人。

» **foresee**

[forˋsi]

v. 預見、預知

fore（在前的）＋ see（看見）

例 The woman **foresaw** that the pandemic would end somewhere next year.

女子預知疫情將在明年某時結束。

🖐 同義字 **foretell**

122

» **foreshadow**
[forˋʃædo]

| n. | 預兆 |
| v. | 暗示；成為 ...... 的前兆 |

例 The dark clouds **foreshadowed** a big rainstorm.
那些烏雲暗示著一場巨大的暴風雨即將來襲。

> fore（在前的）+ shadow（影子）

» **forethought**
[ˋforˌθɔt]

| n. | 事先的考慮；深謀遠慮；先見 |

例 Thanks to Tom, who had the **forethought** to make a reservation in advance.
多虧有 Tom，他事先想到應該要提早訂位。

> fore（在前的）+ thought（考慮）

» **forethoughtful**
[forˋθɔtfəl]

| adj. | 深謀遠慮的；慎重的 |

例 Being **forethoughtful** for his personal safety, Tom hired a bodyguard to protect him 24/7.
基於人身安全的深遠考量，Tom 雇用了一名貼身保鑣來 24 小時保護他。

> fore（在前的）+ thought（考慮）+ ful（充滿的）

» **forewarn**
[forˋwɔrn]

| v. | 預先警告；事先告知 |

例 **Forewarned** is forearmed.
先知先防備；有備無患。

> fore（在前的）+ warn（警告）

F

☞ foot 腳，足

☆ 聯想助記

» **footpad**
['fʊt,pæd]

n. 攔路強盜

foot（腳）+ pad（襯墊）

例 The **footpad** was arrested for robbing the pedestrians of their personal property.
那個攔路強盜因為犯下劫掠行人財物的罪行而被逮補。

» **footworn**
['fʊt,worn]

adj. 被腳踏磨損的；走累的

foot（腳）+ worn（磨損的）

例 The **footworn** stairs need a good repair.
這被走到磨損的階梯需要好好的修繕一番。

» **footsore**
['fʊt,sor]

adj. 腳痛的、腳痠的

foot（腳）+ sore（酸痛的）

例 After a long day's hike in the mountains, we finally arrived at the campsite, hungry and footsore.
在山裡走了一天之後，我們終於抵達了營地，感到既飢餓又腳痛。

» **footrace**
['fʊt,res]

n. 競走；賽跑

foot（腳）+ race（比賽）

例 The winner of the **footrace** will be rewarded a prize of fifty thousand dollars.
賽跑的獲勝者可得到五萬元的獎金。

» footpath
[ˋfʊtˌpæθ]

n. 小徑、小路

foot（腳）＋
path（通路）

例 This **footpath** is a shortcut to the city center.
這條小路是通往市中心的捷徑。

» footbath
[ˋfʊtˌbæθ]

n. 足浴

foot（腳）＋
bath（沐浴）

例 Normally, our customers will have a 15-minute **footbath**
before the foot massage.
通常我們的客人會在腳底按摩前先做十五分鐘的足浴。

» barefoot
[ˋbɛrˌfʊt]

adj. 赤腳的
adv. 赤腳地

bare（裸的）
＋ foot（腳）

例 The children run **barefoot** on the grass.
孩子們赤著腳在草地上奔跑。

» footwear
[ˋfʊtˌwɛr]

n. 鞋類

foot（腳）＋
wear（衣服）

例 This company is specialized in manufacturing athletic
footwear.
這家公司專門製造運動鞋。

» foothill
[ˋfʊtˌhɪl]

n. 山麓小丘

foot（腳）＋
hill（丘陵）

例 The **foothills** in this area have been farmed out with betel
palms.
這地區的山麓小丘都被拿來種植檳榔樹了。

F

» **foothold**
[`fʊt͵hold]

n. 立足處，踏腳處；立足點、穩固的基礎

foot（腳）＋ hold（支持）

例 It is not easy to get a **foothold** in Hollywood as a first-line actor.
一線演員要在好萊塢立足並不是件簡單的事。

» **flatfoot**
[`flæt͵fʊt]

n. 扁平足

flat（平的）＋ foot（腳）

例 **Flatfeet** run in families.
扁平足是會家族遺傳的。

» **hotfoot**
[`hɑt͵fʊt]

v. 急行
adv. 急忙地

hot（熱）＋ foot（腳）

例 The students ran **hotfoot** into the classroom when they heard the school bell ringing.
學生們聽到鐘響時便急忙跑進教室。

» **footfall**
[`fʊt͵fɔl]

n. 腳步，腳步聲

foot（腳）＋ fall（落下）

例 It really bothers me that my upstairs neighbors' **footfalls** are really loud.
我樓上鄰居的腳步聲很大聲，這真的讓我很困擾。

» **footcloth**
[`fʊt͵klɔθ]

n. 地毯

foot（腳）＋ cloth（布）

例 He covered the stain on the floor with a **footcloth**.
他用一塊地毯遮住地上的污跡。

» **pussyfoot**
['pʊsɪ‚fʊt]

v. 瞻前顧後地行動；吞吞吐吐地説話

pussy（小貓）＋ foot（腳）

例 Stop **pussyfooting** around. Just tell me what's on your mind.
不要吞吞吐吐的。直接告訴我你有什麼想法。

» **footloose**
['fʊt‚lus]

adj. 自由自在的；不受束縛的

foot（腳）＋ loose（鬆的）

例 She felt **footloose** and fancy-free after divorcing her ex-husband.
她在跟前夫離婚之後，感到無拘無束、自由自在。

F

» **underfoot**
[‚ʌndɚ`fʊt]

adv. 在腳下面；踐踏地；礙手礙腳地

under（在……之下）＋ foot（腳）

例 Don't walk on the sand barefoot. The sand **underfoot** is burning hot .
不要赤腳走在沙灘上。腳下的沙很燙。

» **footprint**
['fʊt‚prɪnt]

n. 腳印、足跡

foot（腳）＋ print（印）

例 I believe the **footprints** left in the kitchen belong to a mouse.
我認為廚房留下的是一隻老鼠的腳印。

☞ 同義字 footmark

» **footstool**
['fʊt‚stul]

n. 腳凳

foot（腳）＋ stool（凳）

例 She needs to stand on a **footstool** to reach the items in the upper cabinets.
她需要站在腳凳上才拿得到放在上方櫥櫃裡的東西。

☞ 同義字 footrest

» **splayfoot**

['sple,fʊt]

n. 八字腳

splay（外寬式的）+ foot（腳

例 The girl has **splayfeet** because she always wears unsuitable high heels.
那女孩因為總是穿不合腳的高跟鞋而導致八字腳。

» **footbridge**

['fʊt,brɪdʒ]

n. 人行天橋

foot（腳）+ bridge（橋）

例 To cross the road safely, we should either use the **footbridge** or the underground passage.
為了安全地過馬路，我們應該利用天橋或地下道。

» **tenderfoot**

['tɛndɚ,fʊt]

n. 尚無經驗的人，新手

tender（嫩的）+ foot（腳）

例 The old factory hands always ask the **tenderfoot** to run errands for them.
工廠裡的老手總是使喚新手做事。

» **footboard**

['fʊt,bord]

n. 踏足板；（床架底部的）靠腳板

foot（腳）+ board（板子）

例 For me, a **footboard** is not essential to the bed. It's just for decoration.
對我來說，床並不需要有靠腳板。它只是用來裝飾用的。

☞ **fall** 落下，跌落；降落

❀ 聯想助記

» **fallback**

[ˋfɔl͵bæk]

n. 撤退；後備計劃；降落物
adj. 後退的；應變的

fall（落下）
+ back（回）

例 We should have a **fallback** plan in case this plan doesn't work.

我們應該有一個備用計畫，以免這個計畫不成功。

» **fallibility**

[͵fælə`bɪlətɪ]

n. 易犯錯性；出錯性；不可靠

fall（落下）
+ ability（能力）

例 We'd better not trust our memory due to its **fallibility**.

因為容易出錯，我們最好不要相信我們的記憶。

» **falloff**

[ˋfɔl͵ɔf]

n. 衰退、下降

fall（降落）
+ off（下來）

例 The business of the restaurant suffered a disastrous decline because of a **falloff** in its service quality.

這家餐廳的生意因為服務品質衰退，而一落千丈。

» **fallout**

[ˋfɔl͵aʊt]

n. 餘波；附帶結果；輻射落塵

fall（落下）
+ out（向外）

例 The experts warned that radiation **fallout** could cause brain damage.

專家警告輻射落塵會引起腦部傷害。

F

» **freefall**
[fri`fɔl]

adj. 自由落體的

free（自由）
＋ fall（降
下）

例 His reputation went into **freefall** after the extramarital affair.
他的名聲在發生婚外情之後就一落千丈。

» **pitfall**
[`pɪt͵fɔl]

n. 陷阱；圈套；隱藏的危險

pit（窪坑）
＋ fall（跌
落）

例 Teenagers must be taught to avoid **pitfalls** on the Internet.
青少年必須被教導如何避開網路上的陷阱。

» **downfall**
[`daʊn͵fɔl]

n. 墜落；垮臺，沒落；大降雨（或雪）

down（往
下）＋ fall
（降落）

例 It never occurred to him that the scandal would lead to his **downfall**.
他從未想到這樁醜聞會導致他身敗名裂。

» **rockfall**
[rɑk͵fɔl]

n. 大量的落石

rock（石頭）
＋ fall（降
落）

例 It is reported that two men were buried under a **rockfall** from a cliff above yesterday.
報導指出兩名男子昨天被上方懸崖降下的落石給掩埋了。

» **pratfall**
[`præt͵fɔl]

n. 坐跌在地（屁股著地的摔倒）、出醜；
可恥的失敗

prat（屁股）
＋ fall（跌
落）

例 A blush came into his cheeks as he realized that he had taken a **pratfall**.
他明白自己出了個大醜，整張臉都紅了。

» landfall
[ˈlænd͵fɔl]

n. 著陸;登陸

land（陸地）
＋ fall（降
落）

例 The typhoon is predicted to make its **landfall** somewhere tonight.
我們預測颱風將會在今晚某時登陸。

» nightfall
[ˈnaɪt͵fɔl]

n. 黃昏,傍晚;日暮

night（夜晚）
＋ fall（降
落）

例 The workers at the construction site usually knock off at **nightfall**.
工地工人通常傍晚就收工了。

» rainfall
[ˈren͵fɔl]

n. 下雨;降雨量

rain（雨）＋
fall（降落）

例 **Rainfall** is less than normal for the past six months.
過去六個月的降雨量比正常要少些。

» shortfall
[ˈʃɔrt͵fɔl]

n. 差額;赤字

short（短少
的）＋ fall
（降落）

例 There is a serious **shortfall** in supply of laborers.
目前有嚴重的勞工供應不足的問題。

» snowfall
[ˈsno͵fɔl]

n. 降雪;降雪量

snow（雪）
＋ fall（降
落）

例 The village has been completely isolated by the heavy **snowfall**.
該村因為這場大雪而被完全隔絕了。

F

☞ **fare**　票價、費用；過活；進行

☆ 聯想助記

» **welfare**
['wɛl,fɛr]

| n. | 福利；救濟事業 |
| adj. | 福利事業的；接受社會救濟的 |

well（好的）
＋ fare（過
活）

例 Not all politicians truly care about the **welfare** of the people.
並不是所有的政治人物都真正地關心人民的福祉。

» **warfare**
['wɔr,fɛr]

| n. | 戰事 |

war（戰爭）
＋ fare（進
行）

例 The regional conflict between the two countries has erupted into violent **warfare**.
兩國之間的區域性衝突已經爆發成激烈的戰爭。

» **airfare**
['ɛrfɛr]

| n. | 飛機票價 |

air（航空）
＋ fare（票
價）

例 If you work for an airline, you can get a big discount on your **airfare** costs.
如果你在航空公司工作，你就能在機票費用上取得很大的優惠。

» **workfare**
['wɝk,fɛr]

| n. | 工作福利 |

work（工作）
＋ fare（福
利）

例 Through **workfare** income supplement scheme, the government will provide additional support to low-wage citizens.
透過就業補助計劃，政府將會針對低薪公民提供額外的補助。

» **fanfare**

[ˋfænˌfɛr]

n. （儀式等開始前的）響亮的喇叭聲；誇耀

fan（煽動）+ fare（進行）

例 The opening ceremony started with a **fanfare** of drums and trumpets.
開幕儀式以鼓樂齊鳴的方式開場。

» **carfare**

[ˋkɑrˌfɛr]

n. 車費

car（車）+ fare（費用）

例 You will need some cash for **carfare**.
你會需要一些現金用來付車費。

» **thoroughfare**

[ˋθɝoˌfɛr]

n. 大道、幹線道路；通行

thorough（徹底的）+ fare（進行）

例 We didn't make it to the concert because we got stuck on a busy **thoroughfare**.
我們因為塞在繁忙的幹道上而沒能順利參加音樂會。

» **farewell**

[ˋfɛrˋwɛl]

n. 告別；送別會

fare（過活）+ well（好地）

例 **Farewell**, my friend. Take good care of yourself until we meet again.
再會了，我的朋友。直到我們再見之前，請好好保重。

F

☞ **family** 家庭、家人

✿ 聯想助記

» **stepfamily**
[ˋstɛpˏfæməlɪ]

n. 再婚家庭；繼親家庭

例 I got a **stepfamily** after my mother remarried.
在我媽媽再婚之後，我有了一個繼親家庭。

step（繼親的）＋ family（家庭）

» **multifamily**
[ˋmʌltɪˏfæməlɪ]

adj. 多戶型、多戶家庭的

例 They are planning to build a 24-unit **multifamily** apartment building.
他們計劃興建一個 24 戶的公寓大樓。

multi（多的）＋ family（家庭）

☞ **fast** 快的；固定的，穩的；緊緊地

✿ 聯想助記

» **breakfast**
[ˋbrɛkfəst]

n. 早餐

例 **Breakfast** is believed to be the most important meal of the day.
早餐被認為是一天中最重要的一餐。

break（打斷）＋ fast（快速）

» **bedfast**

['bɛd,fæst]

adj. 臥床不起的

bed（床）＋ fast（固定的）

例 She has remained **bedfast** since she suffered a stroke two years ago.
她自從兩年前中風後就一直臥床不起。

» **colorfast**

['kʌlə,fæst]

adj. 不褪色的

color（顏色）＋ fast（固定的）

例 The shirt is **colorfast**, so you can just machine-wash it.
這件襯衫不會褪色，所以你可以直接丟進洗衣機洗。

» **lightfast**

['laɪt,fæst]

adj. 耐光的，不因曬光而褪色的

light（光）＋ fast（固定的）

例 These chairs are perfect outdoor furniture because they are waterproof and **lightfast**.
這些椅子是很棒的室外家具，因為它們既防水又耐光。

👆 同義字 **sunfast**

» **standfast**

['stænd,fæst]

n. 固執的態度，堅定的立場
adj. 固執的、堅定的

stand（站立）＋ fast（穩的）

例 No matter how hard life seems to be, we should remain **standfast** in our faith.
無論生活看起來有多麼艱難，我們都應該堅定我們的信念。

» **superfast**

['supə,fæst]]

adj. 超快的、超高速的

super（超級）＋ fast（快速的）

例 This **superfast** train can take us to Taipei in less an hour.
這班超高速列車不到一小時就讓我們抵達台北。

F

» **fasten**

[ˋfæsn]

v. 繫緊、閂牢、釘牢

fast（固定的）＋ en（動詞字尾）

例 Please remain seated and keep your seatbelt **fastened** until the bus has come to a complete stop.
在公車完全停下之前，請留在座位上，並繫緊您的安全帶。

 TRACK 047

☞ **fat** 肥胖的、多脂的；油脂、脂肪

» **fatback**

[ˋfætˏbæk]

n. （豬肉之）背部肥肉

fat（脂肪）＋ back（背）

例 The best way to cook **fatback** is to deep-fry it for 15 minutes.
烹調豬背肥肉的最佳方式就是油炸 15 分鐘。

» **fathead**

[ˋfætˏhɛd]

n. 傻瓜、呆子

fat（胖的）＋ head（頭）

例 It is rude to call someone **fathead**.
叫人家呆子是很沒禮貌的。

» **fatless**

[ˋfætlɪs]

adj. 無油的

fat（油脂）＋ less（無的）

例 I always use a non-stick pan for **fatless** cooking.
我經常用不沾鍋做無油烹飪。

» fatling
[ˋfætlɪŋ]

n. 待宰的肥（幼）畜

fat（肥胖的）
＋ ling（幼
小者）

例 Those **fatlings** are going to be slaughtered.
那些養得肥肥的幼小牲畜即將被宰殺。

» fatten
[ˋfætn]

v. 養肥、長肥；使肥沃

fat（肥胖）
＋ en（動詞
字尾）

例 Jessica is too skinny. She needs **fattening** up.
Jessica 太瘦了。她需要增胖。

F

» fattish
[ˋfætɪʃ]

adj. 略胖的、頗肥的

fat（肥胖）
＋ ish（有
點⋯⋯的）

例 You look **fattish** in that baggy T-shirt.
你穿那件寬鬆的 T 恤看起來有點胖。

» fatso
[ˋfætso]

n. 胖子；肥婆

fat（肥胖）
＋ so（如此
地）

例 The **fatso** next to me kept talking to me while I was
trying to rest.
坐我旁邊那個胖子在我試圖想休息時一直跟我說話。

» butterfat
[ˋbʌtɚˏfæt]

n. 乳脂

butter（奶
油）＋ fat
（油脂）

例 Normally, whole milk has around 3.5% **butterfat** while
whipping cream has around 35%.
一般來說，全脂牛奶有大約百分之 3.5 的乳脂，而鮮奶油則
有約百分之 35。

» **defat**
[dɪ`fæt]

v. 使不含脂肪；除油，去脂

de（去除）
+ fat（脂肪）

例 **Defatted** foods may cause more health problems than they solve.
去脂食品造成的健康問題可能比它們能解決的還要多。

» **nonfat**
[`nɑn`fæt]

adj. 脫脂的；不含脂肪的

non（無的）
+ fat（油脂）

例 To keep fit, she would use **nonfat** salad dressing instead of Thousand Island dressing.
為了保持身材，她會用脫脂沙拉醬來取代千島醬。

TRACK 048

☞ **feed** 餵養、餵食；提供；飼料

» **feedback**
[`fid,bæk]

n. 反饋

feed（提供）
+ back（回來）

例 We received a lot of positive **feedback** from our customers.
我們得到來自顧客的許多正面反饋。

F

» **feedbox**

['fid,baks]

n. 飼料箱

feed（飼料）
＋ box（箱
子）

例 Don't forget to refill the **feedbox** before you leave.
不要忘了在出門前將飼料箱補滿飼料。

» **feedstuff**

['fid,stʌf]

n. 飼料

feed（飼料）
＋ stuff（物
品；材料）

例 Food waste used to be a main source of animal **feedstuff**.
廚餘曾經是動物飼料的主要來源。

» **breastfeed**

[brɛst'fid]

v. 用母乳餵養；哺乳

breast（乳
房）＋ feed
（餵養）

例 The mother has to **breastfeed** her baby every four hours.
那個母親必須每四小時給她的寶寶哺乳一次。

» **overfeed**

['ovɚ'fid]

v. 過度餵食；吃得太多

over（過度）
＋ feed（餵
食）

例 **Overfeeding** your babies may increase their risk of
overweight.
過度餵食嬰孩可能會增加他們體重超重的風險。

» **underfeed**

[ˌʌndɚ'fid]

v. 給太少食物；餵食太少

under（低
於）＋ feed
（餵食）

例 That **underfed** baby is obviously underweight.
那個被餵食太少的嬰兒明顯的體重過輕。

» **winterfeed**

[`wɪntɚ͵fid]

n. 越冬飼料

v. 冬令餵養（牲畜）

winter（冬天）＋ feed（餵養；飼料）

例 Farmers were worried about possible **winterfeed** shortage for their livestock.
農夫們擔憂提供他們牲畜的越冬飼料可能會出現短缺的情況。

TRACK 049

☞ **farm** 農場

» **farmer**

[`fɑrmɚ]

n. 農夫

farm（農場）＋ er（施動者名詞字尾）

例 My grandfather is a fruit **farmer**.
我爺爺是一名果農。

» **farmhand**

[`fɑrm͵hænd]

n. 農場工人

farm（農場）＋ hand（人手）

例 We need to hire more **farmhands** for the harvest.
我們需要多請一些農場工人來幫忙收割。

🖑 同義字 **farmworker**

» **farmhouse**

[͵fɑrm͵haʊs]

n. 農舍；農家

farm（農場）＋ farmhouse（房子）

例 We spent a night at a **farmhouse** remote from the village.
我們在離村落遙遠的一個農舍住了一晚。

» **farmland**
[`farm,lænd]

n. 農田

farm（農場）
＋ land（地）

例 The **farmland** has been uncultivated since its owner died.
這塊農地自從主人過世後就一直沒耕作過。

» **farmyard**
[`farm,jard]

n. 農家庭院

farm（農場）
＋ yard（庭院）

例 Chicken, rabbits and pigs are all common **farmyard** animals.
雞、兔、豬都是常見的農家動物。

» **farmwife**
[`farm,waɪf]

n. 農婦

farm（農場）
＋ wife（妻子）

例 The uneducated **farmwife** worked night and day to support the whole family.
那未受教育的農婦夜以繼日地工作，以養活全家人。

» **aquafarm**
[`ækwə,farm]

n. 水產養殖場

aqua（水）
＋ farm（農場）

例 My uncle runs an **aquafarm** that provides aquaculture produce for the whole village.
我叔叔經營一處提供全村水產養殖產品的水產養殖場。

F

☞ father 父

» **housefather**

[ˈhaʊsˌfɑðɚ]

n. 男舍監；一家之父；團體中之男性領導人物

house（房子）+ father（父）

例 Our **housefather** is very strict about the curfew.
我們的舍監在宵禁這方面很嚴格。

» **godfather**

[ˈgɑdˌfɑðɚ]

n. 教父

god（上帝）+ father（父）

例 I am the **godfather** of my best friend's first child.
我是我最好的朋友的第一個孩子的教父。

» **grandfather**

[ˈgrændˌfɑðɚ]

n. 祖父

grand（重要的）+ father（父）

例 My **grandfather** used to fight in the World War II.
我祖父曾經參加過第二次世界大戰。

» **stepfather**

[ˈstɛpˌfɑðɚ]

n. 繼父

step（繼親的）+ father（父）

例 My **stepfather** treated me as his own child.
我的繼父待我如親生孩子。

» fatherhood

[ˋfɑðɚˏhʊd]

n. 父親的身份

father（父）＋ hood（表「某個身份所包含的責任」之名詞字尾）

例 Jeff sees **fatherhood** as an adventure that turns a new page in his life.
Jeff 將父親的身份視為開啟他人生新的篇章的一個探險經歷。

» fatherland

[ˋfɑðɚˋlænd]

n. 祖國

father（父）＋ land（土地）

例 No matter where I go, my **fatherland** is where my heart desires.
無論我去到何處，我的祖國永遠是我心之所向之地。

» fatherless

[ˋfɑðɚlɪs]

adj. 沒有父親的；父不詳的

father（父）＋ less（沒有的）

例 He has great sympathy for that **fatherless** child.
他非常同情那個沒有父親的孩子。

🖑 同義字 **unfathered**

» fatherlike

[ˋfɑðɚˏlaɪk]

adj. 如父親的

father（父）＋ like（像……的）

例 Mr. Brown exhibited a **fatherlike** attitude towards those children in the orphanage.
Brown 先生對孤兒院裡的那些孩子的態度就如同一個父親。

» fatherly

[ˋfɑðɚlɪ]

adj. 父親的；父親般的；慈祥的

father（父）＋ ly（「像……的」之形容詞字尾）

例 He gave me a gentle pat on the back with a **fatherly** smile.
他帶著父親般慈祥的微笑，輕拍著我的背。

F

☞ **finger** 手指

🌟 **聯想助記**

» **fingerless**

[ˈfɪŋɚlɪs]

adj. 無指的

例 She wore a pair of **fingerless** gloves to keep her hands warm.
她戴了一雙無指手套保持手部溫暖。

finger（手指）＋ less（沒有的）

» **fingerprint**

[ˈfɪŋɚˌprɪnt]

n. 指紋

例 The thief wore gloves so as not to leave his **fingerprints**.
偷兒戴著手套以防留下指紋。

finger（手指）＋ print（印）

» **fingertip**

[ˈfɪŋɚˌtɪp]

n. 指尖

例 I always keep my cellphone at my **fingertips** wherever I am.
無論我在哪裡，我總是將手機放在隨手可得的地方。

✎ **常用片語** **at one's fingertips** 近在手邊；隨時可用

finger（手指）＋ tip（頂端）

» **fingernail**

[ˈfɪŋɚˌnel]

n. 手指甲

例 She always unconsciously bites her **fingernails** when she lies.
當她說謊時，會下意識地咬手指甲。

finger（手指）＋ nail（指甲）

» fingerpost

['fɪŋgə·ˌpost]

n. 指標

finger（手指）+ post（貼出佈告）

例 You can look for directions on the **fingerpost** at the intersection.

你可以在路口的手指指標上看看應該往哪個方向走。

» fingerboard

['fɪŋgə·ˌbɔrd]

n.（提琴等的）指板；（鋼琴等的）鍵盤

finger（手指）+ board（板）

F

例 It takes time and practice to get familiar with the **fingerboard** of the violin.

要熟悉小提琴的指板需要時間和練習。

» forefinger

['for·ˌfɪŋgə·]

n. 食指

fore（前部）+ finger（手指）

例 Forming your thumb and **forefinger** into a circle usually signal the word "OK".

把拇指和食指形成一個圓圈通常是 OK 的信號。

» ladyfinger

['ledɪˌfɪŋgə·]

n. 指形小鬆糕；手指餅乾

lady（淑女）+ finger（手指）

例 To make tiramisu, we need to bake some **ladyfingers** first.

為了做提拉米蘇，我們需要先烤一些手指餅乾。

» butterfingers

['bʌtə·ˌfɪŋgə·z]

n. 手腳笨拙的人；容易掉球的人

butter（奶油）+ finger（手指）

例 The new office assistant is such a **butterfingers** that always drops things.

那個新來的辦公室助理老是掉東掉西，真是個手腳笨拙的人。

👉 fish 魚；捕魚、釣魚

» **blackfish**
['blæk,fɪʃ]

n. 巨頭鯨、虎鯨、殺人鯨

black（黑色）＋ fish（魚）

例 It is so wrong that people keep **blackfish** at marine parks. They belong to the ocean.
將虎鯨關在海洋公園裡真的是大錯特錯。牠們是屬於海洋的呀。

» **inkfish**
['ɪŋk,fɪʃ]

n. 烏賊、墨魚

ink（墨水）＋ fish（魚）

例 The ink of **inkfish** is a popular ingredient in Mediterranean cuisine.
墨魚汁是地中海料理中很受歡迎的一種食材。

✋ 同義字 cuttlefish

» **flatfish**
['flæt,fɪʃ]

n. 比目魚

flat（扁的）＋ fish（魚）

例 Monkfish is a **flatfish**, but it's not flat, to be exact.
鮟鱇雖然是比目魚，但嚴格說來牠並不「扁」。

» **fishbone**
['flæt,bon]

n. 魚骨

fish（魚）＋ bone（骨頭）

例 How can I remove the small **fishbone** stuck in my throat?
我該怎麼拿出卡在我喉嚨裡的小魚刺？

» **fishbowl**

[ˋfɪʃ͵bol]

n. 玻璃魚缸

fish（魚）＋ bowl（碗）

例 This tiny **fishbowl** doesn't have enough space for my fish.
這個小魚缸沒有容納我的魚兒的足夠空間。

» **fisher**

[ˋfɪʃɚ]

n. 漁夫；漁船；食魚動物

fish（魚）＋ er（施動者名詞字尾）

例 If it were not for the **fisher**, the drowning woman would have died.
要不是那個漁夫，那個溺水的女人早就死了。

✋ 同義字　**fisherman; fisherwoman**

» **fishgig**

[ˋfɪʃ͵gɪg]

n. 鉤型魚叉

fish（捕魚）＋ gig（魚叉、排鉤）

例 The man caught many fish with his **fishgig**.
男子用魚叉抓到了許多魚。

» **fishhook**

[ˋfɪʃ͵hʊk]

n. 魚鉤

fish（釣魚）＋ hook（鉤子）

例 Jeff took the fish off the **fishhook** and freed it.
Jeff 將魚從魚鉤上取下，並放生牠。

» **fishlike**

[ˋfɪʃ͵laɪk]

adj. 似魚的

fish（魚）＋ like（像⋯⋯的）

例 Before transforming into a frog, a tadpole has a **fishlike** tail and gills.
在變為青蛙之前，蝌蚪有著像魚一樣的尾巴和鰓。

F

» **fishmeal**
[ˋfɪʃ͵mil]

n. 魚粉

fish（魚）＋ meal（餐）

例 **Fishmeal** is primarily used in fertilizer as a protein supplement.
魚粉主要用在肥料中作為蛋白補充物。

» **fishmonger**
[ˋfɪʃ͵mʌŋgɚ]

n. 魚販，魚商

fish（魚）＋ monger（商人）

例 Just choose the fish you want, and let the **fishmonger** discale and gut it for you.
選擇你想要的魚，然後讓魚販幫你將魚去鱗和取出內臟。

» **fishnet**
[ˋfɪʃ͵nɛt]

n. 漁網

fish（捕魚）＋ net（網子）

例 The poor green sea turtle was completely entangled in a **fishnet**.
那隻可憐的綠蠵龜被漁網徹底的纏住了。

» **fishpond**
[ˋfɪʃ͵pɑnd]

n. 養魚池

fish（魚）＋ pond（池塘）

例 My grandpa has a small **fishpond** in the yard where he raises trout.
我爺爺在院子裡有個養鱒魚的小魚池。

» **fishtail**
[ˋfɪʃ͵tel]

n. 魚尾；擺尾行駛
v. 擺尾行駛
adj. 魚尾狀的

fish（魚）＋ tail（尾）

例 The man **fishtailed** for a few blocks and finally stopped the car after he hit a street light.
男子擺尾行駛過數條街區，最後終於在撞到一盞路燈後停下車來。

» **fishwife**
[ˋfɪʃ͵waɪf]

n. 賣魚的婦人；潑婦

fish（魚）＋
wife（妻子）

例 The woman was screaming and cursing like a **fishwife**.
那女人就像個潑婦一樣尖叫咒罵著。

» **shellfish**
[ˋʃɛl͵fɪʃ]

n. 水生貝類動物、有殼水生動物

shell（貝殼）
＋ fish（魚）

例 I don't eat **shellfish** because I am allergic to them.
我不吃貝類，因為我對貝類過敏。

TRACK 053

☜ **flash** 閃光；閃現

» **flashback**
[ˋflæʃ͵bæk]

n.（電影）倒敘
v. 以倒敘形式呈現

flash（閃現）
＋ back（倒回）

例 The movie used a lot of **flashbacks** to show the woman's childhood memory.
這電影使用大量的倒敘呈現女子的童年記憶。

» **flashbulb**
[ˋflæʃ͵bʌlb]

n.（攝影的）閃光燈泡

flash（閃光）
＋ bulb（燈泡）

例 The young actor is getting used to having **flashbulb** popping all around him.
那年輕演員已經漸漸習慣身邊不斷有攝影閃光燈圍繞。

» **flashcard**

['flæʃ,kɑrd]

n. 閃示卡

flash（閃現）
+ card（卡）

例 **Flashcards** are very useful visual aid in teaching young children new words.
閃示卡是教幼兒新字彙時非常有用的視覺教具。

» **flashlight**

['flæʃ,laɪt]

n. 手電筒；閃光燈

flash（閃光）
+ light（燈）

例 Please do not use **flashlight** when you take pictures in the museum.
在博物館內拍照時請勿使用閃光燈。

» **photoflash**

['fotə,flæʃ]

n. 閃光燈

photo（拍照）+ **flash**（閃光）

例 This camera has a built-in **photoflash** for taking pictures in the dim light.
這款相機有內建閃光燈，讓您可在暗光中拍照。

» **flashgun**

['flæʃ,gʌn]

n. 閃光槍

flash（閃光）
+ gun（槍）

例 He attached a **flashgun** to his camera so as to take photos indoors.
他在相機上安裝一支閃光槍，以便在室內拍照。

☞ **game** 遊戲；比賽；賭博

✿ 聯想助記

» **endgame**
[ˋɛndɡem]

n. 殘局；尾聲；最後階段；終局之戰

end（結束）＋ game（比賽）

例 Joseph was upset to find himself in the **endgame** of the chess match.
Joseph 沮喪地發現這場棋賽已經進入殘局。

» **ballgame**
[bɔlɡem]

n. 球類遊戲、球類運動

ball（球）＋ game（遊戲）

例 Boys are more interested in **ballgames** than in playing house.
男孩子們對球類運動比家家酒有興趣。

» **gameness**
[ˋɡemnɪs]

n. 勇氣；勇敢

game（比賽）＋ ness（名詞字尾）

例 Jack showed **gameness** in fighting against the school bully.
Jack 在對抗校園霸凌者時展現出十足的勇氣。

» **gamesmanship**

[ˋgemzmənˌʃɪp]

n. 制勝絕招;花招,小動作

例 A man of strength disdains to practice **gamesmanship**.
一個有實力的人是不屑耍小動作的。

» **gamesome**

[ˋgemsəm]

adj. 戲弄的;快樂的

game（遊戲）+ some（引起的）

例 Those 50-something men are **gamesome** as teenagers when they get together.
那些五十幾歲的大叔湊在一塊兒時就跟青少年一樣愛開玩笑。

» **gamester**

[ˋgemstɚ]

n. 賭徒

game（賭博）+ ster（表「從事……行業的人」之名詞字尾）

例 The **gamester** staked all his fortune, and lost it.
那個賭徒押下自己所有的財產,然後全都輸了。

 TRACK 055

👈 **girl** 女孩;女子

✿ 聯想助記

» **playgirl**

[ˋpleˌgɝl]

n. 追尋享樂的女子;太妹

play（玩樂）+ girl（女子）

例 She is a **playgirl** who has a pessimistic view on marriage.
她是個尋歡享樂的女孩,對婚姻抱持悲觀的看法。

» girlhood

['gɝ,lhʊd]

n. 少女時代，少女時期

girl（女孩）
＋ hood（時期）

例 My mother said that she had many suitors in her **girlhood**.
我媽媽說她少女時期有很多追求者。

» papergirl

['pepɚ,gɝl]

n. 女報童；女送報生

paper（報紙）＋ girl（女子）

例 Sandra earned her living as a **papergirl** before she found a full-time job in a restaurant.
Sandra 在找到餐廳的全職工作之前，是靠送報謀生的。

» choirgirl

['kwaɪr,gɝl]

n. 唱詩班女童

choir（唱詩班）＋ girl（女孩）

例 The diva singer used to be a **choirgirl** before she was scouted.
這天后歌手在被星探發掘前曾是個唱詩班女童。

» salesgirl

['selz,gɝl]

n. 女店員；女售貨員

sales（銷售）＋ girl（女子）

例 The shoe store is looking for **salesgirls**.
這家鞋店正在徵女售貨員。

» girlish

['gɝ,lɪʃ]

adj. 少女的；女孩子氣的

girl（女孩）＋ ish（頗；像……的）

例 Bruce loved playing **girlish** games when he was little.
Bruce 小時候很愛玩女孩子的遊戲。

G

» **schoolgirl**

['skul͵gɝl]

n. 女學生

school（學校）+ girl（女孩）

例 Mary is a mother of two, but still looks as young as a **schoolgirl**.
Mary 已經是兩個孩子的媽，但看起來仍年輕地像個女學生。

» **girlfriend**

['gɝl͵frɛnd]

n. 女朋友

girl（女子）+ friend（朋友）

例 David decided to propose to his **girlfriend** tonight.
David 決定今晚向他的女友求婚。

» **showgirl**

['ʃo͵gɝl]

n. 歌舞演員或合唱團女子；廣告女郎

show（表演）+ girl（女子）

例 Fiona had a part-time job as a **showgirl** when she was still in college.
Fiona 還在念大學的時候就兼職當廣告女郎。

TRACK 056

👊 glass 玻璃；玻璃杯

» **eyeglass**

['aɪ͵glæs]

n. 單片眼鏡；鏡片

eye（眼）+ glass（玻璃）

例 You will have to wear **eyeglasses** if you are near-sighted.
如果你近視的話，就必須戴眼鏡。

» **glassblowing**
[ˋɡlæsˌbloɪŋ]

n. 玻璃吹製

glass（玻璃）
+ blow（吹）
+ ing（動名
詞字尾）

例 **Glassblowing** is a professional technique that requires high concentration.
玻璃吹製是一項需要高度專注力的專業技術。

» **glassblower**
[ˋɡlæsˌbloɚ]

n. 玻璃吹製者（或機器）

glass（玻璃）
+ blow（吹）
+ er（施
動者名詞字
尾）

G

例 It took the **glassblower** several hours to create such an exquisite glass bottle.
玻璃吹製師花了好幾個小時創作了如此一個精緻的玻璃瓶。

» **glasshouse**
[ˋɡlæsˌhaʊs]

n. 溫室；玻璃工場

glass（玻璃）
+ house（房
屋）

例 These exquisite tropical flowers must be grown in a **glasshouse**.
這些精緻的熱帶花朵一定要種在玻璃屋裡。

» **hourglass**
[ˋaʊrˌɡlæs]

n. 沙漏；滴漏

hour（時）
+ glass（玻
璃）

例 Sometimes my mother would use an **hourglass** as a timer when she cooks.
我媽媽煮菜時偶爾會用沙漏當計時器。

👆 同義字 **sandglass**

» **fiberglass**
[ˋfaɪbɚˌɡlæs]

n. 玻璃纖維；玻璃棉

fiber（纖維）
+ glass（玻
璃）

例 Water leaked out from the crack in the **fiberglass** side of the tank.
水從貯水槽的玻璃纖維面上的裂縫漏了出來。

» **glassmaker**

[`glæs,mekɚ]

n. 玻璃工匠

glass（玻璃）＋ make（製作）＋ er（施動者名詞字尾）

例 Tom's father and grandfather are both **glassmakers** in the glass factory.
Tom 的爸爸和爺爺都是玻璃工廠的玻璃工匠。

» **glassware**

[`glæs,wɛr]

n. 玻璃器皿

glass（玻璃）＋ ware（器皿）

例 Please handle the **glassware** with care.
玻璃器皿請小心輕放。

» **glasswork**

[`glæs,wɝk]

n. 玻璃製造業；玻璃製品

glass（玻璃）＋ work（作品）

例 The factory is specialized in making **glasswork**.
這家工廠專門生產玻璃製品。

» **spyglass**

[`spaɪ,glæs]

n. 小望遠鏡

spy（偵探）＋ glass（玻璃）

例 My uncle often carries a **spyglass** with him for bird watching.
我叔叔時常帶著一支小望遠鏡可以賞鳥。

» **sunglasses**

[`sʌn,glæsɪz]

n. 太陽眼鏡

sun（太陽）＋ glass（玻璃）＋ es（複數字尾）

例 **Sunglasses** can protect your eyes from the sun.
太陽眼鏡可以保護你的眼睛免受太陽傷害。

» **weatherglass**

[ˈwɛðɚˌglæs]

n. 晴雨表；濕度計；氣壓計

weather（天氣）+ glass（玻璃）

例 We can predict weather by looking at the **weatherglass**.
我們可以藉由觀察晴雨表來預測天氣。

» **wineglass**

[ˈwaɪnˌglæs]

n. 酒杯

wine（酒）+ glass（玻璃杯）

例 The waiter refilled our **wineglasses** before they were empty.
侍者在我們的酒杯空之前為我們斟酒。

TRACK 057

☞ **god** 上帝，神

» **godchild**

[ˈgɑdˌtʃaɪld]

n. 教子女

god（上帝）+ child（孩子）

例 Mr. Chang doesn't have any children, but he has three **godchildren**.
張先生沒有孩子，但他有三個教子女。

» **goddaughter**

[ˈgɑdˌdɔtɚ]

n. 教女

god（上帝）+ daughter（女兒）

例 Miranda's niece is also her **goddaughter**.
Mirand 的外甥女也是她的教女。

» **goddess**
['ɡɑdɪs]

n. 女神；受尊崇的女子

god（神）+ ess（表「女性」之名詞字尾）

例 The beautiful young female chef is adored as a kitchen **goddess**.
那美麗的年輕女廚師被封為廚房女神。

» **godfather**
['ɡɑd͵fɑðɚ]

n. 教父

god（上帝）+ father（父）

例 Jimmy was asked to be the **godfather** of his best friend's child.
Jimmy 被要求當他好友的孩子的教父。

» **godforsaken**
['ɡɑdfɚ`sekən]

adj. 被上帝遺棄的；（指地方）陰森的；偏僻的

god（上帝）+ forsake（遺棄）+ en（過去分詞形容詞字尾）

例 She felt like she had been **godforsaken** when she lost her parents in an accident.
當她在一場意外中失去雙親時，感到自己像是被上帝遺棄了。

» **godless**
['ɡɑdlɪs]

adj. 不信神的；無神論者的；邪惡的

god（神）+ less（沒有的）

例 He used to be **godless**, but now he is a religious Catholic.
他曾經不信神，但現在他是個虔誠的天主教徒。

» **godlike**
['ɡɑd͵laɪk]

adj. 上帝般的；神聖的，莊嚴的

god（上帝）+ like（像）

例 Emperor of Japan is a **godlike** existence to the people.
日本天皇對其人民來說是個如神般的存在。

» **godmother**

['gɑd,mʌðɚ]

n. 教母

god（上帝）
＋ mother
（母）

例 My best friend wants me to be her daughter's **godmother**.
我最好的朋友希望我當她女兒的教母。

» **godsend**

['gɑd,sɛnd]

n. 天賜之物；及時雨

god（上帝）
＋ send（送）

例 After five months of drought, we finally had a **godsend** rain.
在五個月的乾旱之後，我們終於得到了一場及時雨。

» **godson**

['gɑd,sʌn]

n. 教子

god（上帝）
＋ son（兒子）

例 The boy is my **godson** and we're very close.
那男孩是我的教子，而且我們很親。

TRACK 058

👈 **gold** 金；金色

» **goldfish**

['gold,fɪʃ]

n. 金魚

gold（金）
＋ fish（魚）

例 He has been living in a **goldfish** bowl since he became a famous singer.
自從他成為一為名歌手後，就像生活在金魚缸中一般沒有隱私。

G

» **goldfield**

[ˋgoldˏfild]

n. 採金地；金礦區

gold（金）＋ field（田地）

例 The city was a **goldfield** that experienced dramatic rise and subsequent crash.
這個城市是個經歷過戲劇性崛起及隨之而來的沒落的金礦區。

» **goldsmith**

[ˋgoldˏsmɪθ]

n. 金匠

gold（金）＋ smith（工匠）

例 The old **goldsmith** is known for his exquisite craftsmanship.
老金匠因其精湛的手藝而廣為人知。

» **goldbrick**

[ˋgoldˏbrɪk]

n. 假金磚；假貨
v. 稱病、欺詐；偷懶

gold（金）＋ brick（磚）

例 Get back to work, you **goldbrick**!
回去工作，你這個偷懶的傢伙！

TRACK 059

☞ **good** 好的

» **goodbye**

[ˏgʊdˋbaɪ]

n. 再見

good（好的）＋ bye（再見）

例 The girl kissed her father **goodbye** at the door.
女孩在門口跟爸爸親吻道別。

» **goodhearted**
['gʊd'hartɪd]

adj. 好心腸的;寬厚的;仁慈的

good（好的）+ heart（心）+ ed（過去分詞形容詞字尾）

例 The poor boy was adopted by a **goodhearted** couple.
可憐的男孩被一對善心夫妻給收養了。

» **goodie**
['gʊdɪ]

n. 正面人物;好人;好東西

good（好的）+ ie（表「小東西」之名詞字尾）

例 I've brought some **goodies** for you.
我帶了一些好東西來給你。

✋ 同義字 **goody**

» **goodish**
['gʊdɪʃ]

adj. 尚好的;頗大的;相當大的

good（好的）+ ish（頗）

例 Mom seems to be in a **goodish** mood today.
媽媽今天看起來心情還不錯。

» **goodly**
['gʊdlɪ]

adj. 討喜的;好的,優秀的;（數量）多的

good（好的）+ ly（形容詞字尾）

例 A **goodly** number of paintings by Monet are displayed in this art museum.
這間美術館陳列了相當多莫內的畫作。

» **good-looking**
['gʊd'lʊkɪŋ]

adj. 好看的

good（好的）+ look（看）+ ing（現在分詞形容詞字尾）

例 Jennifer is always attracted to **good-looking** guys.
Jennifer 總是受帥哥吸引。

G

» **good-natured**
[`gʊd`netʃɚd]

adj. 性情溫和的；和藹的

good（好的）
＋ nature（天性）＋ ed（過去分詞形容詞字尾）

例 The **good-natured** villagers are friendly and generous to visitors.
天性善良的村民對訪客都很友善和大方。

» **goodness**
[`gʊdnɪs]

n. 善良；仁慈；精華
int. （表示驚訝）天哪

good（好的）
＋ ness（名詞字尾）

例 He believes that humans are born with **goodness**.
他相信人性本善。

» **scattergood**
[`skætɚˌgʊd]

n. 揮霍無度者

scatter（散播）＋ good（好的）

例 Peter has become a **scattergood** since he won the lottery.
Peter 自從中樂透後，就變成一個揮霍無度的人。

» **goodwill**
[`gʊd`wɪl]

n. 善意，好心

good（好的）
＋ will（意願）

例 Thanks to the help of a man of **goodwill**, the old lady returned home safely.
多虧一個好心人的幫忙，老太太安全地回到家了。

☞ **hair** 髮；毛

※ 聯想助記

» **hairband**
[ˋhɛrˌbænd]

n. 束髮帶；髮箍

hair（髮）＋ band（帶）

例 When I work, I always wear a **hairband** to keep my bangs from falling.
當我工作時，我總是會戴髮箍讓我的瀏海不掉下來。

» **hairbrush**
[ˋhɛrˌbrʌʃ]

n. 毛刷，髮刷、梳子

hair（髮）＋ brush（刷子）

例 Can you recommend me a nice **hairbrush** for curl hair?
你可以推薦我一把梳捲髮的好梳子嗎？

» **haircut**
[ˋhɛrˌkʌt]

n. 理髮、剪髮

hair（髮）＋ cut（剪）

例 My hair grows very fast that I have a **haircut** once a month.
我頭髮長得很快，所以我一個月剪髮一次。

» hairdo
[ˋhɛrˌdu]

n. （女子）髮式，髮型；做頭髮

hair（髮）
+ do（做）

例 Your new **hairdo** takes ten years off you.
你的新髮型讓你年輕了十歲。

✋同義字 hairstyle

» hairdresser
[ˋhɛrˌdrɛsɚ]

n. 美髮師

hair（髮）
+ dress（打扮）+ er（施動者名詞字尾）

例 I love my new hairdo. The **hairdresser** you recommended me did a fantastic job.
我很愛我的新髮型。你推薦給我的美髮師做得很棒。

» hairdressing
[ˋhɛrˌdrɛsɪŋ]

n. 理髮；美髮業

hair（髮）+ dress（打扮）+ ing（動名詞字尾）

例 My sister has a strong interest in **hairdressing**.
我妹妹對美髮有強烈的興趣。

» hairpin
[ˋhɛrˌpɪn]

n. 髮簪；髮夾

hair（髮）
+ pin（大頭針）

例 I like the way that you twist your hair into a bun with a **hairpin**.
我喜歡你用髮簪把頭髮扭成一個髮髻。

» hairless
[ˋhɛrlɪs]

adj. 無毛髮的；禿的

hair（髮）+ less（少的）

例 It is quite rude to give a **hairless** person a comb or a hairbrush as a gift.
送梳子或髮刷給無頭髮的人當禮物是一件很無禮的事。

» hairline
[ˈhɛrˌlaɪn]

n. 髮際線

hair（髮）
＋ line（線）

例 He started to worry about his hair loss when his **hairline** was getting higher.
當他的髮際線變得越來越高時,他開始擔心自己落髮的問題。

» hairy
[ˈhɛrɪ]

adj. 多毛的;毛茸茸的

hair（毛）＋ y（多......的）

H

例 Personally, I don't like men with **hairy** chests.
就我個人而言,我不喜歡胸毛多的男生。

» hairsplitting
[ˈhɛrˌsplɪtɪŋ]

n. 拘泥於細節;吹毛求疵
adj. 拘泥小節的;吹毛求疵的

hair（毛）＋ split（裂開）＋ ing（現在分詞形容詞字尾）

例 I don't think we should waste our time with **hairsplitting**.
我認為我們不應該浪費時間吹毛求疵。

» hairspray
[ˈhɛrspre]

n. 髮型噴霧定型劑

hair（髮）＋ spray（噴）

例 She usually styles her hair with **hairspray**.
她通常會用髮型噴霧定型劑來幫頭髮做造型。

» hairstylist
[ˈhɛrˌstaɪlɪst]

n. 髮型師

hair（髮）＋ style（造型）＋ ist（表「從事......者」之名詞字尾）

例 Marco's extraordinary hairdressing skills made him a top celebrity **hairstylist**.
Marco 高超的美髮技能使他成為頂尖名流髮型師。

☞ hand 手；人手；傳遞

🌸 **聯想助記**

» **offhand**
[`ɔf`hænd]

adv. 不假思索地
adj. 即席的；不禮貌的；不拘禮的

off（離開）
+ hand
（手）

例 Don't take his **offhand** remarks too seriously.
他那些隨口說說的話，不用太較真。

» **handbag**
[`hænd͵bæg]

n.（女用）手提包；小旅行袋，旅行包

hand（手）
+ bag（包）

例 That designer **handbag** costs an arm and a leg. I
certainly can't afford it.
那個設計師名牌手提包耗資不菲啊。我當然買不起。

» **handbill**
[`hænd͵bɪl]

n. 傳單；招貼，廣告單

hand（傳遞）
+ bill（單）

例 The man is giving out **handbills** in the street to promote
the new restaurant.
男子在路上發傳單宣傳新餐廳。

🖐 同義字 **handout**

» **handbook**
[`hænd͵bʊk]

n. 手冊，便覽；旅行指南

hand（手）
+ book
（書）

例 The student **handbook** contains everything that students
are expected to follow.
學生手冊裡包含所有學生應該遵循的事項。

» **handclap**

['hænd‚klæp]

n. 鼓掌

hand（手）+ clap（拍掌）

例 The audience gave the speaker a **handclap**.
觀眾為演説者鼓掌。

» **handcuff**

['hænd‚kʌf]

n. 手銬

v. 給……戴上手銬

hand（手）+ cuff（手銬）

例 The police officer **handcuffed** the suspect and got him into the police car.
員警給嫌犯戴上手銬，並讓他坐進警車。

» **handheld**

['hænd‚held]

adj. 手提式的；手持的

hand（手）+ held（拿著的）

例 This compact **handheld** vacuum has strong suction and it's perfect for pet hair.
這款小型手提吸塵器吸力強，非常適合拿來吸寵物毛。

» **handmade**

['hænd‚med]

adj. 手工的

hand（手）+ made（製作的）

例 This **handmade** birthday card from my daughter really made my day.
這張我女兒手工製作的生日卡片讓我一整天開心極了。

» **handout**

['hændaʊt]

n. 傳單；印刷品；施捨物；（上課的）講義

hand（傳遞）+ out（出去）

例 Make sure you have enough copies of the class **handout** for all the students.
上課講義務必準備足夠份數給所有學生。

H

167

» **handover**

[ˋhændˏovɚ]

n. 交接;轉移

hand(傳遞)+ over(過去)

例 You must complete the **handover** procedure before leaving your job.
在離職之前,你一定要完成交接手續。

» **handpick**

[ˋhændˏpɪk]

v. 用手採摘;仔細挑選;特別挑選

hand(手)+ pick(摘採)

例 This dream baseball team is made up of top players **handpicked** from across the country by the coach.
這支夢幻棒球隊是由教練從全國各地精選出的頂尖球員所組成。

» **handshake**

[ˋhændˏʃek]

n. 握手

hand(手)+ shake(搖)

例 It makes sense to decline a **handshake** to avoid conora virus during the pandemic.
疫情期間,拒絕握手以避免新冠病毒,是很合理的。

» **handsome**

[ˋhænsəm]

adj. 英俊的

hand(手)+ some(引起的)

例 As long as you can act, you don't have to be **handsome** to be a movie star.
只要你會演戲,不用長得英俊也可以當電影明星。

» **handwork**

[ˋhændˏwɝk]

n. 手工;手工製品

hand(手)+ work(工;作品)

例 **Handwork** activities can help young children develop creativity and right-brain-left-brain coordination.
手工活動可幫助年幼孩童培養創造力及左右腦的協調。

✋ 同義字 **handiwork**

» **handwritten**

[ˋhænd͵wrɪtn]

adj. 手寫的

hand（手）
+ write
（寫）+ en
（過去分
詞形容詞字
尾）

例 **Handwritten** letters are rare now.
手寫信現在很少見了。

» **handwriting**

[ˋhænd͵raɪtɪŋ]

n. 書寫；手寫；筆跡

hand（手）
+ write
（寫）+ ing
（動名詞字
尾）

例 His scratchy and messy **handwriting** is very difficult to be read.
他潦草凌亂的筆跡非常難以閱讀。

» **handy**

[ˋhændɪ]

adj. 手邊的；近便的；便於使用的、便於操作的；手巧的

hand（手）
+ y（形容詞
字尾）

例 This compact vacuum cleaner is a **handy** cleaning supply.
這款小型吸塵器是很便於使用的清潔用具。

» **beforehand**

[bɪˋfor͵hænd]

adv. 事先；提前地
adj. 預先準備好的；提前的

before
（在……前
面）+ hand
（手）

例 You should make an appointment with your dentist a month **beforehand**.
你應該要提前一個月跟牙醫約時間。

» **backhand**

[ˋbækˋhænd]

n. 反手拍；反手擊球

back（背）
+ hand
（手）

例 Mike ended the match with a wonderful **backhand** return and won the championship.
Mike 以一記漂亮的反手拍回擊結束了這場比賽，並贏得冠軍。

H

» **backhanded**

[ˋbæk`hændɪd]

adj. 用手背的；間接的、拐彎抹角的

back（背）+ hand（手）+ ed（過去分詞形容詞字尾）

例 Those **backhanded** compliments sound really harsh.
那些譏諷式的恭維聽起來超刺耳的。

» **barehanded**

[ˋbɛr`hændɪd]

adj. 手無寸鐵的；空手的
adv. 手無寸鐵地

bare（裸的）+ hand（手）+ ed（過去分詞形容詞字尾）

例 The man fought with a tiger **barehanded**.
那個男子赤手空拳地跟一隻老虎打了起來。

» **behindhand**

[bɪˋhaɪndˏhænd]

adj. 遲的；慢的；拖欠的

behind（在……後面）+ hand（手）

例 The tenant has been **behindhand** with his rent several times.
那個房客曾經拖欠過房租幾次。

» **evenhanded**

[ˋivənˋhændɪd]

adj. 公平的；公平無私的

even（均等的）+ hand（手）+ ed（過去分詞形容詞字尾）

例 Parents must be fair and **evenhanded** with all their children.
父母親應該要以公平一致的態度對待他們所有的孩子。

» **firsthand**

[ˋfɝstˋhænd]

adj. 第一手的，直接的；親身的
adv. 第一手地，直接地

first（第一）+ hand（手）

例 Tony shared his **firsthand** experience of running a restaurant with us.
Tony 跟我們分享了他開餐廳的親身經驗。

» **freehand**

['fri,hænd]

adj. 不用儀器畫的，徒手畫的

free（隨意的）+ hand（手）

例 The little girl impressed her art teacher with her **freehand** sketching.
小女孩的徒手素描讓她的美術老師印象十分深刻。

» **longhand**

['lɔŋ,hænd]

n. 一般手寫、普通書寫

long（長的）+ hand（手）

例 Some students take class notes in **longhand**, while others take notes on iPad.
有些學生用手寫的方式做上課筆記，其他的則將筆記記在蘋果平板上。

» **openhanded**

['opən'hændɪd]

adj. 大方的，慷慨的；攤著手的

open（開的）+ hand（手）+ ed（過去分詞形容詞字尾）

例 Thank you for your **openhanded** hospitality. We all had a wonderful time.
謝謝您慷慨的招待。我們都玩得很愉快。

» **secondhand**

['sɛkənd'hænd]

adj. 第二手的，間接的；二手的
adv. 從第二手；間接地

second（第二的）+ hand（手）

例 He runs a company that deals in **secondhand** cars.
他經營一家做二手車買賣的公司。

» **shorthand**

['ʃɔrt,hænd]

n. 速記法；速記
adj. 速記法的；用速記法的

short（短的）+ hand（手）

例 The secretary took the meeting minutes in **shorthand**.
祕書以速記法做會議記錄。

H

» **stagehand**
[`stedʒ,hænd]

n. 舞臺工作人員

stage（舞台）
＋ hand（人手）

例 We need more **stagehands** for the upcoming concert.
即將到來的演唱會需要更多的舞台工作人員。

» **thirdhand**
[θɝd,hænd]

adj. 第三手的，間接的

third（第三的）＋ hand（手）

例 Experts warn that **thirdhand** smoke may damage human DNA and increase the chances of lung cancer.
專家警告三手菸可能會損壞人類基因，增加罹患肺癌機會。

» **underhand**
[`ʌndɚ,hænd]

adj. 祕密的，不正當的
adv. 祕密地，不正當地

under（底下的）＋ hand（手）

例 Don't involve me in your **underhand** dealings.
別把我牽扯進你那些非法勾當裡。

🖐 同義字 **underhanded**

» **underhanded**
[`ʌndɚ`hændɪd]

adj. 人手不足的

under（少於……）＋ hand（人手）＋ ed（過去分詞形容詞字尾）

例 The kitchen is currently **underhanded**, so we can't take any more orders.
廚房現在人手不足，所以我們不能接更多點單了。

☞ hard　硬的；困難的；努力的；努力地

❀ ▮聯想助記

H

» hardline
[ˌhɑrdˋlaɪn]

adj. 強硬的，不妥協的

hard（硬的）
+ line（線）

例 Sometimes it is necessary for teachers to take a **hardline** attitude with the students.
有時候，老師們有必要對學生們採取不妥協的強硬態度。

» hard-mouthed
[ˌhɑrdˋmaʊðd]

adj. 難駕馭的；倔強的

hard（困難的）+ mouth（口）+ ed（過去分詞形容詞字尾）

例 For Jeremy, there is no such thing as a **hard-mouthed** horse.
對 Jeremy 來說，世界上並沒有不能駕馭的馬。

» hardship
[ˋhɑrdʃɪp]

n. 艱難，困苦

hard（困難的）+ ship（表「狀態」之名詞字尾）

例 Gary had suffered through considerable **hardship** before he finally achieved his goal.
Gary 經歷了相當大的艱難才終於達成他的目標。

» diehard
[ˋdaɪˌhɑrd]

n. 死硬派；頑固分子
adj. 抵抗到底的；頑固的

die（死）+ hard（努力地）

例 My sister is a **diehard** fan of BTS.
我妹是對防彈少年團死心塌地的狂熱粉絲。

» hardball

[`hard͵bɔl]

n. 硬式棒球

hard（硬的）
＋ ball（球）

例 I'm happy to keep him company if he wants to play **hardball** with me.
他要跟我來硬的，我樂意奉陪到底。

✏ 實用片語 play hardball 採取強硬方式

» hardhead

[`hard͵hɛd]

n. 固執的人

hard（硬的）
＋ head（頭）

例 My father is a **hardhead** who listens to no persuasion.
我爸是個不聽勸的固執的人。

» blowhard

[`blo͵hard]

n. 吹牛專家

blow（吹）
＋ hard（努力地）

例 The **blowhard** is boasting about his past accomplishments again.
那個吹牛大王又在吹噓他過去的豐功偉業了。

» foolhardy

[`ful͵hardɪ]

adj. 蠻幹的；有勇無謀的

fool（愚蠢的）＋ hard（努力的）＋ y（形容詞字尾）

例 Going rock-climbing without safety gear is not so much brave as **foolhardy**.
去攀岩卻沒有安全裝備，不是勇敢，而是莽撞。

» hardscrabble

[`hard`skræbl̩]

n. 貧瘠農地
adj. 勉強能餬口的；貧瘠的

hard（困難的）＋ scrabble（扒找）

例 The man lived a **hardscrabble** life before he won the lottery.
男子在贏得樂透之前，過著勉強能糊口的窮日子。

» **hardworking**
[ˈhɑrdˌwɝkɪŋ]

adj. 勤勉的；努力的

hard（努力的）＋ work（工作）＋ ing（現在分詞形容詞字尾）

例 Vincent might not be very intelligent, but he is definitely **hardworking**.
Vincent 可能不是非常聰明，但是他絕對非常努力。

TRACK 063

H

☞ **head** 頭；人

» **behead**
[bɪˈhɛd]

v. 砍⋯⋯的頭，把⋯⋯斬首

be（除去）＋ head（頭）

例 Not only Louis XVI and his queen Marie-Antoinette but also many members of the aristocracy were **beheaded** during the French Revolution.
不只路易十六和瑪麗王后，還有許多貴族在法國大革命時期都被送上斷頭台。

» **bullhead**
[ˈbʊlˌhɛd]

n. 頑固的人，頑強的人

bull（公牛般的）＋ head（人）

例 Trying to persuade a **bullhead** like him into changing his mind is a waste of time.
試圖說服像他那樣一個頑固的人改變心意，是一件浪費時間的事。

» egghead
['ɛg,hɛd]

n. （嘲）有知識的人；理論家；受過高等教育的人

egg（蛋）+ head（人）

例 That **egghead** is going to give another long speech now.
那個知識份子又要開始長篇大論了。

» warhead
['wɔr,hɛd]

n. 彈頭

war（戰爭）+ head（頭）

例 A mysterious nuclear **warhead** was discovered by scuba divers off the coast of Georgia the other night.
前幾天晚上，數名水肺潛水員在喬治亞沿岸發現一顆神祕的核彈頭。

» pothead
['pɑt,hɛd]

n. 大麻的癮君子

pot（大麻）+ head（人）

例 **Potheads** often look older than their age.
吸食大麻者通常看起來比他們的實際年齡老。

» hophead
['hɔp,hɛd]

n. 毒品上癮者；藥癮者

hop（跳）+ head（頭）

例 The **hophead** spent one and a half years in a detox center fighting drug addiction.
那個毒癮者花了一年半在戒毒中心戒毒。

» bighead
['bɪg,hɛd]

n. 自大；大頭症

big（大）+ head（頭）

例 Brat is such a **bighead** that no one wants to work with him.
Brat 的大頭症很嚴重，沒人想跟他共事。

» **airhead**
['ɛr,hɛd]

n. 腦袋空空的笨蛋

air（空氣）
＋ head（頭）

例 She is a complete **airhead** who never does anything right.
她是個永遠什麼事都做不好的笨蛋。

🤚 同義字 fathead, jughead, shithead, dumbhead

» **towhead**
['to,hɛd]

n. 一頭淡黃色頭髮；淡黃色頭髮的人

tow（麻纖）
＋ head（頭）

例 Who's that **towhead** that you were talking to?
剛剛跟你講話的那個淡黃色頭髮的人是誰？

H

» **bulkhead**
['bʌlk,hɛd]

n. 隔板，隔牆

bulk（大塊）
＋ head（頭）

例 The large bookshelf plays the role of a **bulkhead** that defines different areas in our one-bedroom apartment.
那個大書架在我們的一房公寓裡扮演了區隔不同區域的隔板角色。

» **headline**
['hɛd,laɪn]

n. 大標題；頭版重要新聞

head（頭）
＋ line（一行）

例 The political scandal has been in the **headlines** for weeks.
這個政治醜聞已經佔據頭版新聞數週。

» **shithead**
['ʃɪthɛd]

n. 白痴，笨蛋

shit（屎）＋ head（人）

例 I would never talk to that **shithead** ever again.
我永遠不要再跟那個白癡講話。

» **cokehead**

['kokhɛd]

n. 古柯鹼癮君子

cocain（古柯鹼）＋ head（人）

例 The woman started dating a **cokehead**, and then got hooked too.
那女人開始跟一個吸食古柯鹼上癮的人約會，然後她也染上毒癮了。

» **sorehead**

['sor,hɛd]

n. 性情暴躁的人；易發怒者

sore（生氣的）＋ head（頭）

例 Ted is a **sorehead** who gets along with nobody.
Ted 是個脾氣暴躁的人，跟任何人都處不來。

» **headhunt**

['hɛdhʌnt]

v. 物色；挖角

head（人）＋ hunt（獵、追捕）

例 Helen was **headhunted** by a rival company and was offered a much higher salary.
Helen 被一家競爭公司挖角，且提供高很多的薪水。

» **headhunter**

['hɛd,hʌntɚ]

n. 獵頭族；挖角人才的人

head（頭）＋ hunt（獵、追捕）＋ er（施動者名詞字尾）

例 A **headhunter** asked me if I would like to job-hop to our rival company.
有個挖角的人問我要不要跳槽到競爭公司去。

» **meathead**

['mit,hɛd]

n. 愚笨的人

meat（肉）＋ head（頭）

例 Jeff's not a **meathead**, but he does learn more slowly than others.
Jeff 並不是愚笨的人，但他的確學習的比其他人慢。

» **headlong**

[`hɛdˌlɔŋ]

adv. 頭向前地；猛然地；魯莽地；輕率地

head（頭）
＋ long（長地）

例 If you rush **headlong** into marriage, you may regret doing it before long.
如果你輕率地結了婚，可能不久就會後悔了。

🖐 同義字 **headfirst**

» **scarehead**

[`skɛrˌhɛd]

n. 聳人聽聞之大標題

scare（驚嚇）
＋ head（頭）

例 The **scarehead** did arouse my curiosity to read the news.
那聳動的標題的確激發了我讀那則新聞的好奇心。

» **pighead**

[`pɪgˌhɛd]

n. 頑梗的人，頑固分子；豬頭

pig（豬）＋ head（頭）

例 No one wants to team up with a selfish **pighead**.
沒人想跟一個自私頑固的人同一組。

» **crackhead**

[`krækˌhɛd]

n. 癮君子；瘋子

crack（純古柯鹼）＋ head（人）

例 The **crackhead** was sent to the drug rehabilitation center.
那個毒癮犯被送到毒品勒戒所去了。

» **headphone**

[`hɛdˌfon]

n. 頭戴式耳機；頭戴式聽筒

head（頭）
＋ phone（電話）

例 Brad always drives long distances with his **headphone** on.
Brad 總是戴著耳機開長途車。

H

179

» headspace
[ˋhɛdˏspes]

n. 腦部空間；心態

head（頭）
+ space（空間）

例 Currently, I'm not in the right **headspace** for a relationship.
我目前沒有那個心情談感情。

» hothead
[hɑtˋhɛd]

n. 性急之人；暴躁魯莽之人

hot（熱）+ head（頭）

例 Roger is a **hothead** who has problem dealing with anger.
Roger 是個暴躁性急的人，不會處理憤怒情緒。

» blackhead
[ˋblækˏhɛd]

n. 黑頭粉刺

black（黑）
+ head（頭）

例 Squeezing **blackheads** can cause scarring on the skin.
擠黑頭粉刺會在皮膚上留下疤痕。

» juicehead
[ˋdʒushɛd]

n. 酗酒者

juice（果汁）
+ head（頭）

例 Tom has become a **juicehead** since he broke up with Sandy.
Tom 自從跟 Sandy 分手後就成了經常酗酒的人了。

» bonehead
[ˋbonˏhɛd]

n. 笨蛋

bone（骨頭）
+ head（人）

例 That's not how we do it, you **bonehead**!
事情不是這樣做的，你這個笨蛋！

👌 同義字 **dunderhead**

» **woodenhead**

[`wʊdnˌhɛd]

n. 糊塗蟲；木頭（形容人頭腦愚鈍）

wood（木頭）+ en（過去分詞形容詞字尾）+ head（人）

（例）What did that **woodenhead** do this time?
那個糊塗蟲這次又做了什麼好事？

🖑 同義字 blockhead

» **sleepyhead**

[`slipɪˌhɛd]

n. 貪睡者；懶鬼

sleepy（瞌睡的）+ head（人）

（例）It's time to get out of your bed, **sleepyhead**!
貪睡蟲，該起床囉！

H

» **headcheese**

[`hɛdˌtʃiz]

n. 豬頭凍

head（頭）+ cheese（起司）

（例）I enjoyed the **headcheese** so much until I was told what it was made of.
我超愛吃那個豬頭凍，直到他們告訴我它是用什麼做的。

» **figurehead**

[`fɪgjɚˌhɛd]

n. 有名無實的首腦，名義上的領袖；傀儡領袖

figure（人形）+ head（頭）

（例）Everyone knew that the emperor was just a **figurehead**. The mother of the emperor was the one in power.
大家都知道皇帝不過是個傀儡。真正的當權者是太后。

» **letterhead**

[`lɛtɚˌhɛd]

n. 信箋、信頭

letter（信）+ head（頭）

（例）When sending a business letter, always have a company **letterhead** with your name at the top.
寄商業書信時，信件上方一定要有包含你名字的公司信箋。

» **hammerhead**

[ˈhæməˌhɛd]

n. 鎚頭；笨蛋

hammer（鐵鎚）+ head（頭）

例 Why is it always us to sort things out for that **hammerhead**?
為什麼老是我們在幫那笨蛋收拾善後？

» **springhead**

[ˈsprɪŋˌhɛd]

n. 泉源

spring（泉水）+ head（頭）

例 Let's go uphill for the **springhead**.
我們上坡去找泉水的源頭。

» **thickhead**

[ˈθɪkˌhɛd]

n. 呆子、傻瓜

thick（厚的）+ head（頭）

例 It is very rude to call someone **thickhead** to his face.
當面叫某人呆子是很沒禮貌的。

» **headmaster**

[ˈhɛdˈmæstə]

n. 私立學校校長

head（頭）+ master（主人）

例 The **headmaster** gave a short welcome speech at the beginning of the school entrance ceremony.
校長在入學典禮開始時致了簡短的歡迎演說。

» **knucklehead**

[ˈnʌklˌhɛd]

n. 無思想的人；頭腦空空的笨蛋

knuckle（關節）+ head（人）

例 I can't believe that I married such a **knucklehead**.
我不敢相信我竟會嫁給如此一個沒腦袋的人。

✋ 同義字 **bubblehead, chucklehead**

» headshrinker

[ˋhɛdˌʃrɪŋkɚ]

n. 精神病醫師

head（頭）
＋ shrink（收縮）＋ er（施動者名詞字尾）

例 According to the diagnosis, the **headshrinker** prescribed some psychotropic medication for her.
根據診斷結果，精神科醫師為她開了精神藥物的處方。

» fountainhead

[ˋfaʊntɪnˌhɛd]

n. 源頭，水源；（事物的）本源

fountain（噴泉）＋ head（頭）

例 The **fountainhead** of the Yellow River is in Tibetan Plateau.
黃河的源頭在青藏高原。

» featherhead

[ˋfɛðɚˌhɛd]

n. 輕浮之人

feather（羽毛）＋ head（人）

例 That **featherhead's** frivolous remarks really made me sick.
那個輕浮的傢伙說的那些輕浮的話真是讓我作嘔。

» softhead

[ˋsɔfthɛd]

n. 無主見、無想法之人；傻瓜

soft（軟的）＋ head（人）

例 Personally, George is a **softhead** that lacks team-leading capabilities.
我個人認為，George 是個沒主見的人，缺乏領導團隊的才能。

» thunderhead

[ˋθʌndɚˌhɛd]

n. 雷暴雲頂

thunder（雷）＋ head（頭）

例 Look at that massive **thunderhead** that is drifting our way!
看那朝我們飄過來的那朵巨大的雷暴雲頂！

H

» **clearheaded**
[ˋklɪrˌhɛdɪd]

adj. 頭腦清楚的

clear（清楚的）＋ head（頭）＋ ed（過去分詞形容詞字尾）

例 It's difficult to remain **clearheaded** without adequate sleep.
沒有足夠的睡眠難以保持頭腦清楚。

» **wrongheaded**
[ˋrɔŋˋhɛdɪd]

adj. 頭腦固執的、判斷錯誤的，執迷不悟的

wrong（錯誤的）＋ head（頭）＋ ed（過去分詞形容詞字尾）

例 Benjamin is a **wrongheaded** person who never admits fault.
Benjamin 是個頭腦固執的人，從不承認錯誤。

» **levelheaded**
[ˋlɛvlˋhɛdɪd]

adj. 頭腦冷靜的；明智的

level（平穩的）＋ head（頭）＋ ed（過去分詞形容詞字尾）

例 The clerk remained **levelheaded** when dealing with tough costumers.
那個店員在應付奧客時，仍保持頭腦冷靜。

I

☞ **in**　在……裡的；入；朝內的

✿ 聯想助記

» **incorporate**
[ɪnˋkɔrpəˏret]

v. 吸收、合併；使具體化；組成公司

in（入）+ corporate（公司）

例 The doctor suggested that he **incorporate** more exercise into his daily routine.
醫生建議他在日常活動中納入更多運動。

» **inlay**
[ɪnˋle]

v. 嵌入、鑲入

in（入）+ lay（放、鋪設）

例 The walls of the restaurant were **inlaid** with beautiful gems and stones.
這間餐廳的牆面都嵌入了美麗的寶石和石頭。

✋ 同義字 **inset**

» **inlet**
[ˋɪnˏlɛt]

n. 進口，入口

in（入）+ let（讓）

例 A guard was placed at both the **inlets** of the building.
大樓的兩個入口都有派警衛守著。

» input
[`ɪn,pʊt]

n. 投入、輸入
v. 輸入

in（入）＋ put（放）

例 We need everyone's **input** on the project.
我們需要每個人對這個專案提供意見。

» inhere
[ɪn`hɪr]

v. （生來即）存在於

in（在……裡的）＋ here（這裡）

例 He believes that selfishness **inheres** in the human soul.
他相信自私是人類靈魂中固有的。

» inroad
[`ɪn,rod]

n. 侵襲；侵入；侵佔；侵蝕

in（入）＋ road（馬路）

例 The United States has made **inroads** into the imported beef market in Taiwan.
美國大舉入侵台灣的進口牛肉市場。

🖐 同義字 **invasion**

» induct
[ɪn`dʌkt]

v. 引導；使正式就任；吸收為會員

in（入）＋ duct（導管）

例 The mayor and his wife were **inducted** into the VIP seats.
市長及其夫人被引導至貴賓席就座。

» infect
[ɪn`fɛkt]

v. 感染

in（朝內的）＋ fect（跑）

例 The zookeeper's love and enthusiasm for animals has **infected** many people.
這位動物員管理員對動物的愛與熱忱感染了許多人。

» **intake**

['ɪn͵tek]

n. （水或空氣等的）入口；吸收；攝取

in（入）+ take（取）

例 To reduce your risk of heart disease, you should lower your overall fat **intake**.
為了降低心臟疾病的風險，你應該減少你的脂肪攝取總量。

» **indoor**

['ɪn͵dor]

adj. 室內的；在室內進行的

in（在……裡的）+ door（門）

例 The teachers played some **indoor** games with the kids when it was rainy outside.
外頭下雨時，老師和孩子們玩了些室內遊戲。

» **income**

['ɪn͵kʌm]

n. 收入、所得

in（入）+ come（來）

例 You'd better stop spending money like water and start to live within your **income**.
你最好不要再花錢如流水，並開始量入為出。

» **inside**

['ɪn`saɪd]

n. 內部
adj. 內部的
adv. 在裡面；往裡面
prep. 在……裡面

in（在……裡的）+ side（面）

例 Everyone is waiting for you **inside**.
大家都在裡面等你。

» **insider**

['ɪn`saɪdɚ]

n. 內部人士；圈內人

in（在……裡的）+ side（面）+ er（表示「人」之名詞字尾）

例 Only **insiders** have access to the confidential documents.
只有內部人士能取得這些機密文件。

I

» infield
[`ɪn‚fild]

n. 農宅周圍的田園；耕地；（棒球）內野

in（在……裡的）+ field（田地）

例 These baseball players kept practicing throwing the balls accurately from the **infield**.
這些棒球選手持續練習將球準確地從內野場投出。

» ingrown
[`ɪn‚gron]

adj. 向內生長的；天生的

in（朝內的）+ grown（生長的）

例 Wearing tight shoes may cause **ingrown** toenails.
穿太緊的鞋子可能會導致腳姆趾內生。

» inbreed
[`ɪn`brid]

v. 使同系繁殖；使在內部生成；使近親交配

in（在……裡的）+ breed（繁殖）

例 Scientists found that **inbred** children are more likely to show health defects.
科學家發現近親交配產下的孩童較可能出現健康缺陷。

» indrawn
[`ɪn‚drɔn]

adj. 被捲入的；內向的

in（朝內的）+ draw（吸引、招來）

例 The new student seems to be a quiet **indrawn** person.
那個新來的學生似乎是個安靜又內向的人。

» inflame
[ɪn`flem]

v. 使燃燒；使極度激動；怒火中燒

in（在……裡的）+ flame（燃燒）

例 The man was **inflamed** with anger when being falsely accused of theft.
男子被誣陷偷竊時氣得怒火中燒。

» incomer
[`ɪn͵kʌmɚ]

n. 外來者；新來者；移民

in（朝內的）＋ come（來）＋ er（施動者名詞字尾）

例 Some **incomers** found it difficult to find a decent job here.
有些移民發現要在這裡找份像樣的工作是很困難的事。

» invoice
[`ɪnvɔɪs]

n. 發票
v. 開發票

in（在……裡的）＋ voice（聲音、表達意見）

例 Don't forget to **invoice** the clients for your service.
別忘了開發票給客戶，請他們為你的服務付費。

» install
[ɪn`stɔl]

v. 安裝、設置；任命，使就職

in（在……裡的）＋ stall（把……關入畜舍）

例 They will send someone to **install** the air-conditioners in our apartment.
他們會派人來在我們的公寓裡安裝冷氣。

» include
[ɪn`klud]

v. 包含，算入

in（在……裡的）＋ clude（關閉）

例 Does the room fare **include** breakfast for the next morning?
房價有包含隔天早上的早餐嗎？

» invade
[ɪn`ved]

v. 侵入，侵略

in（入）＋ vade（去；擴散）

例 Russia faced condemnation from world leaders for **invading** Ukraine.
俄國因為入侵烏克蘭而受到世界各國領袖的譴責。

N

» **involve**

[ɪn`vɑlv]

v. 使捲入，牽涉

in（入）＋ volve（轉、滾）

例 I didn't know this job **involved** so much travel when I applied for it.
我當初應徵這份工作時並不知道這份工作需要如此頻繁的出差。

TRACK 065

☞ **jack**　男子；起重機，千斤頂；（以起重機）頂起

» **jackass**

[`dʒækˌæs]

n. 公驢；蠢蛋

jack（男子）＋ ass（驢子）

例 I refuse to team up with that **jackass**.
我拒絕跟那個蠢蛋同一組。

» **jackpot**

[`dʒækˌpɑt]

n. 累積賭注；累積獎金

jack（頂起）＋ pot（賭局總額）

例 The high lottery **jackpot** of the current issue is attracting many more people to buy lottery tickets.
這期高額的樂透獎金吸引更多人來買樂透。

» **jackleg**

[ˋdʒækˌlɛg]

n. 不稱職的人；不正直的人

adj. 未成熟的；憋腳的

jack（男子）
+ leg（腳）

例 I don't trust that guy. He looks like a **jackleg** to me.
我不信任那傢伙。他在我看來是個不太正直的人。

» **jackboot**

[ˋdʒækˌbut]

n.（及膝）長統靴；長統馬靴；軍靴

jack（頂起）
+ boot（靴子）

例 She looks very stylish in those knee-high **jackboots**.
她穿著那雙及膝長統靴看起來很時髦。

» **jackstay**

[ˋdʒækˌste]

n. 支索；撐杆

jack（頂起）
+ stay（停留）

例 The sailor was busy securing the **jackstay** to the becket of the tailed block.
船員正忙著將支索固定在末端滑輪的環扣上。

» **jackstraw**

[ˋdʒækˌstrɔ]

n. 稻草人；無足輕重的人

jack（男子）
+ straw（稻草）

例 I don't care a **jackstraw** what people think about me.
我一點都不在意人們是怎麼想我的。

✏實用片語 **care a jackstraw** 以任何方式關心某事

» **jacklight**

[ˋdʒækˌlaɪt]

n. 照明燈

v. 用照明燈漁獵

jack（頂起）
+ light（燈）

例 We would need a **jacklight** if we're going fishing at night.
如果我們要在晚上捕魚，我們將會需要一個照明燈。

I / J

» **jackfruit**

[ˋdʒækˏfrut]

n. 波羅蜜；波羅蜜果

jack（千斤頂）+ fruit（水果）

例 Honestly, I can't really tell a **jackfruit** from a durian.
老實説，我不太能分辨榴槤和波羅蜜。

» **jackscrew**

[ˋdʒækˏskru]

n. 螺旋千斤頂，螺旋起重機

jack（頂起）+ screw（螺旋狀物）

例 The mechanic lifted the car with a **jackscrew** and changed the wheels.
修理工用螺旋起重機將汽車抬高後置換輪胎。

» **jackknife**

[ˋdʒækˏnaɪf]

n. 大型摺合式小刀；大摺刀

jack（千斤頂）+ knife（刀）

例 Keep a **jackknife** handy just in case.
隨手帶把折疊小刀，以備不時之需。

» **jackhammer**

[ˋdʒækˏhæmɚ]

n. 電鑽

jack（頂起）+ hammer（鐵鎚）

例 The workers are breaking up the massive slab of concrete with **jackhammers**.
那些工人正在用電鑽弄碎那面厚水泥板。

» **jackrabbit**

[ˋdʒækˏræbɪt]

n. 長耳大野兔

jack（頂起）+ rabbit（兔子）

例 To prevent a disease called tularemia, it is highly recommended not to eat **jackrabbits**.
為了避免得到「兔熱病」，最好不要吃長耳大耳兔。

» applejack
[`æpḷˌdʒæk]

n. 蘋果白蘭地、蘋果酒

apple（蘋果）+ jack（男子）

例 She was dead drunk after drinking a glass of **applejack**.
她喝了一杯蘋果白蘭地之後就醉得不省人事了。

» blackjack
[`blækˌdʒæk]

n. 二十一點（紙牌遊戲）

black（黑）+ jack（男子）

例 We played **blackjack** to kill time when we're bored.
當我們無聊時，就會玩 21 點來殺時間。

» carjack
[`kɑrˌdʒæk]

v. 劫車

car（車）+ jack（頂起）

例 The taxi driver was **carjacked** by a robber with a gun.
計程車司機遭到一名搶匪持槍劫車。

» cheapjack
[`tʃipˌdʒæk]

adj. 劣質的

cheap（廉價的）+ jack（男子）

例 This **cheapjack** watch certainly is not worth 3000 dollars.
這個劣質手錶肯定不值 3000 元。

» crackerjack
[`krækɚˌdʒæk]

n. 傑出人物；上等物品
adj. 傑出的，上等的

cracker（爆竹）+ jack（男子）

例 Peter's uncle is a **crackerjack** surgeon.
Peter 的叔叔是個傑出的外科醫生。

J

» highjack

[`haɪˌdʒæk]

| n. | 劫持事件 |
| v. | 劫奪；劫持 |

high（高）＋ jack（頂起）

例 The two men **highjacked** the bus and held the passengers hostage.
兩名男子劫持了公車，並將乘客作為人質。

🖐同義字 **hijack**

» highjacker

[`haɪˌdʒækɚ]

| n. | 劫持犯、強盜 |

high（高）＋ jack（頂起）＋ er（施動者名詞字尾）

例 The **highjacker** threatened to kill the hostages.
劫匪威脅要殺害人質。

🖐同義字 **hijacker**

» flapjack

[`flæpˌdʒæk]

| n. | 烙餅；煎餅；薄鬆餅 |

flap（拍打）＋ jack（男子）

例 The **flapjacks** that Mom made us this morning were delicious.
媽媽今天早上做給我們吃的薄鬆餅很美味。

» slapjack

[`slæpˌdʒæk]

| n. | 心臟病（紙牌遊戲） |

slap（拍打；掌摑）＋ jack（男子）

例 We had a great fun playing **slapjack** after dinner last night.
我們昨晚晚餐後玩心臟病玩得很開心。

» steeplejack

[`stipļˌdʒæk]

| n. | 尖塔修建工；高空作業工人 |

steeple（尖塔）＋ jack（男子）

例 You can't be a competent **steeplejack** if you're afraid of heights.
如果你有懼高症，就無法成為一個稱職的高空作業工人。

☞ jacket　夾克；皮；加外罩

☀ 聯想助記

» **bluejacket**
[ˋblu͵dʒækɪt]

n. 水手、水兵

blue（藍色）＋ jacket（夾克）

例 All the **bluejackets** in the navy are good at swimming.
海軍所有水兵都很擅長游泳。

» **straitjacket**
[ˋstret͵dʒækɪt]

n. 約束衣；（束縛精神病患或罪犯雙臂的）緊身衣

strait（狹窄的）＋ jacket（夾克）

例 They had to restrain those patients from harming themselves or others with **straitjackets**.
他們必須藉由約束衣來阻止那些病患傷害自己或他人。

✋ 同義字　straightjacket

☞ just　公平的、正義的；恰當的

☀ 聯想助記

» **adjust**
[əˋdʒʌst]

v. 調整，校正；適應

ad（朝向）＋ just（恰當的）

例 Please **adjust** your watch. It's slow.
請調整你的手錶。它走慢了。

» **readjust**

[ˌriəˋdʒʌst]

v. 重新調整；整理

re（再）+ ad（朝向）+ just（恰當的）

例 Frank looked in the mirror and **readjusted** his tie.
Frank 照鏡子整理領帶。

» **adjustment**

[əˋdʒʌstmənt]

n. 調整；適應

ad（朝向）+ just（恰當的）+ ment（名詞字尾）

例 We will make an **adjustment** of your salary after you pass your probation period.
我們將會在你通過試用期後調整你的薪資。

» **adjustable**

[əˋdʒʌstəbl̩]

adj. 可調整的

ad（朝向）+ just（恰當的）+ able（能夠的）

例 The back of the chair is **adjustable**.
這個椅子的椅背是可調整的。

» **adjustability**

[əˌdʒʌstəˋbɪlətɪ]

n. 適應性；調整性能

ad（朝向）+ just（恰當的）+ ability（能力）

例 The social worker must closely observe the child's **adjustability** to his foster home.
社工人員務必密切觀察孩子對寄養家庭的適應性。

» **maladjusted**

[ˌmæləˋdʒʌstɪd]

adj. 適應不良的；失調的

mal（不良）+ ad（朝向）+ just（恰當的）+ ed（分詞形容詞字尾）

例 Some socially **maladjusted** children may have destructive tendencies or a tendency to bully others.
有些社會適應不良的孩童可能會有破壞傾向或是霸凌他人的傾向。

» justice
[ˋdʒʌstɪs]

n. 正義;公平;司法,審判

例 The man has a strong sense of **justice**.
那男子有強烈的正義感。

👋 同義字 **justness**

just(正義、公平)+ ice(表「行為、性質」之名詞字尾）

» justiciable
[dʒʌsˋtɪʃɪəb!]

adj. 應受法庭審判的;可在法庭裁決的

例 The court had to dismiss the case, as it was not **justiciable**.
因為無法審判,法庭無法受理這個案件。

just(正義、公平)+ ice（表「行為、性質」之名詞字尾）+ able（能夠的）

A

» injustice
[ɪnˋdʒʌstɪs]

n. 非正義;不公正;非正義的行為

例 We should all stand up against racism and **injustice**.
我們全都應該挺身反抗種族歧視和非正義的行為。

in（不）+ just（正義的）+ ice（表「行為、性質」之名詞字尾）

» justify
[ˋdʒʌstəˌfaɪ]

v. 證明……是正當的;為……辯護

例 Nothing can **justify** terrorism.
任何事都無法證明恐怖主義是正當的。

just（正當的）+ ify（表「導致、變成」之名詞字尾）

» justifiable
[ˋdʒʌstəˌfaɪəb!]

adj. 可證明為正當的;可辯護的;有道理的

例 The court determined that the woman charged with **justifiable** homicide was not punishable.
法官判定那個被控正當防衛殺人的女子不需受罰。

just（正當的）+ ify（表「導致、變成」之名詞字尾）+ able（能夠的）

» **unjust**
[ʌn`dʒʌst]

adj. 不公平的；不義的；不正當的

un（不）＋ just（公平的、正義的）

例 It is **unjust** of them to let her take the blame.
他們要她背黑鍋是不公正的。

» **unjustly**
[ʌn`dʒʌstlɪ]

adv. 不義地；不法地；不公正地

un（不）＋ just（公平的、正義的）＋ ly（副詞字尾）

例 The woman was **unjustly** charged with murder.
女子被誣告謀殺。

» **unjustifiable**
[ʌn`dʒʌstə͵faɪəbl]

adj. 不合理的，無理的；辯護不了的

un（不）＋ just（正當的）＋ ify（表「導致、變成」之名詞字尾）＋ able（能夠的）

例 The man's accusation against us was groundless and **unjustifiable**.
男子對我們的指控既無根據且毫無道理。

 TRACK 068

☞ **keep** 持有；保管、看守；記；整理

※ 聯想助記

» **keeper**
[`kipɚ]

n. 保管人；經營者，管理人；持有人

keep（保管）**+ er**（施動者名詞字尾）

例 An old poacher makes the best **keeper**.
慣偷成名捕，久病成良醫。

» **barkeeper**
[`bar͵kipɚ]

n. 酒吧老闆；酒吧店主

bar（酒吧）**+ keep**（持有）**+ er**（施動者名詞字尾）

例 The **barkeeper** refuses to sell alcohol to minors.
酒吧老闆拒絕賣酒給未成年人。

» **keepsake**
[`kip͵sek]

n. 紀念品

keep（保留）**+ sake**（目的）

例 I took Grandpa's watch as a **keepsake**.
我拿了爺爺的手錶作為紀念品。

» **doorkeeper**
[`dor͵kipɚ]

n. 門房；守門人

door（門）**+ keep**（看守）**+ er**（施動者名詞字尾）

例 The **doorkeeper** took every visitor's temperature before they entered the building.
門房在每位訪客進入大樓前先為其量體溫。

» **housekeeper**
['haʊsˌkipɚ]

n. 管家;房務員

house（房屋）+ keep（整理）+ er（施動者名詞字尾）

例 Sarah earns a living as a part-time **housekeeper** in the hotel.
Sarah 靠在飯店當兼職房務員維生。

» **housekeeping**
['haʊsˌkipɪŋ]

n. 家務、房務

house（房屋）+ keep（整理）+ ing（動名詞字尾）

例 The working mother needs **housekeeping** service because she is too busy to do the house chores.
那個職業母親需要家事服務,因為她太忙了沒時間做家務。

» **zookeeper**
['zuˌkipɚ]

n. 動物園管理員

zoo（動物園）+ keep（保管）+ er（施動者名詞字尾）

例 As a **zookeeper**, he spends a lot of time with the animals.
身為動物園管理員,他花許多時間跟動物在一起。

» **shopkeeper**
['ʃɑpˌkipɚ]

n. 店主

shop（店）+ keep（持有）+ er（施動者名詞字尾）

例 The **shopkeeper** welcomed the customers at the door.
店主在門口歡迎顧客。

🖑 同義字 storekeeper

» **bookkeeper**
['bʊkˌkipɚ]

n. 簿記員,記帳人

book（簿冊、支票簿）+ keep（記）+ er（施動者名詞字尾）

例 We need to hire a **bookkeeper** to record the company's financial transactions.
我們需要聘請一個負責記錄公司財務交易的簿記員。

» **goalkeeper**

[ˋgolˌkipɚ]

n. （足球的）守門員

goal（球門）+ keep（看守）+ er（施動者）

例 The **goalkeeper** failed to stop their rival from scoring the goals and lost the game.
守門員未能阻止對手射門，而輸掉了比賽。

» **timekeeper**

[ˋtaɪmˌkipɚ]

n. 計時器；計時員

time（時間）+ keep（記）+ er（施動者名詞字尾）

例 Human body has an internal **timekeeper** called the biological clock, which regulates the circadian rhythm.
人體內有個稱為生理時鐘的內部計時器，能調節晝夜節律週期。

K

» **scorekeeper**

[ˋskorˌkipɚ]

n. （比賽的）計分員

score（分數）+ keep（記）+ er（施動者名詞字尾）

例 The **scorekeeper** had to stay focused and kept track of the points obtained by both players in the game.
計分員在比賽過程中必須保持專心，紀錄兩方選手獲得的分數。

» **peacekeeping**

[ˋpisˌkipɪŋ]

n. 維護和平

adj. 維護和平的；執行停火協定的

peace（和平）+ keep（維持）+ ing（動名詞字尾）

例 United Nations plays a significant role in **peacekeeping** operations all over the world.
聯合國在世界各地的維護和平方面扮演舉足輕重的角色。

» **safekeeping**

[ˋsefˋkipɪŋ]

n. 安全保護，保管；警衛

safe（安全）+ keep（看守）+ ing（動名詞字尾）

例 We left our cellphones with Mom for **safekeeping** while we went for a swim.
我們去游泳時將手機留給媽媽保管。

» **gatekeeper**

[ˋɡetˌkipɚ]

n. 看門人;守門員;門神;把關者

gate(大門）+ keep（看守）+ er（施動者名詞字尾）

例 **Gatekeepers** equipped with thermometer guns have appeared at the entrances of the most crowded places in the city.
備有測溫槍的守門人已經出現在城市中人潮最多的各處入口。

TRACK 069

👈 **kick** 踢

» **kickboxing**

[ˋkɪkˌbɑksɪŋ]

n. 跆拳道

kick（踢）+ box（箱子）+ ing（名詞字尾）

例 My son just started **kickboxing**, but he is taking it very seriously.
我兒子才剛開始學跆拳道,但他學得很認真。

» **miskick**

[ˋmɪsˌkɪk]

v. 踢偏、踢出壞球

mis（壞）+ kick（踢）

例 The player sensationally **miskicked** the ball into his own net.
該選手誤將球踢進自己的球門,引起轟動。

» **kickoff**
[ˋkɪkˌɔf]

n. （足球）開球；（集會）開始

kick（踢）
+ off（開）

例 The player committed a foul right after the **kickoff** of the soccer game.
該球員在球賽一開始後就犯規了。

» **kickback**
[ˋkɪkˌbæk]

n. 激烈反應；佣金；回扣

kick（踢）
+ back（回）

例 The real estate agent asked me for a **kickback**, but I'm not considering giving it to him.
房仲向我要求佣金，但我並不打算給他。

» **kickball**
[ˋkɪkˌbɔl]

n. 踢球

kick（踢）
+ ball（球）

例 The kids invited him to join their **kickball** games.
孩子們邀請他加入他們的踢球遊戲。

» **sidekick**
[ˋsaɪdˌkɪk]

n. 伙伴、哥兒們；共犯

side（旁邊）
+ kick（踢）

例 Jack and John have been **sidekicks** since kindergarten.
Jack 和 John 從幼稚園開始就是哥兒倆好。

» **kickstart**
[ˋkɪkˌstart]

n. 腳踏啟動器
v. （以腳踢或下壓）啟動

kick（踢）
+ start（啟動）

例 Nick consulted a nutrition expert to **kickstart** his weight loss.
Nick 諮詢一位營養專家，啟動他的減重計畫。

A

» **kickstand**

[ˋkɪkˏstænd]

n.（機車或腳踏車的）支架

3kick（踢）
+ stand
（站）

例 His bike fell over because he forgot to put down the **kickstand**.
他的腳踏車因為他忘了放下支架而倒下。

» **kickboard**

[ˋkɪkˏbord]

n. 浮板

kick（踢）
+ board
（板）

例 Jessica just started learning to swim and had to use a **kickboard** during the swimming lesson.
Jessica 剛開始學游泳，因此在游泳課時必須使用浮板。

 TRACK 070

☞ **lady** 夫人；淑女，小姐

» **ladylike**

[ˋledɪˏlaɪk]

adj. 如貴婦的；嫻淑高貴的

lady（淑女）+ like
（像⋯⋯的）

例 It's not **ladylike** to cross your legs when you are sitting, Mia.
Mia，坐的時候翹腳，就不像個淑女了。

» **ladybug**
[`ledɪˌbʌg]

n. 瓢蟲

lady（淑女）
＋ bug（小蟲子）

例 The **ladybugs** are beneficial insects, not pests.
瓢蟲是益蟲，不是害蟲。

✋ 同義字 **ladybird**

» **ladylove**
[`ledɪˌlʌv]

n. 情人

lady（夫人）
＋ love（愛情）

例 Rumor has it that the popular actress is the mayor's new **ladylove**.
根據傳聞，那位受歡迎的女演員就是市長的新情人。

» **landlady**
[`lændˌledɪ]

n. 女房東；女老板；女地主

land（土地）
＋ lady（夫人）

例 My **landlady** just sent me a rent reminder.
我的女房東剛剛寄了一封催繳租金通知給我。

» **ladyship**
[`ledɪˌʃɪp]

n. 貴婦身分；夫人；小姐

lady（淑女）
＋ ship（表「身份」之名詞字尾）

例 I am very honored to have your **ladyship** join us tonight.
夫人的大駕光臨讓本人甚感榮幸。

» **ladyhood**
[`ledɪˌhʊd]

n. 貴婦之身分或風度

lady（淑女）
＋ hood（表「身份」之名詞字尾）

例 The then silly little girl has blossomed out into young **ladyhood**.
當時的黃毛丫頭已經長成一個亭亭玉立的小淑女了。

K / L

» **charlady**
['tʃɑr‚ledɪ]

n. 打雜女佣

char（家庭雜務）＋ lady（小姐）

例 Her ladyship had the **charlady** clean up the kitchen.
夫人要打雜女佣將廚房清一清。

🖐 同義字 **charwoman**

» **forelady**
['fɔr‚ledɪ]

n. 女工頭；女領班；女工監督

fore（前面的）＋ lady（小姐）

例 The **forelady** is in charge of 24 workers in total and acts fairly to all of them.
女工頭總共管理 24 個工人，並且對他們一視同仁。

» **saleslady**
['selz‚ledɪ]

n. 女售貨員

sales（銷售）＋ lady（小姐）

例 The **saleslady** talked me into buying a handbag that I didn't really need.
售貨小姐說服我買了一個我其實並不怎麼需要的手提包。

» **ladyfinger**
['ledɪ‚fɪŋgɚ]

n. 手指餅乾；指形鬆餅

lady（淑女）＋ finger（手指）

例 She makes tiramisu for dessert with her mother's homemade **ladyfingers**.
她用她媽媽自己做的手指餅乾做提拉米蘇當甜點。

☞ land 地

☆ 聯想助記

» **badland**
[`bæd͵lænd]

n. 荒地

bad（壞的）
+ land（地）

例 This **badland** is unfit for cultivation.
這片荒地並不適合耕種。

✋ 同義字 | **wasteland**

» **bottomland**
[`batəmlænd]

n. 河邊低地；窪地

bottom（底部）+ land（地）

例 The **bottomland** is commonly subjected to seasonal flooding.
窪地通常很容易發生季節性水災。

» **farmland**
[`farm͵lænd]

n. 農地

farm（農田）+ land（地）

例 We have lost half of the **farmland** to urban development in the past ten years.
在過去十年中，我們已經失去一半的農地來作都市建設了。

» **fatherland**
[`faðɚ`lænd]

n. 祖國

father（父親）+ land（土地）

例 People were forced to leave their **fatherland** because of war.
人們因為戰爭被迫離開祖國。

✋ 同義字 | **homeland, motherland**

» forestland
['fɔrɪst͵lænd]

n. 林地；森林地

forest（森林）＋land（地）

例 Environmental groups made an appeal to the government to conserve the **forestland** for recreation use.
環保團體籲請政府保存林地作為休閒用地。

» lowland
['loland]

n. 低地
adj. 低地的

low（低的）＋land（地）

例 Over 80 percent of the population in this country lives in the **lowland**.
這個國家超過百分之八十的人口住在低地。

» marshland
['marʃ͵lænd]

n. 沼澤地

marsh（沼澤）＋land（地）

例 The water from the **marshland** is undrinkable.
沼澤地的水是不能喝的。

» meadowland
['mɛdo͵lænd]

n. 牧場

meadow（草、牧草）＋land（地）

例 Our family-owned **meadowland** is ideal for raising cattle.
我們家族的牧場用來養牛很理想。

〔同義字〕 **pastureland**

» midland
['mɪdlənd]

n. 中部地區；內地
adj. 中部地區的；內地的

mid（中部的）＋land（地）

例 Most of the students in my class come from the **midland**.
我班上大部分的同學都是內地來的。

» **screenland**

[`skrin,lænd]

n. 電影業，電影界

screen（螢幕）+ land（地）

例 The outstanding actor belongs to the **screenland**.
這名傑出的演員是電影界人士。

» **tableland**

[`tebḷ,lænd]

n. 高原，台地

table（台）+ land（地）

例 The hot air balloon festival will take place on Luye **Tableland** in Taitung.
熱氣球嘉年華會將會在台東的鹿野高台舉行。

» **vacationland**

[ve`keʃən,lænd]

n. 度假勝地

vacation（假期）+ land（地）

例 Penghu, a popular **vacationland**, is filled with tourists from Taiwan all year round.
受歡迎的度假勝地—澎湖，全年都充斥著來自台灣的遊客。

» **wetland**

[`wɛt,lənd]

n. 濕地；沼地

wet（濕的）+ land（地）

例 **Wetlands** are great places for students to observe the ecosystems.
濕地是學生們觀察生態系統的好地點。

» **wonderland**

[`wʌndɚ,lænd]

n. 仙境；奇境，非常奇妙的地方

wonder（驚奇）+ land（地）

例 The water park is a popular summer **wonderland** for families.
這個水上樂園是很受家庭歡迎的夏日仙境。

L

☞ leaf 葉子；一頁

» **broadleaf**
['brɔd,lif]

n. 闊葉樹；闊葉菸草

broad（寬闊的）+ leaf（葉子）

例 Warm weather is perfect to grow **broadleaf** evergreen trees.
溫暖的天氣很適合種闊葉常綠樹。

» **leaflet**
['liflɪt]

n. 傳單；單張印刷品

leaf（一頁）+ let（小）

例 The man is giving out **leaflets** to passersby to advertise the new restaurant.
男子發傳單給路人，宣傳那間新餐廳。

» **leafhopper**
['lif,hɑpɚ]

n. 葉蟬

leaf（葉子）+ hop（跳）+ er（施動者名詞字尾）

例 The kids are observing a **leafhopper** in the garden.
孩子們正在花園觀察一隻葉蟬。

» **flyleaf**
['flaɪ,lif]

n. 飛頁，扉頁

fly（飛）+ leaf（一頁）

例 The author of the book wrote a few words above his signature on the front **flyleaf**.
這本書的作者在前面扉頁簽名上方寫下幾個字。

» **overleaf**

['ovɚˌlif]

| adj. | 背面的；次頁的 |
| adv. | 在背面；在次頁 |

over（越過）
+ leaf（一
頁）

例 Details of the return policy are listed **overleaf**.
　有關退貨政策的細節內容都詳列在背面。

TRACK 073

L

☞ **line**　線；電話線；隊伍；用線標示

» **breadline**

['brɛdˌlaɪn]

n. 等待救濟食物的隊伍

bread（麵
包）+ line
（隊伍）

例 He has been living on the breadline since he got the sack.
　他自從被解僱之後，就一直靠食物救濟過日子。

✏ 實用片語 **on the breadline**
　　　在食物救濟線上掙扎，僅夠糊口、極其貧困

» **baseline**

['beslaɪn]

n. 基線

base（基礎）
+ line（線）

例 We can't really assess the effect of the program without
baseline data.
　沒有基線數據，我們沒辦法真正評估這個方案的效果。

» **bloodline**
[ˈblʌdˌlaɪn]

n. 血統，血脈

blood（血）
+ line（線）

例 People in the past believed that intermarriage could keep their **bloodline** pure.
過去的人們以為近親通婚可以保持純淨血脈。

» **borderline**
[ˈbɔrdɚˌlaɪn]

n. 邊界；界線
adj. 在邊界上的

border（邊緣、邊界）
+ line（線）

例 Samuel must achieve a **borderline** pass in geography; otherwise he will have to retake the course.
Samuel 必須在地理科拿到剛好及格的邊緣成績，否則他就得重修這門課。

» **coastline**
[ˈkostˌlaɪn]

n. 海岸線

coast（海岸）
+ line（線）

例 Structures such as seawalls are built along the **coastline** to reduce the erosion of sand from the waves.
防波堤等建築物會沿著海岸線搭造，以減少海浪造成的沙灘侵蝕。

🖐 同義字 shoreline

» **dateline**
[ˈdetˌlaɪn]

n. 日期欄；國際換日線
v. 註明日期

date（日期）
+ line（線）

例 If we cross the International **Dateline** from west to east, we repeat a day.
如果我們從西向東跨過國際換日線，我們就會重複一天。

» deadline
[ˋdɛdˌlaɪn]

n. 截止期限，最後限期

dead（死）+ line（線）

例 The professor emphasized that we must submit our assignment by the **deadline**.
教授強調我們一定要在截止期限之前繳交指定作業。

» guideline
[ˋgaɪdˌlaɪn]

n. 指導方針

guide（指導）+ line（線）

例 CDC has just updated their COVID-19 quarantine **guidelines**.
衛福部剛剛更新了新冠肺炎的隔離方針。

» hardline
[ˌhɑrdˋlaɪn]

n. 強硬派，強硬路線
adj. 強硬的，不妥協的

hard（硬的）+ line（線）

例 The government really needs to take a **hardline** approach to tackle the country's Internet fraud.
政府真的必須針對國內的網路詐騙採取強硬作風。

» hotline
[ˋhɑtlaɪn]

n. 熱線電話，諮詢電話

hot（熱）+ line（電話線）

例 The company has opened a free **hotline** to provide 24-hour customer service.
該公司開放一支免費熱線電話提供 24 小時的顧客服務。

» jawline
[dʒɔlaɪn]

n. 下頜輪廓，下巴外形

jaw（下巴）+ line（線）

例 A well-shaped beard can make your **jawline** look chiselled.
形狀良好的鬍子可以讓你的下巴輪廓看起來稜角分明。

L

» **lifeline**
['laɪf͵laɪn]

n. 救生索;重要航線;生命線

life(生命)
+ line(線)

例 The sailor tossed a **lifeline** to the passenger who fell into the sea, and pulled him up to the ship.
船員向落水的乘客拋出救生索,並將他拉上船。

» **neckline**
['nɛk͵laɪn]

n. 領口

neck(頸)
+ line(線)

例 The low **neckline** dress is too revealing for me.
這件低領洋裝對我來說太暴露了。

» **offline**
[ɔf͵laɪn]

adj. 離線的;線外的

off(離開)
+ line(線)

例 The system doesn't support **offline** editing.
此系統不支援離線編輯。

» **online**
['ɑn͵laɪn]

adj. 連線作業的;線上的
adv. 連線地

on(在……
上)+ line
(線)

例 **Online** shopping is fast and convenient.
線上購物既快速又方便。

» **outline**
['aʊt͵laɪn]

n. 外形;輪廓
v. 畫出……的輪廓,概述,略述

out(外)+
line(線)

例 The **outline** of Taiwan suggests a sweet potato.
台灣的輪廓像一個番薯。

» **plotline**
[`plɑt͵laɪn]

n. 情節主線

plot（情節）
＋ line（線）

例 Nearly every **plotline** of a Korean drama contains some sort of a romance cliche.
幾乎每一檔韓劇的情節主線都會包含某種老掉牙的浪漫愛情故事。

» **topline**
[tɑp͵laɪn]

n. 頭條新聞
adj. 可上頭條新聞的；第一流的；最重要的

top（頂部）
＋ line（線）

例 After putting so much time and effort into acting, Brenda finally became a **topline** actress.
在為表演付出許多時間和努力之後，Brenda 終於成為一名第一流的女演員。

» **underline**
[͵ʌndɚ`laɪn]

v. 在……的下面劃線；強調；使突出

under
（在……下）
＋ line（用線標示）

例 The teacher asked us to **underline** each new word.
老師要我們在每個新單字下面畫線。

» **waistline**
[`west͵laɪn]

n. 腰圍，腰身

waist（腰部）
＋ line（線）

例 A bigger **waistline** may put you at higher risk of health issues.
較大的腰圍可能會讓你有較高的健康問題風險。

L

☞ **make** 製造，做

※ 聯想助記

» **holidaymaker**
[`hɑləde͵mekɚ]

n. 度假者

例 Beach resorts here are filled with **holidaymakers** from all over the world all year round.
這裡的海邊度假勝地全年都充滿了來自世界各地的度假者。

> holiday（假期）＋ make（製造）＋ er（施動者名詞字尾）

» **homemaker**
[`hom͵mekɚ]

n. 主婦，持家的人

例 Being a **homemaker** is a real job without qualifications.
家庭主婦是一份不需要資格條件的一份正式的工作。

> home（家庭）＋ make（製造）＋ er（施動者名詞字尾）

» **makeover**
[`mekovɚ]

n. 美容；改造

例 He bought a second-hand car and gave it a **makeover**.
他買了一輛二手車，並將它美容改造了一番。

> make（做）＋ over（全部地）

» makeup

[`mek͵ʌp]

n. 化妝；化妝品

make（做）
+ up（提
高）

例 My wife looks the most beautiful when she doesn't wear **makeup**.
我太太沒有化妝的時候看起來最美。

» matchmaker

[`mætʃ͵mekɚ]

n. 媒婆、媒人；安排比賽的人

match（婚
姻）+ make
（製造）+
er（施動者
名詞字尾）

例 Michael begged his mother to stop playing **matchmaker** for him.
Michael 懇求母親不要再幫他作媒了。

M

» troublemaker

[`trʌbl͵mekɚ]

n. 惹麻煩者；麻煩製造者

trouble（麻
煩）+ make
（製造）+
er（施動者
名詞字尾）

例 Jeff is a **troublemaker** that everyone tries to stay away from.
Jeff 是個每個人都想遠離的麻煩製造者。

» lawmaker

[`lɔ`mekɚ]

n. 立法者

law（法律）
+ make（製
造）+ er（施
動者名詞字
尾）

例 It's ironic that a **lawmaker** who knows the law deliberately breaks it.
一個知法的立法者卻犯法，真是諷刺啊。

» makeweight

[`mek͵wet]

n. 添加物；無關緊要的人；充數的人

make（製
造）+
weight（重
量）

例 Peter joined the club as a **makeweight** to fill out the numbers.
Peter 參加這個社團是為了幫忙充人數。

» **merrymaker**

[ˋmɛrɪ͵mekɚ]

n. 尋歡作樂者；狂歡作樂的人

merry（歡樂）＋ make（製造）＋ er（施動者名詞字尾）

例 Nightclubs are packed with **merrymakers** most of the night.
夜店幾乎整晚都擠滿了尋歡作樂的人。

» **moviemaker**

[ˋmuvɪ͵mekɚ]

n. 電影製作人

movie（電影）＋ make（製造）＋ er（施動者名詞字尾）

例 Steven Spielberg is undoubtedly one of the best **moviemakers** of the time.
史蒂芬史匹伯絕對是當代最棒的電影製作人之一。

» **moneymaker**

[ˋmʌnɪ͵mekɚ]

n. 會賺錢的人；生財工具

money（錢）＋ make（製造）＋ er（施動者名詞字尾））

例 We're sure that our new product will be a **moneymaker**.
我們相信我們的新產品將會為我們賺很多錢。

» **newsmaker**

[ˋnjuz͵mekɚ]

n. 新聞人物；新聞事件

news（新聞）＋ make（製造）＋ er（施動者名詞字尾）

例 The COVID-19 pandemic was the biggest **newsmaker** from 2020 to 2022.
新冠肺炎疫情是自 2020 年到 2022 年期間最大的新聞事件。

» **noisemaker**

[ˋnɔɪz͵mekɚ]

n. 高聲喧鬧的人；噪音製造者

noise（噪音）＋ make（製造）＋ er（施動者名詞字尾）

例 Living next to a **noisemaker** is a nightmare.
住在一個噪音製造者隔壁真是個夢魘。

» **peacemaker**

['pis,mekɚ]

n. 調解者;和事佬

peace(和平)＋ make（製造）＋ er（施動者名詞字尾）

例 Our son acts as our **peacemaker** every time when we have a quarrel.
每當我們起爭執時,我們的兒子都會充當我們的和事佬。

» **tastemaker**

['test,mekɚ]

n. 時髦風尚之開創者

taste（品味）＋ make（製造）＋ er（施動者名詞字尾）

例 Coco Chanel is seen as one of the most influential **tastemakers** in the fashion world.
可可香奈爾被認為是時尚界最有影響力的風尚開創者之一。

TRACK 075

☞ **man**　人,男子

» **manly**

['mænlɪ]

adj. 有男子氣概的;適合男性的

man（男子）＋ ly（形容詞字尾）

例 Sumo wrestling is a **manly** sport.
相撲是一種適合男性的運動。

✋ 同義字 | manlike

» **manhood**

['mænhʊd]

n.（男子）成年期;男子氣概;人性

man（男子）＋ hood（時期）

例 Both of my sons have entered into **manhood**.
我兩個兒子都已經成年了。

» manhunt

[ˋmænˌhʌnt]

n. 搜索；追捕；追緝

man（人）
＋ hunt（獵捕）

例 A massive **manhunt** was underway for a man who attacked 10 people in a shopping mall the other day.
一場針對日前在一間購物商城攻擊十人的男子的大規模搜索正在進行中。

» manhole

[ˋmænˌhol]

n.（下水道的）出入孔

man（人）
＋ hole（孔洞）

例 Earlier today, a man fell into an open **manhole** and was seriously injured.
今天稍早有一名男子掉入打開的下水道出入孔，受了重傷。

» mankind

[mænˋkaɪnd]

n. 人類

man（人）
＋ kind（種類）

例 What we have done is for the benefit of all **mankind**.
我們所做的事情都是以全人類的利益為目的。

» manpower

[ˋmænˌpaʊɚ]

n. 人力；勞動力

man（人）
＋ power（力量）

例 The factory is now facing the problem of **manpower** shortage.
工廠目前正面臨人力短缺的問題。

» manservant

[ˋmænˌsɝvənt]

n. 男僕

man（男子）
＋ servant（僕人）

例 They had several **manservants** take care of all rough work in the manor.
他們有幾個男僕負責這莊園內所有的粗重工作。

» manhandle

[ˋmænˌhændḷ]

v. 人工推動;蠻力地對待

man（人）
+ handle
（處理）

例 I was quite pissed when I saw those movers **manhandle** my fragile furniture.
當我看到搬家工人粗魯地對待我那些脆弱的家具時,真的是非常不爽。

» businessman

[ˋbɪznɪsmən]

n. 生意人,商人

business（生意）+ man（人）

例 My husband is an honest **businessman**.
我先生是個老實的生意人。

M

» countryman

[ˋkʌntrɪmən]

n. 鄉下人;同胞

country（鄉下）+ man（人）

例 Most **countrymen** are simpleminded and kind.
大部分的鄉下人都是純樸又善良的。

» policeman

[pəˋlismən]

n. 警員

police（警方）+ man（男子）

例 The **policeman** stopped the suspicious-looking man and asked him some questions.
警察攔住那名外表可疑的男子,並問了他幾個問題。

» madman

[ˋmædmən]

n. 瘋子,狂人

mad（瘋狂的）+ man（人）

例 He roared and screamed like a **madman**.
他像個瘋子似的咆哮尖叫。

» **dustman**
['dʌstmən]

n. 清潔工人；清道夫

dust（除灰塵）+ man（人）

例 To make more money, Pete has to moonlight as a **dustman** at night.
為了賺多一點錢，Pete 必須在晚上兼差當清潔工。

» **frogman**
['frɑgmən]

n. 蛙人

frog（蛙）+ man（人）

例 The police **frogman** jumped into the lake to save the drowning woman.
蛙人警察跳入湖中救出溺水的女子。

» **junkman**
['dʒʌŋkmən]

n. 拾廢鐵者；拾破爛者

junk（垃圾）+ man（人）

例 The **junkman** found a priceless antique and became rich overnight.
那個拾破爛的找到了價值連城的古董，並且一夜致富。

» **milkman**
['mɪlkmən]

n. 牛奶商；擠奶人；送奶人

milk（牛奶）+ man（人）

例 The **milkman** has collected two buckets of milk.
擠奶人已經擠了兩桶奶。

» **doorman**
['dor,mæn]

n. 看門人；門房

door（門）+ man（人）

例 We have several **doormen** guard the entrance of the apartment building in shifts.
我們有數個門房輪班守在公寓大樓的入口。

» **postman**
['postmən]

n. 郵差

post（郵政）
+ man（人）

例 I am expecting a letter from James. Has the **postman** come?
我在等 James 寄來的信。郵差來過了嗎？

同義字 **mailman**

» **everyman**
['ɛvrɪmæn]

n. 普通人；一般人，凡夫俗子

every（每個）+ man（人）

M

例 Why do you have to have an oar in **everyman**'s boat?
你為什麼一定要管每個人的閒事呢？

» **funnyman**
['fʌnɪmæn]

n. 滑稽的人；丑角；諧星

funny（有趣的）+ man（人）

例 That **funnyman** really cracked me up.
我真的會被那個滑稽的人笑死。

» **moneyman**
['mʌnɪmæn]

n. 金融家；投資者；有錢人

money（錢）+ man（人）

例 Like all **moneymen**, he only cares about his own interests.
就跟所有有錢人一樣，他只關心自己的利益。

» **chairman**
['tʃɛrmən]

n. 主席；議長；委員長；董事長；系主任

chair（椅子）+ man（人）

例 The **chairman** has designated Louis as his successor after his retirement.
主席已指派 Louis 作為他退休之後的繼任者。

» **muscleman**
[ˋmʌslmən]

n. 筋肉人；肌肉發達的人

muscle（肌肉）＋ man（人）

例 The **muscleman** lifted the metal trunk without making an effort.
那個筋肉人不費吹灰之力就舉起那個鐵箱。

» **townsman**
[ˋtaʊnzmən]

n. 都市居民，市民

town（城鎮）＋ man（人）

例 The **townsman** had problem adapting himself to country life at the beginning.
那個都市人一開始很難適應鄉下生活。

» **handyman**
[ˋhændɪˏmæn]

n. 幹雜活的人，雜務工；手巧的人

handy（手巧的）＋ man（人）

例 My husband is the **handyman** in the house.
我老公在家就是做各種雜活的人。

» **nobleman**
[ˋnobl̩mən]

n. 貴族

noble（高貴的）＋ man（人）

例 It never occurred to her that she would someday marry a **nobleman**.
她從來沒想過有一天會嫁給一個貴族。

» **guardsman**
[ˋgɑrdzmən]

n. 衛兵

guard（守衛）＋ man（人）

例 The **guardsmen** had to stand on guard in shifts.
衛兵必須輪班站崗。

» **cameraman**

['kæmərə,mæn]

n. 攝影師

camera（相機）＋ man（人）

例 The **cameraman** taught the models how they should pose for the photos.
攝影師教模特兒如何擺出拍照的姿勢。

» **deliveryman**

[dɪ'lɪvərɪ,mæn]

n. 送貨員

delivery（投遞）＋ man（人）

例 As a **deliveryman**, what I dislike the most is a barking dog.
身為一名送貨員，我最不喜歡的就是吠個不停的狗。

» **draftsman**

['dræftsmən]

n. 起草者；立案者；製圖者

drafts（起草）＋ man（人）

例 Nick is a skillful **draftsman** who just started a studio of his own.
Nick 是個技術精良的製圖者，最近才剛成立了自己的工作室。

🖐 同義字 **draughtsman**

» **fisherman**

['fɪʃɚ·mən]

n. 漁夫

fish（捕魚）＋ er（施動者名詞字尾）＋ man（人）

例 A **fisherman** has to spend a lot of time working on the fishing boat.
漁夫必須花很多時間在漁船上工作。

» **husbandman**

['hʌzbəndmən]

n. 農夫，百姓

husband（丈夫）＋ man（人）

例 The **husbandman** had to hire extra helping hands for the harvest.
農夫為了收成得多請幾個幫手。

M

225

» **gentleman**

[ˋdʒɛntl̩mən]

n. 紳士；有教養的男子；先生

gentle（溫和的）+ man（男子）

例 He pulled the chair out for me, like a **gentleman**.
他像一個紳士一樣地為我拉開椅子。

» **journeyman**

[ˋdʒɚnɪmən]

n. 熟練工人；短期工

journey（旅行）+ man（人）

例 John was an apprentice at the shoe factory, and now he is a **journeyman** shoemaker.
John 曾在那間鞋廠當學徒，現在已經是個出師的鞋匠了。

» **laundryman**

[ˋlɔndrɪmən]

n. 洗衣男工

laundry（洗衣）+ man（男子）

例 The **laundryman** will collect your laundry at around 10 a.m.
洗衣工會在上午十點左右去拿您要洗的衣服。

» **middleman**

[ˋmɪdl̩ˌmæn]

n. 經紀人；掮客；中間人

middle（中間的）+ man（人）

例 The **middleman** will earn a 10% commission on every deal he makes.
每成交一筆案子，仲介人將能賺取百分之十的佣金。

» **salesman**

[ˋselzmən]

n. 銷售員；男店員，男售貨員

sales（銷售）+ man（人）

例 The **salesman** tried to sell me a whole set of encyclopedias.
那個銷售員想賣給我整套百科全書。

» snowman
[`sno͵mæn]

n. 雪人

snow（雪）+ man（人）

例 The kids are having a good time building a **snowman** outside.
孩子們在外面堆雪人，玩得很開心。

» serviceman
[`sɝ˺vɪsmən]

n. 軍人

service（服役）+ man（人）

例 Some returning **servicemen** found it difficult for them to relocate their lives.
有些回歸的軍人發現他們在重置生活這方面有困難。

» spaceman
[`spes͵mæn]

n. 太空人；航天專家

space（太空）+ man（人）

例 It is many little boys' dream to become a **spaceman** when they grow up.
長大要當太空人，是很多小男孩的夢想。

» spokesman
[`spoksmən]

n. 發言人，代言人

spoke（說話）+ man（人）

例 The government **spokesman** tried to fend off all sensitive questions.
政府發言人試圖迴避所有敏感問題。

» sportsman
[`sportsmən]

n. 喜好運動的人；運動員

sports（運動）+ man（人）

例 My brother is a real **sportsman** who always takes a defeat with sportsmanship.
我弟弟是個真正的運動員，總是以運動家精神面對失敗。

M

» **watchman**
[`wɑtʃmən]

n. 夜間看守人;巡邏者,巡夜者

watch(看守)＋ man(人)

例 The **watchman** makes the rounds of the neighborhood every hour during the night.
夜間巡邏員晚上每小時會在社區巡邏一次。

» **weatherman**
[`wɛðɚˌmæn]

n. 氣象局工作人員;氣象預報員

weather(天氣)＋ man(人)

例 According to the **weatherman**, we will have a rainy weekend.
氣象預報員說週末將會下雨。

» **workingman**
[`wɜˑkɪŋˌmæn]

n. 勞工,工人

work(工作)＋ ing(動名詞字尾)＋ man(人)

例 Most painstaking **workingmen** have to work their ass off for minimum wage.
大部分刻苦的工人得拼命工作才能賺到最低薪資。

☞ **nail** 釘子、指甲、爪

☆ 聯想助記

» **doornail**
[`dor͵nel]

n. 門釘

door（門）
＋ nail（釘
子）

例 Stop dieting right now, or malnutrition will soon leave you dead as a **doornail**.
立刻停止節食，否則營養失調很快就會讓你死翹翹。

✔ **常用片語** **as dead as a doornail**（完全死了的），用來形容確實死去或不能再運作的人、植物、動物或物品。

» **fingernail**
[`fɪŋgɚ͵nel]

n. 手指甲

finger（手指）＋ nail（指甲）

例 Amanda always unconsciously bites her **fingernails** when she gets nervous or anxious.
每當緊張或焦慮時，Amanda 總是會下意識地咬手指甲。

» **hangnail**

[ˈhæŋˌnel]

n. 肉刺

hang（懸掛）＋ nail（指甲）

例 To prevent **hangnails**, you can put on some hand cream to keep your skin moisturized.
預防指甲旁生出肉刺，你可以塗抹護手霜，讓皮膚保持濕潤。

» **hobnail**

[ˈhɑbˌnel]

n. 鞋釘；穿上釘鞋的人、鄉下佬
adj. 以平頭釘裝飾的

hob（平頭釘）＋ nail（釘子）

例 This pair of old **hobnail** boots belonged to my great grandfather.
這雙老舊的平頭釘靴是我曾祖父的。

» **nail-biter**

[ˈnelbaɪtɚ]

n. （口語）令人緊張、扣人心弦、充滿懸念的故事、電影或賽事

nail（指甲）＋ biter（咬人的動物）

例 The horror movie was a real **nail-biter**. Nobody knew how it would end until the last minute.
那部恐怖片真的很令人緊張。不到最後一分鐘，沒人知道電影將如何結尾。

» **nailbrush**

[ˈnelˌbrʌʃ]

n. 指甲刷

nail（指甲）＋ brush（刷子）

例 The manicurist cleaned my nails with a **nailbrush** when giving me a manicure.
美甲師在幫我修指甲時用指甲刷幫我清潔指甲。

» **thumbnail**

[ˈθʌmˌnel]

n. 姆指甲；極小之物；縮圖、短文
adj. 極小的

thumb（拇指）＋ nail（指甲）

例 We can make a **thumbnail** for our video by using this free online template.
我們可以利用這個免費的線上樣本為我們的影片製作縮圖。

» **toenail**
[`to,nel]

n. 腳趾甲

toe（腳趾）
＋ nail（指甲）

例 **Toenails** don't grow as fast as fingernails do, so we don't have to clip them as frequently.
腳趾甲長得不像手指甲那麼快，所以不需要一樣頻繁地修剪。

» **treenail**
[`tri,nel]

n. 木栓，木釘

tree（樹）＋ nail（釘）

例 The wood planks were fastened together with **treenails**.
木板是用木釘閂牢的。

TRACK 077

N

name 名

» **byname**
[`baɪnem]

n. 別名

by（在旁邊）
＋ name（名）

例 George Bush is his father's namesake, so people use his **byname** "George W. Bush" to distinguish him from his father.
喬治布希跟他爸爸同名，所以人們以他的別名喬治 W 布希來區分他跟他的父親。

» filename
[`faɪl,nem]

n. 檔案名

file（檔案）
＋ name
（名）

例 Once you change the **filename**, those who you shared the file with will no longer be able to access it.
一但你更改檔案名稱，那些你分享檔案的人將無法再存取該檔案。

» forename
[`for,nem]

n. 名

fore（前面的）＋ name（名）

例 Some people would change their **forenames** for better luck to their life or business.
有些人會為了替生活或事業帶來更好的運氣而改名。

✋ 同義字 **first name**

» misname
[mɪs`nem]

v. 誤稱、叫錯名字；詆毀

mis（錯）＋ name（名）

例 This place is **misnamed**—it's too boring to be an amusement park.
這個地方被取錯名字了一它簡直無聊到不能算是個遊樂園。

» namesake
[`nem,sek]

n. 同名的人、同名的物品

name（名）＋ sake（目的）

例 My first son, Peter, is my grandfather's **namesake**.
我的長子 Peter 跟我爺爺同名。

例 The concert hall is the **namesake** of the enterpriser who funded the building's development.
這個音樂廳是以提供此建物開發資金的企業家來命名。

» **nameplate**

[`nem͵plet]

n. 商標、標示牌、名牌

name（名）＋ plate（薄板）

例 We found Professor Layton' office by the **nameplate** on the door.
我們靠門上的名牌找到了 Layton 教授的研究室。

» **nickname**

[`nɪk͵nem]

n. 綽號、小名

nick（刻痕）＋ name（名）

例 Jimmy doesn't like to be called by his **nickname**.
Jimmy 不喜歡別人用綽號來叫他。

🖐 同義字 **pet name** 乳名

» **surname**

[`sɝ͵nem]

n. 姓

sur（額外的）＋ name（名）

例 We assumed our new manager was Korean from his **surname**, Pak.
我們從新總經理的姓一朴，推測他是韓國人。

🖐 同義字 **family name, last name**

» **unnamed**

[ʌn`nemd]

adj. 沒有名字的、未命名的、不得而知的

un（沒有）＋ named（有名的）

例 According to an **unnamed** informer, the escaped convict was harbored in a building in our neighborhood.
根據一名未具名的密報者指出，逃犯被窩藏在我們社區內的一棟大樓裡。

» **username**

[`juzɚ`nemd]

n. 使用者名稱

user（使用者）＋ name（名）

例 To login to the website, your **username** and password are both required.
要登入網站，需要使用者名稱和密碼。

N

☞ neck 頸、脖子

» **bottleneck**
[ˋbɑt!͵nɛk]

n. 瓶頸、障礙物

bottle（瓶子）＋ neck（頸）

例 All businesses may come across some **bottlenecks** that hinder the workflow and affect process streamline.
所有的企業都可能遇到阻礙工作流程並影響工作效率的瓶頸。

» **breakneck**
[ˋbrek͵nɛk]

adj. 極快的；（要使頸骨折斷式的）極度危險的

break（斷）＋ neck（頸）

例 The wanted criminal drove at a **breakneck** speed, trying to shake off the pursuing police and escape.
通緝犯以要命的極速開車，試圖甩開警察的追捕並且逃逸。

» **crewneck**
[ˋkrunɛk]

n. 水手領、水手領汗衫

crew（船員）＋ neck（頸）

例 The **crewneck** T-shirts and sweaters are always the bestsellers in our store.
水手領 T 恤和毛衣一直都是本店的暢銷商品。

» **crookneck**
[ˋkrʊk͵nɛk]

n. 長頸南瓜

crook（彎曲的東西）＋ neck（頸）

例 **Crookneck** squash plants are common in the home gardens in America.
長頸南瓜在美國家庭的花園中很常見。

» **gooseneck**

[ˋgusˌnɛk]

n. 鵝頸狀物

goose（鵝）
+ neck（頸）

例 The workers fitted a **gooseneck** at the top of the vertical pipe to prevent entry of water.
工人們將一個鵝頸管放在垂直的輸送管頂端以預防進水。

» **necklace**

[ˋnɛklɪs]

n. 項鍊

neck（頸部）
+ lace（飾帶）

例 The pearl **necklace** goes well with the black evening gown.
這條珍珠項鍊搭那件黑色晚禮服很好看。

» **neckline**

[ˋnɛkˌlaɪn]

n. 領口

neck（頸）
+ line（線）

例 The bride is amazingly beautiful in that off-the-shoulder wedding dress with a sweetheart **neckline**.
新娘子穿那件心型領口的落肩結婚禮服真是美得驚人。

» **necktie**

[ˋnɛkˌtaɪ]

n. 領帶

neck（頸部）
+ tie（領結）

例 Some people believe that wearing a **necktie** makes them look more professional at work.
有些人認為繫領帶能讓他們在工作時看起來更專業。

» **neckwear**

[ˋnɛkˌwɛr]

n. 領飾

neck（頸）
+ wear（服飾）

例 Cashmere scarves are nice and warm **neckwear** for cold winter days.
喀什米爾圍巾是寒冷冬天極佳的保暖領飾。

N

» **redneck**

['rɛdˌnɛk]

n. 鄉下人、農人（美國南方工作階級的白人）

red（紅）＋ neck（頸）

例 The writer tried to break the cultural stereotype of **rednecks** in his new book.
該作家試圖在他新書中打破人們對鄉巴佬既有的文化刻板印象。

» **rubberneck**

['rʌbɚˌnɛk]

n. （因好奇而）伸長脖子看的人
v. 伸長脖子看

rubber（橡膠）＋ neck（脖子）

例 The fire rescue was impeded by people who were **rubbernecking** at the scene.
現場引頸駐足的路人阻礙了消防隊員救火的行動。

» **roughneck**

['rʌfˌnɛk]

n. 粗魯的（男）人；油井工人
adj. 粗暴的；粗野的

rough（粗野的）＋ neck（頸）

例 Jenny's husband is a **roughneck** who always makes troubles.
Jenny 的丈夫是個老惹麻煩的粗人。

» **turtleneck**

['tɝtḷˌnɛk]

n. 高領毛衣；高翻領、龜脖式毛衣

turtle（龜）＋ neck（脖子）

例 The woman in a white **turtleneck** sweater and gray jeans looks very stylish.
那個穿著白色高領毛衣和灰色牛仔褲的女子看起來非常時髦。

» **wryneck**

['raɪˌnɛk]

n. 歪脖；歪脖的人；【鳥】鶺鴒

wry（歪扭的）＋ neck（脖子）

例 Joseph woke up with a **wryneck** the following morning after sleeping in an awkward position for a whole night.
Joseph 以一種不舒服的姿勢睡了整晚，隔天醒來就落枕了。

☞ **net** 網

☆ ■ 聯想助記

» **cabinet**
[ˋkæbənɪt]

n. 櫥櫃；內閣、全體閣員

cabin（小屋）＋ net（網）

例 All the documents are kept in the filing **cabinet** in the office.
所有的文件都被保存在辦公室的檔案櫃裡。

» **intranet**
[kɑˋnɛ]

n. 內部網絡；內聯網

car（汽車）＋ net（網）

例 The **intranet** system allows the company's inside information to circulate rapidly.
內部網路系統讓公司內部資訊得以快速傳開。

» **dragnet**
[ˋdræg͵nɛt]

n. 拖網、搜索網；收集裝置

drag（拖）＋ net（網）

例 The police coordinated a nationwide **dragnet** in an attempt to arrest the smuggler.
警方調度了全國性的搜索網，企圖逮捕那名走私犯。

» **gillnet**
[ˋgɪl͵nɛt]

n. 刺網

gill（魚鰓）＋ net（網）

例 Up to now, the villagers still use bottom-set **gillnets** to catch fish in this river.
至今，村民仍使用底層定置刺網的方式在這條河捕魚。

👋 同義字 **fishnet**

» hairnet

[`hɛrnɛt]

n. 髮網

hair（頭髮）＋ net（網）

例 Cooks are supposed to wear **hairnets** to keep hair out of way when they work in the kitchen.
廚師在廚房工作時應該要戴著髮網，免得頭髮礙事。

» fishnet

[`fɪʃ,nɛt]

n. 魚網；魚網狀織物

fish（魚）＋ net（網）

例 The young woman in black **fishnet** stockings is a famous fashion model.
那個穿著黑色網眼襪的年輕女子是個名時裝模特兒。

» internet

[`ɪntɚ,nɛt]

n. 網際網路

inter（在⋯⋯之間）＋ net（網）

例 Some parents believe that children's access to the **Internet** should be prohibited.
有些家長認為孩童應該被禁止連線上網。

» netizen

[`nɛt,ɪzən]

n. 網民

net（網）＋ citizen（公民）

例 In this day and age, the opinion of **netizens** can greatly affect the policy decision-making processes.
今時今日，網民的意見對政策的決策過程有著重大的影響力。

» netroots

[`nɛt,rutz]

n. 網根族

net（網）＋ grassroots（基層群眾）

例 We should not underestimate the impact that the **netroots** could have on the presidential election.
我們不應該低估網根族對總統選舉所能產生的影響力。

» **network**

[`nɛt͵wɝk]

n. 網狀系統；廣播網、電視網

net（網）＋ work（作業）

例 We need to set up a wireless **network** for the computers in our office.
我們必須為辦公室內的電腦設定無線網路系統。

 TRACK 080

☞ **needle** 針

» **needlework**

[`nidl͵wɝk]

n. 針線活

needle（針）＋ work（工作）

例 Grandma used to make her living by doing **needlework** when she was young.
奶奶年輕時曾經以做針線活兒維生。

» **needlepoint**

[`nidl͵pɔɪnt]

n. 針尖；帆布刺繡

needle（針）＋ point（尖）

例 Mom's eyes were sore and tired from doing **needlepoint** for the entire afternoon.
媽媽的眼睛在做了整個下午的帆布刺繡後感到疼痛且疲勞。

» **needlewoman**
[`nɪdḷ‚wʊmən]

n. 女裁縫、縫紉女工

needle（針）
＋ woman
（女子）

例 It was as easy as blowing off dust for the **needlewoman** to have the hole in my dress mended.
那縫紉女工不費吹灰之力地就將我洋裝上的破洞修補好了。

» **needlelike**
[`nɪdḷ‚laɪk]

adj. 針狀的

needle（針）
＋ like（像）

例 The fish is named needlefish because of its thin long streamlined body and **needlelike** jaw.
這種魚因為牠細長的流線型身體及針狀嘴而被取名為針魚。

TRACK 081

☞ **night** 夜晚

» **nightcap**
[`naɪt‚kæp]

n. 睡帽；睡前酒（或溫牛奶）、晚飯的最後一杯酒

night（夜晚）
＋ cap（帽子）

例 Whether a **nightcap** can really promote a good night's sleep is controversial.
睡前酒是否真的有助於一夜好眠是有爭議的。

» **nightmare**
[`naɪt‚mɛr]

n. 惡夢、夢魘

night（夜晚）
＋ mare（指月球或火星等行星表面的陰暗區）

例 What she had experienced during her trip to India was a complete **nightmare**.
她在印度旅行時所經歷的事完全是個惡夢。

» **nightwalker**
[`naɪtˌwɔkɚ]

n. 夜行性動物；夢遊病患者；夜盜；
夜間活動者

night（夜晚）
＋ walker
（行走者）

例 Leo joined his fellow **nightwalkers** and roamed around the city till the sun came up.
Leo 跟他的夜間同伴碰面，在城市裡四處晃蕩直到太陽出來。

» **midnight**
[`mɪdˌnaɪt]

n. 半夜、午夜
adj. 半夜的

mid（半）＋
night（夜）

例 I'll be burning the **midnight** oil tonight preparing for the oral presentation tomorrow.
今晚我將開夜車準備明天的口頭報告。

✎ 常用片語 **burn the midnight oil**（開夜車）

N

» **nightshirt**
[`naɪtˌʃɝt]

n. 男用長睡衫

night（夜晚）
＋ shirt（襯
衫）

例 Jeremy can't fall asleep without his **nightshirt**.
Jeremy 沒有他的長睡衫無法入睡。

» **nightwear**
[`naɪtˌwɛr]

n. 睡衣

night（夜晚）
＋ wear（衣
服）

例 The children, in their **nightwear**, are ready for bed.
穿著睡衣的孩子們已經準備上床睡覺了。

✋ 同義字 **nightclothes**

» **nightfall**
[`naɪtˌfɔl]

n. 黃昏、傍晚、日暮

night（夜晚）
＋ fall（落
下）

例 Jack seldom works late. He usually makes a dash for home before **nightfall**.
Jack 很少加班。他經常在傍晚前就衝回家。

» **nightclub**

[ˋnaɪtˏklʌb]

n. 夜店

night（夜晚）
＋ club（俱
樂部、會所）

例 Jeff loves hanging out with his friends in the **nightclubs**.
Jeff 很愛跟他的朋友們在夜店廝混。

👆 同義字 **nightspot**

» **nighttime**

[ˋnaɪtˏtaɪm]

n. 夜間
adj. 夜間的

night（夜晚）
＋ time（時
間）

例 Reading books together with my children has become a
nighttime routine for me.
和孩子們共讀已經成了我的夜間慣常活動。

» **nightgown**

[ˋnaɪtˏgaʊn]

n. 女用睡袍

night（夜晚）
＋ gown（袍
子）

例 Miranda was still in her **nightgown** when her husband
returned home from work.
當丈夫下班回家時，Miranda 還穿著她的睡袍。

👆 同義字 **nightdress**

» **nightlife**

[ˋnaɪtlaɪf]

n. 夜生活

night（夜晚）
＋ life（生
活）

例 London is a city features a diverse range of **nightlife**.
倫敦是個以有多樣化的不同夜生活為特色的城市。

» **weeknight**

[ˋwiknaɪt]

n. 平日夜晚

week（工作
日）＋ night
（夜晚）

例 For **weeknight** meals, we always have microwave food
from the convenience store.
平日晚餐我們都是吃便利商店的微波食物。

» nightstand
[`naɪt͵stænd]

n. 床頭櫃

night（夜晚）
+ stand（架子、座）

例 Jason locked his diary in the drawer of his **nightstand**.
Jason 把他的日記本鎖在他床頭櫃的抽屜裡。

» overnight
[`ovɚ`naɪt]

adj. 通宵的、整晚的

adv. 一夜間、突然；通宵

over（越過）
+ night（夜晚）

例 The man won the lottery and became rich **overnight**.
男子贏了樂透，一夜致富。

» tonight
[tə`naɪt]

n. 今晚

adv. 在今晚

to（在、於）
+ night（夜晚）

例 **Tonight** is a night to celebrate our success.
今晚是值得慶祝我們成功的一晚。

N

☞ **out** 出；向外；徹底

☆ 聯想助記

» **outdo**
[ˌaʊt`du]

v. 勝過；超越

out（出）+
do（做）

例 You must put more effort if you don't want to be **outdone**.
如果你不想被超越，就一定要付出更多努力。

» **outlet**
[`aʊtˌlɛt]

n. 出口；出路；銷路；發洩方法

out（向外）
+ let（讓）

例 Music gives people a huge **outlet** for their emotions and feelings.
音樂為人們提供了一個極大的宣洩情緒和感情的管道。

» **outset**
[`aʊtˌsɛt]

n. 最初，開始

out（出）+
set（開始）

例 Louis felt incompatible with the teammates from the **outset**.
Louis 從一開始就覺得他跟隊友格格不入。

» **outfit**
['aʊt͵fɪt]

n. 全套服裝

out（向外的）+ fit（合身）

例 I need an appropriate **outfit** for the formal dinner party.
我需要一套能參加正式晚宴的合宜服裝。

» **output**
['aʊt͵pʊt]

n. 產出，產品
v. 輸出，生產

out（出）+ put（放）

例 The total **output** is expected to increase by 20% this year.
今年的總產量預期增加百分之二十。

» **outdated**
[͵aʊt'detɪd]

adj. 過時的

out（出）+ date（日期）+ ed（過去分詞形容詞字尾）

例 For Generation Z, Facebook is **outdated**.
對 Z 世代的人來說，臉書已經過時了。

» **outcry**
['aʊt͵kraɪ]

n. 喊叫，吶喊；強烈的抗議

out（出）+ cry（哭）

例 There was a public **outcry** about importing beef from the USA.
群眾對從美國進口牛肉發出了強力的抗議。

» **standout**
['stænd͵aʊt]

n. 堅持己見者；傑出人物

stand（站）+（出）

例 Rita was a **standout** in the beauty contest.
Rita 是這場選美比賽中的佼佼者。

O

» **outbalance**

[aʊt`bæləns]

v. 超過

out（出）＋ balance（平衡）

例 It is very important that your liabilities don't **outbalance** your assets.
負債不能超過資產，是很重要的。

» **outbreak**

[`aʊt͵brek]

n. 爆發；暴動

out（出）＋ break（破）

例 The **outbreak** of COVID-19 has changed people's life tremendously since 2020.
新冠肺炎的爆發自 2020 年起已經大幅地改變了人們的生活。

» **outburst**

[`aʊt͵bɝst]

n. （情感、力量）爆發；（火山）噴發

out（出）＋ burst（衝）

例 As a leader, you must learn to manage angry **outbursts**.
身為領導者，你必須學習管理憤怒的情緒。

» **outdistance**

[aʊt`dɪstəns]

v. 把……拋在後頭；遠遠超過

out（出）＋ distance（距離）

例 Bruce **outdistanced** other runners in the marathon.
Bruce 在這場馬拉松比賽中遙遙領先其他跑者。

» **outgoing**

[`aʊt͵goɪŋ]

adj. 友好的；外向的；外出的

out（向外）＋ go（走）＋ ing（現在分詞形容詞字尾）

例 People with an **outgoing** personality usually make friends easily.
個性外向的人通常很容易交朋友。

» **outlearn**

[`aʊt͵lɝn]

v. 比……學得更快，在學習上超越

out（出）+ learn（學）

例 The mathematical genius **outlearned** most of college students before he turned eight years old.
那個數學天才在八歲之前學習上就已經超過大部分的大學生了。

» **outmuscle**

[`aʊt`mʌsl̩]

v. 在力量或權力上超過或凌駕……之上

out（出）+ muscle（肌肉）

例 I probably couldn't **outmuscle** the big guy, but I certainly outsmarted him.
我可能力氣無法勝過那個大傢伙，但是我絕對比他聰明得多。

» **outnumber**

[aʊt`nʌmbɚ]

v. 數量上超過

out（出）+ number（數量）

例 Multilingual people **outnumber** monolinguals in this country.
這個國家能説多語言的人比僅能説一種語言的人要多。

» **outside**

[`aʊt`saɪd]

adj. 外面的，外部的
adv. 到外面，在外面

out（外）+ side（側）

例 The woman held captive managed to contact the **outside** world to seek rescue.
被俘虜的女子設法與外界聯絡，以尋求救援。

» **outsider**

[`aʊt`saɪdɚ]

n. 外人，局外人；門外漢

out（外）+ side（側）+ er（施動者名詞字尾）

例 She felt like an **outsider** when she was with her husband's family.
和夫家的人在一起時，她總覺得自己像個外人。

» **outrage**

[ˋaʊtˌredʒ]

n. 惡行，暴行
v. 激怒；對……施暴

out（出）+
rage（狂暴）

例 Domestic violence is an intolerable **outrage**.
家庭暴力是不可容忍的惡行。

» **outrank**

[aʊtˋræŋk]

v. 階級高於；地位高於；重要性高於

out（出）+
rank（等級）

例 This university **outranked** the University of Oxford in the 2022 Annual Graduate Employability Index.
這間大學在 2022 年度畢業生就業指數排名贏過牛津大學。

» **outrival**

[aʊtˋraɪvl]

v. 在競爭中勝過；打敗

out（出）+
rival（對手）

例 She practiced very hard with the aim to **outrival** the other contestants in the game.
她努力練習的目的就是要在比賽中打敗其他參賽者。

同義字 **outmatch**

» **outscore**

[aʊtˋskor]

v. 得分超過

out（出）+
score（得分）

例 Jeremy will be the winner of the cooking competition if his dish **outscores** 22.
Jeremy 的菜若能得分超過 22 分，就會是這次烹飪比賽的獲勝者。

» **outspread**

[ˋaʊtˋsprɛd]

v. 擴張；展開
adj. 擴張的；展開的

out（向外）
+ spread
（傳播）

例 The virus unexpectedly **outspread** worldwide with fast speed.
病毒出乎意料地以極快的速度擴散至世界各地。

» outreach
[aut`ritʃ]

v. 超越，延伸，擴展

out（向外）
+ reach
（伸）

（例）The demand of rice on the market has **outreached** our supply.
市場對米的需求已經超出我們的供應量。

» outpatient
[`aut͵peʃənt]

n. 門診病人

out（在外的）+ patient（病人）

（例）The waiting room at the clinic was crowded with **outpatients**.
診所的候診室擠滿了門診病人。

» outrageous
[aut`redʒəs]

adj. 可憎的；粗暴的；離譜的

out（出）+ rage（盛怒）+ ous（形容詞字尾）

（例）His **outrageous** behavior was highly offensive.
他離譜的行徑讓人相當反感。

» outstretch
[aut`strɛtʃ]

v. 伸出

out（出）+ stretch（伸長）

（例）The little girl **outstretched** her arms and ran up to her father.
小女孩伸長了手臂，跑向她的父親。

» outsmart
[`aut`smart]

v. 智力上勝過；比……更聰明；用計謀打敗

out（出）+ smart（聰明）

（例）The eight-year-old boy came up with a clever way to **outsmart** the fraud.
那個八歲男孩想出了一個聰明的方法以智取勝了那個騙徒。

🖐 同義字 outmaneuver, outdo, outwit

» outjockey
[`aʊt`dʒɑkɪ]

| v. 哄騙上當；用詭計騙人 | out（出）+ jockey（欺騙；耍手段） |

例 The prisoner successfully **outjockeyed** the prison guards and broke out of prison last night.
那個囚犯成功地用詭計騙獄卒上當，並在昨天越獄了。

» outspoken
[aʊt`spokən]

| v. 直言不諱地說出 | out（向外）+ spoke（說 speack 的過去分詞） |
| adj. 坦率的；直言不諱的 | |

例 Some teachers have been **outspoken** in their disapproval of education reform.
有些教師直言不諱地表達他們反對教改的想法。

» turnout
[`tɝn,aʊt]

| n. 出席者；人數 | turn（轉）+ out（出） |

例 The demonstration **turnout** was larger than expected.
示威人數比預期的還要多。

» takeout
[`tek,aʊt]

| n. 帶出去，取出；外賣；外賣的餐館 | take（帶）+ out（出） |

例 How about some Chinese **takeout** for dinner tonight?
今晚晚餐要不要吃中餐外賣？

✋ 同義字 **carryout**

» cookout
[`kʊk,aʊt]

| n. 野炊 | cook（烹煮）+ out（在外） |

例 We plan to have a **cookout** in the yard on the night of the Moon Festival.
我們計畫在中秋夜在院子野炊。

» **dropout**
[`drɑp͵aʊt]

n. 輟學生

drop（扔）
+ out（出）

例 The teenage robber turned out to be a high school **dropout**.
原來那個青少年搶匪是個高中輟學生。

» **hideout**
[`haɪd͵aʊt]

n. 藏身之處；隱匿之處

hide（躲）
+ out（出）

例 The wooden hut in the mountains is said to be the secret **hideout** of the gangsters.
據說山裡的那間木屋就是那幫匪徒的藏身之處。

» **hangout**
[`hæŋ͵aʊt]

n. 住處；巢窟；流連的地方

hang（掛）
+ out（出）

例 The Internet Cafe used to be a favorite **hangout** for youngsters.
網咖曾經是年輕人最喜歡流連的地方。

» **lookout**
[`lʊk`aʊt]

n. 警戒；監視；監視哨

look（看）
+ out（出）

例 People were warned to be on the **lookout** for an escaped armed prisoner.
人們被警告要小心一名身上有武器的逃犯。

✎ **實用片語** **on the lookout for** 密切注意

» **blackout**
[`blæk͵aʊt]

n. 停電；暫時眼前發黑

black（黑）
+ out（徹底）

例 Being trapped in an elevator during the **blackout** is probably the scariest experience I've ever had.
停電時被困在電梯裡，大概是我所經歷過最可怕的事。

» **checkout**
[ˋtʃɛkˏaʊt]

n. 結帳櫃檯；結帳離開時間

check（帳單）+ out（出）

例 Please bring the bill and pay at the **checkout**.
請帶著帳單到結帳櫃檯付錢。

» **closeout**
[ˋklozˏaʊt]

n. 清倉大拍賣；大拍賣的物品

close（關閉）+ out（徹底）

例 I bought this pair of shoes at the factory **closeout**.
我在工廠清倉拍賣會上買了這雙鞋。

» **knockout**
[ˋnɑkˏaʊt]

n. 擊倒；淘汰賽；大美女
adj. 擊倒對手的；令人震驚的

knock（打、擊）+ out（徹底）

例 Jennifer is a **knockout**, and my brother is crazy about her.
Jennifer 是個大美女，我哥哥對她為之瘋狂。

» **shakeout**
[ˋʃekˏaʊt]

n. （股市）暴跌；（景氣）消退、震盪

shake（搖晃）+ out（出）

例 The **shakeout** during the pandemic made 2020 a bad year for the labor market.
疫情期間的景氣震盪讓 2020 年的就業市場十分慘澹。

» **timeout**
[ˋtaɪmˋaʊt]

n. （工作）休息時間；（比賽）暫停

time（時間）+ out（外）

例 The coach had to call a **timeout** to discuss strategy with the team.
教練必須喊暫停以跟隊員討論比賽策略。

» **throughout**
[θru`aʊt]

| adv. | 處處;始終 |
| prep. | 遍及;貫穿,從頭到尾 |

through(通過)＋ out（徹底）

例 I was so anxious about the result that I was absent-minded **throughout** the meeting.
我對結果感到很焦慮,以至於開會時從頭到尾都心不在焉。

» **whiteout**
[`hwaɪt͵aʊt]

| n. | 白化;零可見度;立可白（修正液或修正帶） |

white（白）＋ out（徹底）

例 Can I borrow your **whiteout** to correct an erratum?
我可以借你的立可白改個錯字嗎?

☞ **paper** 紙

❀ 聯想助記

» **newspaper**
[`njuz͵pepɚ]

n. 報紙

news（報紙）+ paper（紙）

例 Eric writes editorials for a **newspaper**.
Eric 幫一家報社寫社論。

» **sandpaper**
[`sænd͵pepɚ]

n. 砂紙
v. 用砂紙磨

sand（砂）+ paper（紙）

例 The worker is polishing the board with **sandpaper**.
工人正在用砂紙幫板子打磨。

» **wallpaper**
[`wɔl͵pepɚ]

n. 壁紙；（電腦）桌布
v. 貼壁紙

wall（牆壁）+ paper（紙）

例 I like the floral **wallpaper** in her bedroom.
我喜歡她房間花樣圖案的壁紙。

» **notepaper**
[`not͵pepɚ]

n. 信紙；筆記用紙；便條紙

note（筆記）+ paper（紙）

例 On the **notepaper** he wrote down his name and phone number.
他在便條紙上寫下他的名字和電話。

» **paperwork**
[`pepɚ͵wɝk]

n. 日常文書工作；規劃工作；書面作業

paper（紙）＋ work（工作）

例 There's always a lot of **paperwork** to do on the first day at work.
第一天上班總是有許多書面作業要做。

» **paperback**
[`pepɚ͵bæk]

n. 平裝本
adj. 紙面裝訂的，平裝的

paper（紙）＋ back（背）

例 This book will be published in both hardback and **paperback**.
這本書會出版精裝版和平裝版。

✋ 同義字 **paperbound**

» **wastepaper**
[`west͵pepɚ]

n. 紙屑、廢紙

waste（垃圾）＋ paper（紙）

例 He found some torn pages of the book in the **wastepaper** basket.
他在廢紙簍裡發現了一些被撕毀的書頁。

» **curlpaper**
[`kɝl͵pepɚ]

n. 捲髮紙

curl（捲）＋ paper（紙）

例 The hairdresser carefully wrapped the lady's hair tress by tress with **curlpaper**.
髮型師謹慎地用捲髮紙將那小姐的頭髮一束一束地包起來。

» **flypaper**
[`flaɪ͵pepɚ]

n. 捕蠅紙

fly（蒼蠅）＋ paper（紙）

例 One by one, those nasty flies stuck to the **flypaper** and died.
一隻接著一隻地，那些討人厭的蒼蠅黏在捕蠅紙上死掉了。

» **paperhanger**
[`pepɚ͵hæŋɚ]

n. 糊壁紙的工人

paper（紙）
＋ hang
（掛）＋ er
（施動者名
詞字尾）

例 The **paperhanger** worked with sticky wallpaper all day long.
糊壁紙的工匠一整天都在忙著弄那些黏糊糊的壁紙。

» **paperweight**
[`pepɚ͵wet]

n. 紙鎮

paper（紙）
＋ weight（重
量）

例 Please use a **paperweight** to hold down these files.
請用紙鎮把這些檔案壓好。

» **paperclip**
[`pepɚ͵klɪp]

n. 迴紋針

paper（紙）
＋ clip（夾）

例 I need a **paperclip** to keep these receipts together.
我需要一個迴紋針把這些收據集中在一起。

TRACK 084

☞ **pass**　通行；經過；超過；通道

» **bypass**
[`baɪ͵pæs]

n. 旁道，旁路
v. 繞過，繞走

by（旁）＋
pass（通道）

例 Is there a **bypass** that we can take to avoid the traffic?
有沒有讓我們避開塞車的旁路可走？

» **overpass**

[͵ovɚˋpæs]

| n. | 天橋；高架道 |
| v. | 越過；通過 |

over（越過）＋ pass（通道）

例 It is necessary to build a pedestrian **overpass** over the highway.
在公路上搭建一個行人天橋是有必要的。

» **passage**

[ˋpæsɪdʒ]

| n. | 通行；通路 |
| v. | 通過，經過；航行 |

pass（通行）＋ age（表「地方」之名詞字尾）

例 There's an underground **passage** led directly through the house to the beach.
有個地下通道可以直接通過房子到達海灘。

» **passbook**

[ˋpæs͵bʊk]

| n. | 存款簿；銀行存摺 |

pass（通行）＋ book（本）

例 I felt a little worried when I saw my **passbook** balance.
當我看到我存摺裡的餘額時感到有點擔憂。

» **passkey**

[ˋpæs͵ki]

| n. | 萬能鑰匙 |

pass（通行）＋ key（鑰匙）

例 The housekeeper opened the guestroom door with a **passkey**.
房務員用萬能鑰匙打開了客房的門。

» **passerby**

[ˋpæsɚˋbaɪ]

| n. | 路人，路過的人 |

pass（經過）＋ er（施動者名詞字尾）＋ by（旁邊）

例 If it weren't for the **passerby** who stopped and called the ambulance, the man would have died.
要不是那個停下來並打電話叫救護車的路人，那個男人可能就會死了。

P

» passport

[ˈpæsˌport]

n. 護照

pass（通行）＋ port（港口）

（例）Please have your **passport** and boarding pass ready before you board the plane.
請在登機之前將您的護照及登記證準備好。

» password

[ˈpæsˌwɝd]

n. 口令；暗語；密碼

pass（通行）＋ word（字）

（例）You need your **password** to log into your account.
你需要密碼才能登入你的帳號。

» surpass

[səˈpæs]

v. 勝過；優於；大於；多於

sur（在上）＋ pass（超過）

（例）Marian showed great talent in music and **surpassed** her siblings when she was five years old.
Marian 在音樂方面展現優異的天份，並在五歲時候就超越了她的兄弟姊妹。

» trespass

[ˈtrɛspəs]

n. 擅自進入；非法侵入

v. 擅自進入；侵犯

tres（橫越 trans 的變形）＋ pass（通行）

（例）We can't **trespass** other people's property.
我們不能擅自進入他人的房子。

» underpass

[ˈʌndɚˌpæs]

n. 地下通道，下穿交叉道

under（在下方）＋ pass（通道）

（例）When I cross the street, I always use the **underpass** to avoid the traffic.
當我要過馬路時，我通常會走地下道避開車輛。

👆 pay 支付;付款;薪資

☀️ 聯想助記

» payphone
[ˋpefon]

n. （公用）投幣電話

pay（支付）
＋ phone（電話）

例 The man finally found a **payphone** at the corner and called his wife.
男子終於在街角找到一個投幣電話，並打給他的妻子。

» payoff
[ˋpeˏɔf]

n. 回報;結果
adj. 支付的;決定性的

pay（支付）
＋ off（光）

例 We definitely expected more of a **payoff** after we made all those sacrifices.
在我們做了所有的那些犧牲之後，我們當然期望能得到更多回報。

» payout
[ˋpeˏaʊt]

n. 支出;花費

pay（支付）
＋ out（出）

例 When I was dismissed from my job, the company gave me a **payout** of $30,000 as compensation.
當我被解僱時，公司給了我一筆 3 萬元的費用作為補償金。

» payday
[ˋpeˏde]

n. 支付日;發薪日

pay（薪資）
＋ day（日）

例 My favorite day of the month is the **payday**.
發薪日是我每個月最喜歡的一天。

P

» **payroll**

['pe,rol]

n. 薪水帳冊;發薪名單;應發的薪金總額

> pay(薪資)+ roll(名單)

例 I was shocked to learn that Jeff is off the **payroll**.
得知 Jeff 已被解僱,讓我震驚不已。

✔ **實用片語** off the payroll 被解僱

» **payback**

['pebæk]

n. 償付,歸還

> pay(支付)+ back(回)

例 We expect a fast **payback** of our investment.
我們期待投資能很快就能回收。

» **paycheck**

['pe,tʃɛk]

n. 付薪水的支票;薪津

> pay(薪資)+ check(支票)

例 I didn't get my **paycheck** on the payday.
我發薪日沒有拿到薪水。

» **payable**

['peəbḷ]

adj. 可支付的;應支付的,到期的

> pay(支付)+ able(能夠的)

例 The insurance premium is **payable** in monthly installments.
保險費可以用每月分期的方式支付。

» **underpay**

['ʌndɚ`pe]

v. 少付……薪資,付給……不足額的薪資

> under(低於)+ pay(薪資)

例 It is no news that most foreign workers are **underpaid**.
大部分的外籍勞工都沒有被給付足額薪資,這已經不是新聞了。

» **taxpayer**
[`tæksˌpeɚ]

n. 納稅人

tax（稅）+ pay（支付）+ er（施動者名詞字尾）

例 The government is supposed to make the best use of **taxpayers'** money.
政府應當將納稅人的錢做最好的運用。

 TRACK 086

P

☞ **place** 地方；放置

» **anyplace**
[`ɛnɪˌples]

adv. 任何地方

any（任何）+ place（地方）

例 We can go **anyplace** you want for vacation.
我們可以去你想去的任何地方度假。

» **birthplace**
[`bɝθˌples]

n. 出生地；發源地

birth（出生）+ place（地方）

例 The Bronx in New York City is the **birthplace** of breakdance.
紐約市的布朗克斯是霹靂舞的發源地。

» **commonplace**
[`kɑmənˌples]

n. 司空見慣的事
adj. 平凡的，普通的

common（常見的）+ place（地方）

例 Cross cultural relationship is **commonplace** today.
跨國戀情現在是很尋常的事。

» **fireplace**
[`faɪr͵ples]

n. 壁爐

fire（火）＋ place（地方）

例 She sat by the **fireplace** to warm herself up.
她坐在壁爐邊讓自己暖和起來。

» **replace**
[rɪ`ples]

v. 放回原處；取代，代替

re（重新）＋ place（放置）

例 E-books will not **replace** physical books anytime soon.
電子書短期內不會取代實體書。

» **replaceable**
[rɪ`plesəbḷ]

adj. 可替換的；可替代的

re（重新）＋ place（放置）＋ able（能夠的）

例 The toner cartridge of the printer is easily **replaceable**.
印表機的碳粉匣很容易能替換。

» **irreplaceable**
[͵ɪrɪ`plesəbḷ]

adj. 不可替換的，不可替代的

ir（不）＋ re（重新）＋ place（放置）＋ able（能夠的）

例 A mother is an **irreplaceable** role in a family.
母親是一個家庭中無可取代的角色。

» **marketplace**
[`mɑrkɪt͵ples]

n. 市場；集市；商業界

market（市場）＋ place（地方）

例 Our product is highly competitive in the international **marketplace**.
我們的產品在國際市場上相當具有競爭力的。

» **someplace**

[ˋsʌmˌples]

v. 在某處；到某處

some（某）＋ place（地方）

例 I put my glasses **someplace** but I can't remember where.
我把眼鏡放在某處，但我忘記是哪兒了。

» **workplace**

[ˋwɜˑkˌples]

n. 工作場所

work（工作）＋ place（地方）

例 Honestly, the **workplace** is a battlefield.
老實說，職場就是戰場。

P / Q

 TRACK 087

👈 **quarter**　四分之一；地方

» **headquarter**

[ˋhɛdˋkwɔrtɚ]

n. 總部

head（頭）＋ quarter（地方）

例 My supervisor has recently requested a transfer to the **headquarters**.
我的主管不久前請調至總部工作。

» **hindquarter**

[ˋhaɪndˋkwɔrtɚ]

n. （牛、羊、豬）後腿及臀部

hind（後面）＋ quarter（四分之一）

例 T-Bone steak is a **hindquarter** cut of beef.
丁骨牛排是牛肉後腿及臀部的肉片。

» **forequarter**

[ˋforˏkwɔrtɚ]

n. （牛，羊，豬等）半邊的前半部

fore（前面）＋ quarter（四分之一）

例 I prefer the **forequarter** of lamb to a leg of lamb because of its tenderness.
因為軟嫩，所以我愛吃羊的半邊前半部勝過羊腿。

» **quarterback**

[ˋkwɔrtɚˏbæk]

n. （足球）四分衛；活動指揮者、領導

quarter（四分之一）＋ back（後衛）

例 Henry plays **quarterback** on his high school football team.
Henry 在他們高中足球校隊擔任四分衛。

» **quarterfinal**

[ˏkwɔrtɚˋfaɪnḷ]

n. 複賽
adj. 半決賽前之比賽的；複賽的

quarter（四分之一）＋ final（決賽）

例 To everyone's surprise, the home team was eliminated in the **quarterfinals**.
讓眾人意外的是，地主隊竟在複賽時遭到淘汰。

» **quartermaster**

[ˋkwɔrtɚˏmæstɚ]

n. （提供軍隊所有必需品之）軍需官；舵手

quarter（地方）＋ master（主人）

例 My father was a **quartermaster** when he served in the army.
我的父親在服役時擔任軍需官。

» **quarterstaff**
[ˋkwɔrtɚˏstæf]

n. 鐵頭棒；鐵頭木棍

quarter（四分之一）＋ staff（拐杖、棍棒）

例 The two men were fighting with **quarterstaffs**.
那兩名男子用鐵頭棒打鬥。

 TRACK 088

Q

👆 **quest** 尋求，追求；請求

» **inquest**
[ˋɪnˏkwɛst]

n. （有陪審團員列席的）驗屍；審訊；調查死因的陪審團

in（朝內的）＋ quest（尋求）

例 The **inquest** on the victim's death is scheduled to take place next week.
該名受害者的死因排定在下週進行審訊。

» **request**
[rɪˋkwɛst]

n. 要求，請求
v. 要求，請求

re（再）＋ quest（請求）

例 We just sent them a letter to **request** technical assistance.
我們方才寄了一封信向他們請求技術支援。

» **bequest**
[bɪ`kwɛst]

n. 遺贈;遺產

be(成為)
+ quest（尋求）

例 The young man received a generous **bequest** under his uncle's will.
那個年輕人依叔叔的遺囑得到了一筆豐厚的遺產。

» **conquest**
[`kɑŋkwɛst]

n. 克服;佔領;掠奪物,佔領地

con（反面的）+ quest（請求）

例 Genghis Khan and his successors continued to expand the Mongol Empire by **conquest**.
成吉思汗和他的繼承者們以佔領的方式不斷擴充蒙古帝國。

 TRACK 089

☞ **race**　賽跑;競賽

» **racer**
[`resɚ]

n. 賽跑者;賽車手;競賽者;（比賽用的）車、馬、自行車等

race（競賽）
+ er（施動者名詞字尾）

例 This horse is going to be an exceptional **racer**.
這匹馬將會成為一匹卓越的賽馬。

» **outrace**
[aʊt`res]

v. （賽跑）勝過；（速度）超過

out（出）+ race（賽跑）

例 He ran as fast as he could, and finally **outraced** other competitors.
他盡可能得跑快，終於勝過其他參賽者。

» **footrace**
[`fʊt͵res]

n. 步行競賽；賽跑

foot（足）+ race（競賽）

例 My brother is going to take part in a 1,200-meter **footrace** on Sports Day.
我弟運動會那天將參加 1,200 公尺的賽跑。

» **racewalk**
[`res͵wɔk]

v. 競走；競步

race（競賽）+ walk（走路）

例 To lose weight, Amy **racewalks** at least 30 minutes every day.
為了減重，Amy 每天至少競走三十分鐘。

» **racewalking**
[`res͵wɔkɪŋ]

n. 競走

race（競賽）+ walk（走路）+ ing（動名詞字尾）

例 **Racewalking** has become a popular sport because it is good for weight loss.
競走因為有利於減重，已然成為一項受歡迎的運動。

🖐 同義字 footrace

» **racehorse**
[`res͵hɔrs]

n. （比賽的）賽馬

race（競賽）+ horse（馬）

例 Normally, a broken leg means the end for a **racehorse**.
在正常情況下，斷腳對一隻賽馬來說就等同於死亡。

Q / R

» **racecourse**
[`res,kors]

n. 跑道；賽馬場；賽道

race（競賽）
＋ course（跑道）

例 The jockey who accidentally fell off his horse on the **racecourse** yesterday was seriously injured.
昨天在賽道上意外落馬的騎師受了重傷。

✋ 同義字 **racetrack**

» **racegoer**
[`res,goɚ]

n. 經常去看賽馬（或賽車）的人

race（競賽）
＋ go（去）
＋ er（施動者名詞字尾）

例 My uncle is a **racegoer** who attends almost all horseraces around the country.
我叔叔是個經常去看賽馬的人，幾乎出席國內各地的所有賽馬。

TRACK 090

☞ **rack** （掛物）架

» **bookrack**
[`bʊk,ræk]

n. 閱覽架；書架、書櫃

book（書）
＋ rack（架）

例 The large **bookrack** chockablock with books is the only decoration in this room.
這個塞滿書的大書櫃是這個房間的唯一裝飾物。

» **coatrack**
[ˋkotˏræk]

n. 衣物架、衣帽架

coat（外套）
＋ rack（架）

例 He passed through the doorway and carelessly tossed his coat on the **coatrack** at the vestibule.
他進了門後隨意地將他的外套丟在前廳的衣帽架上。

» **hatrack**
[ˋhætˏræk]

n. 帽架

hat（帽）＋
rack（架）

例 Dad took off his hat and hung it on the **hatrack**.
爸爸脫下帽子，並將它掛在帽架上。

R

» **hayrack**
[ˋheˏræk]

n. 乾草架

hay（乾草）
＋ rack（架）

例 The horses are quietly eating the feed from the **hayrack**.
馬兒們安靜地吃著乾草架上的牧草。

TRACK 091

☞ **rail** 欄杆；鐵軌

» **bedrail**
[ˋbɛdrel]

n. 床欄

bed（床）＋
rail（欄杆）

例 We'd better install a **bedrail** to prevent the baby from falling out.
我們最好安裝床欄，以免寶寶掉出來。

» **handrail**
[`hænd͵rel]

n. 扶手

hand（手）＋ rail（欄杆）

例 You should always hold the **handrail** when using the stairs.
走樓梯時應該隨時緊握扶手。

» **monorail**
[`mɑnə͵rel]

n. 單軌鐵路；單軌列車

mono（單）＋ rail（鐵路）

例 The **monorail** is the fastest and the most convenient way to travel in the country.
單軌列車是在這國家旅行最快且最方便的交通工具。

» **railhead**
[`rel͵hɛd]

n. 鐵軌盡頭

rail（鐵路）＋ head（頭）

例 You can take a nap since the **railhead** is still many miles away.
既然鐵路盡頭還很遠，你不如就小睡一下吧。

» **railing**
[`relɪŋ]

n. 欄杆、柵欄

rail（欄杆）＋ ing（動名詞字尾）

例 For safety's sake, the height of a **railing** on a home balcony must not be less than 36 inches.
基於安全考量，家中陽台欄杆的高度不得低於 36 吋。

» **railroad**
[`rel͵rod]

n. 鐵路；鐵道運輸

rail（鐵路）＋ road（路）

例 Noise is the biggest drawback of living next to a **railroad** track.
住在鐵路軌道旁邊最大的缺點就是噪音問題。

🖐 同義字 **railway**

👈 rain 雨

🌼 **聯想助記**

» **rainbow**

[`ren,bo]

n. 彩虹

rain（雨）
+ bow（弓）

例 A beautiful **rainbow** appeared in the sky as soon as it stopped raining.
雨一停，天空就出現了一道漂亮的彩虹。

» **raincoat**

[`ren,kot]

n. 雨衣

rain（雨）+
coat（外套）

例 Bring a **raincoat** with you just in case.
帶著雨衣以防萬一。

» **raindrop**

[`ren,drɑp]

n. 雨滴

rain（雨）
+ drop（滴）

例 I didn't know it was raining until **raindrops** kept falling on my head.
一直到雨滴不斷落在我頭上，我才知道下雨了。

» **rainfall**

[`ren,fɔl]

n. 降雨；降雨量

rain（雨）+
fall（落下）

例 We can expect another **rainfall** this weekend.
這個週末將會再下一場雨。

R

» **rainless**

[ˋrenlɛs]

adj. 缺少雨的；無雨的

rain（雨）＋ less（少的）

例 Everyone is looking forward to some rain after eight **rainless** months.

在缺雨八個月之後，每個人都期待能有一點降雨。

» **rainmaker**

[ˋrenˏmekɚ]

n. 人造雨專家；能呼風喚雨的人

rain（雨） ＋ make（製造）＋ er（施動者名詞字尾）

例 Chiara has developed a reputation as a **rainmaker** in the fashion world.

Chiara 在時尚界已建立起能呼風喚雨的聲譽。

» **rainproof**

[ˋrenˏpruf]

n. 雨衣
v. 使防水
adj. 防水的，防雨的

rain（雨） ＋ proof（抵擋的）

例 This cottage is beautiful; however, its roof is not **rainproof** at all.

這間農舍很美，但是屋頂一點都不防雨。

✋ 同義字 raintight

» **rainspout**

[ˋrenˏspaʊt]

n. 落水管

rain（雨） ＋ spout（水落管）

例 A rainspout can save your house from **rainwater** damage.

落水管可以讓你的房子不受雨水傷害。

» **rainstorm**

[ˋrenˏstɔrm]

n. 暴風雨；雨暴

rain（雨） ＋ storm（暴風雨）

例 Most flights were delayed or cancelled because of the **rainstorm**.

大部分的班機都因為暴風雨而延遲或取消了。

» rainsquall
[ˋrenˏskwɔl]

n. 疾風暴雨

rain（雨）+ squall（暴風）

例 Our entire holiday was ruined by the **rainsquall**.
我們整個假期都被這場疾風暴雨給毀了。

» rainwater
[ˋrenˏwɔtɚ]

n. 雨水

rain（雨）+ water（水）

例 My grandmother would collect **rainwater** for laundry.
我奶奶會收集雨水來洗衣服。

» rainwash
[ˋrenˏwɑʃ]

n. 雨水沖刷

rain（雨）+ wash（洗）

例 **Rainwash** can cause soil erosion and may result in vital disasters.
雨水沖刷會造成土壤侵蝕，並可能導致重大的災害。

» rainwear
[ˋrenˏwɛr]

n. 雨衣

rain（雨）+ wear（服裝）

例 I bring my **rainwear** with me for the weather is less stable this week.
因為這星期的天氣比較不穩定，所以我隨身帶著雨衣。

» rainy
[ˋrenɪ]

adj. 多雨的

rain（雨）+ y（形容詞字尾）

例 Spring is a warm and **rainy** season in Taiwan.
台灣的春天是溫暖多雨的季節。

R

☞ **read** 讀

☀ 聯想助記

» **copyread**
[ˋkɑpɪˌrid]

v. 做文字編輯;修改(稿件)

copy(抄本)
+ read(讀)

例 The editors have to carefully **copyread** the news articles before they are published.
編輯們必須在刊登之前,仔細修改新聞報導的內容。

» **lipread**
[lɪpˋrid]

v. 讀唇語

lip(唇)+
read(讀)

例 People with hearing impairment must learn to **lipread**.
有聽力障礙的人必須學習讀唇語。

» **misread**
[mɪsˋrid]

v. 讀錯;誤解

mis(誤)+
read(讀)

例 As a pharmacist, it is crucial not to **misread** the prescription; otherwise you may give wrong medications.
身為藥劑師,絕對不能讀錯處方籤,否則可能會給錯藥物。

» **proofread**
[ˋprufˌrid]

v. 校對;校勘

proof(檢驗)+ read(讀)

例 You must have your essay **proofread** before submitting it.
你的論文在提交前必須先校對過。

» readable
['ridəbḷ]

adj. 易讀的；可讀的

read（讀）
+ able（能夠的）

例 His handwriting is too scratchy to be **readable**.
他的字跡太過潦草以至於難以閱讀。

» readability
[ˌridə`bɪlətɪ]

n. 易讀；可讀性；可讀程度

read（讀）
+ ability（能力）

例 You need to improve the **readability** of your article to attract more readers.
你需要加強文章的可讀性，以吸引更多讀者。

» reader
['ridɚ]

n. 讀者；讀物、讀本

read（讀）
+ er（施動者名詞字尾）

例 I have been a regular **reader** of this magazine since I was in high school.
我從高中開始就是這份雜誌的忠實讀者。

» reading
['ridɪŋ]

n. 閱讀；讀物
adj. 閱讀的；讀書用的

read（讀）
+ ing（動名詞字尾）

例 I can't read without my **reading** glasses.
沒有看書用的眼鏡我沒辦法閱讀。

R

☞ red 紅

☆ 聯想助記

» **redbrick**
[ˈrɛdˌbrɪk]

n.（英國的）紅磚大學
adj. 紅磚建造的

red（紅）＋ brick（磚頭）

例 We stayed in a **redbrick** house hotel, which was built in 19 century.
我們住在一間十九世紀時所建造的紅磚屋飯店。

» **redbug**
[ˈrɛdˌbʌg]

n. 紅蟲（紅羌螨、紅蜻等）

red（紅）＋ bug（小蟲）

例 Mom used the pesticide to kill the **redbugs** in the back yard.
媽媽用殺蟲劑殺後院的紅蟲。

» **reddish**
[ˈrɛdɪʃ]

adj. 略帶紅色的、微紅的

red（紅）＋ ish（顏……的）

例 Her hair looks **reddish** in the sun.
她的頭髮在陽光下看起來是略帶紅色的。

» **redeye**
[ˈrɛdˌaɪ]

n. 紅眼航班，夜航班機

red（紅）＋ eye（眼）

例 In order to save big on transportation, Mark decided to take a **redeye** flight to New York.
為了節省大量交通費用，Mark 決定搭紅眼航班到紐約。

» redroot
['rɛd,rut]

n. 紅根

red（紅）+ root（根）

例 Carrots and turnips are both common **redroot** vegetables.
紅蘿蔔和蕪菁都是常見的紅根蔬菜。

» redbait
['rɛd,bet]

v. 給人扣上（支持共產主義的）紅帽子而加以迫害

red（紅）+ bait（欺負）

例 Some scholars were **redbaited** and persecuted during the 228 Incident.
有些學者在二二八事件中遭到抹紅而被迫害。

» redneck
['rɛd,nɛk]

n. 紅脖子（指長期在烈日下工作而頸部曬紅的鄉下人、農人）

red（紅）+ neck（脖子）

例 He is just a **redneck** without much education.
他只是一個沒有受過太多教育的鄉巴佬。

» redcoat
['rɛd,kot]

n.（美國獨立戰爭時期的）英國（紅衫）軍人

red（紅）+ coat（外套）

例 Under George Washington's leadership, the Continental Army finally defeated the British **Redcoats**.
在喬治華盛頓的領導下，美國大陸軍隊終於擊敗了英國紅衫軍。

» redhead
['rɛd,hɛd]

n. 紅髮的人

red（紅）+ head（頭）

例 Anna used to be a **redhead** before she dyed her hair blonde.
Anna 在把頭髮染成金髮前，是個紅髮人。

R

» **redskin**

['rɛd,skɪn]

n. 北美印地安人

red（紅）+ skin（皮膚）

例 Calling Native Americans **redskins** is quite offensive.
稱呼美國原住民「紅皮」是相當冒犯的一件事。

» **redline**

['rɛd,laɪn]

v. 使超速運轉；拒絕對……承保；拒絕給……貸款

red（紅）+ line（線）

例 Avoid **redlining** your car because it can seriously damage the tires and the engine.
避免讓車輛超速駕駛，因為那會嚴重傷害輪胎和引擎。

» **redwood**

['rɛd,wud]

n. 紅杉木

red（紅）+ wood（木）

例 **Redwoods** are known to be the largest and tallest trees in the world.
紅杉木是世界上已知最大且最高的樹木。

» **redness**

['rɛdnɪs]

n. 紅色；發紅（症狀）

red（紅）+ ness（名詞字尾）

例 Taking cool baths can effectively relieve the pain from sunburn **redness**.
泡冷水澡能有效減輕皮膚因曬傷而發紅所引起的疼痛。

» **infrared**

[ɪnfrə'rɛd]

adj. 紅外線的

infra（在……下；之外）+ red（紅）

例 Human eyes can't detect **infrared** light.
人的眼睛是看不見紅外線光的。

☞ report 報告；報導

» **reportable**
[rɪ`portəbl̩]

adj. 可報告的；值得報導的

report（報導）+ able（能夠的）

例 I don't think the celebrity's scandal is any **reportable**.
我不覺得這個名人的醜聞有什麼好報導的。

» **reportage**
[rɛpɔr`tɑʒ]

n. 實地報導；報導文體

report（報導）+ age（表「行為結果」之名詞字尾）

例 In our writing class today, the teacher taught us how to write **reportage**.
今天的寫作課，老師教我們如何寫報導文體。

» **reporter**
[rɪ`portɚ]

n. 記者

report（報導）+ er（施動者名詞字尾）

例 The **reporter** interviewed a few witnesses of the accident.
該記者訪問了幾個意外事件的目擊者。

» **reportedly**
[rɪ`portɪdlɪ]

adv. 據傳聞；據報導

report（報導）+ ed（過去分詞形容詞字尾）+ ly（副詞字尾）

例 The end of the pandemic is **reportedly** in sight.
根據報導，疫情的盡頭已經可以看得見了。

» reportorial

[ˌrɛpəˈtɔrɪəl]

adj. 記者的；報告般的

report（報告）+ ory（具……性質的）+ al（形容詞字尾）

例 At the press, the baseball player announced his retirement in an unruffled **reportorial** tone.
在記者會上，該棒球選手以報告的語調冷靜地宣布自己退休的消息。

» overreport

[ˈovərɪˌpɔrt]

v. 過度報導

over（過度的）+ report（報導）

例 The news of the actor's illness has really been **overreported**.
該男演員的病況實在是被過度報導了。

» misreport

[ˌmɪsrɪˈpɔrt]

n. 不實報導
v. 誤報

mis（錯誤）+ report（報導）

例 The number of confirmed Covid-19 cases was **misreported**.
新冠肺炎的確診數被誤報了。

» underreport

[ˌʌndərɪˈpɔrt]

v. 少報（收入等）

under（少於）+ report（報告）

例 If you **underreport** your income and underpay your tax, you may have to pay a penalty.
如果你少報所得並少付稅，你可能必須支付罰金。

» unreported

[ˌʌnrɪˈpɔrtɪd]

adj. 未報導的、未報告的

un（無）+ report（報導）+ ed（過去分詞形容詞字尾）

例 We were surprised that the forest fire was **unreported**.
我們對於這起森林火災未被報導感到很驚訝。

☞ **rest** 休息；擱放

※ 聯想助記

» **armrest**
[ˈɑrmˌrɛst]

n. （椅子兩側或汽車門內的）扶手

arm（手臂）+ **rest**（擱放）

R

例 The **armrests** of the office chair are adjustable.
這辦公椅的扶手是可調整高度的。

» **headrest**
[ˈhɛdˌrɛst]

n. 頭枕、頭墊，靠頭之物

head（頭）+ **rest**（擱放）

例 The driver adjusted the height of the **headrest** so he could put his head against it while driving.
司機調整汽車頭墊的高度，好讓他能在駕駛時將頭靠在上面。

» **backrest**
[ˈbækˌrɛst]

n. 靠背

back（背）+ **rest**（擱放）

例 Henry leaned back on the **backrest** of his chair and dozed for a few minutes.
Henry 往後靠在椅子靠背上，打了幾分鐘的盹兒。

» **footrest**
[ˈfʊtˌrɛst]

n. 擱腳物；腳凳

foot（腳）+ **rest**（擱放）

例 The little boy stood on the **footrest** so as to reach the candy on the table.
小男孩站在腳凳上，以便能拿到桌上的糖果。

» bookrest

[ˈbʊkˌrɛst]

n. 閱書架

book（書）
+ rest（擱
放）

例 I need a **bookrest** in the kitchen to hold the cookery books.
我需要一個放在廚房的閱書架來放烹飪食譜。

» restful

[ˈrɛstfəl]

adj. 使人充分休息的；悠閒的

rest（休息）
+ ful（充滿
的）

例 We spent our long weekend in a **restful** beachside resort.
我們週休連假在一個能讓人充分休息的海邊度假勝地度過。

» restless

[ˈrɛstlɪs]

adj. 焦躁不安的；受打擾的；得不到
休息的

rest（休息）
+ less（少
的）

例 We had a **restless** night because of the noise from the next door.
因為隔壁傳來的噪音，讓我們一夜不得安寧。

» restroom

[ˈrɛstˌrum]

n. 洗手間；休息室

rest（休
息）+ room
（室）

例 The woman asked the shopkeeper politely whether she could use the **restroom**.
女子禮貌地問店老闆能否使用洗手間。

S

TRACK 097

☞ safe 安全的

※ 聯想助記

» **safekeeping**

['sef`kipɪŋ]

| **n.** 安全保護，妥善保管

例 All the confidential documents were locked in a safe deposit for **safekeeping**.
所有機密文件都被鎖在保險箱裡妥善保管了。

safe（安全的）＋ keep（保管）＋ ing（動名詞字尾）

» **safeguard**

['sef͵gɑrd]

| **n.** 保護；防衛
| **v.** 提供保護措施；防衛

例 Insurance is essential as it can **safeguard** your properties.
保險是有必要的，因為它使你的財產得到保障。

safe（安全的）＋ guard（守衛）

» **safety**

['seftɪ]

| **n.** 安全

例 The **safety** of the hostages is our first concern.
人質的安全是我們最關心的事。

safe（安全的）＋ ty（名詞字尾）

» **vouchsafe**

[vautʃˋsef]

v. 惠予；給予；透露

vouch（擔保，確定）＋ safe（安全的）

例 The chef refused to **vouchsafe** the secret to his beef bourguignon recipe.
主廚拒絕透露他紅酒燉牛肉的食譜的祕密。

» **safecracker**

[ˋsefˌkrækɚ]

n. 保險箱竊賊

safe（保險箱）＋ crack（爆裂）＋ er（施動者名詞字尾）

例 The **safecracker** disabled the security cameras before stealing the money from the safe.
保險箱竊賊在偷保險箱的錢之前先破壞了監視系統。

TRACK 098

☞ see 看

» **oversee**

[ˋovɚˋsi]

v. 監視；看管；眺望

over（在上方）＋ see（看）

例 Jason was appointed manager that **oversees** a department of 15 employees.
Jason 被指派擔任經理，管理一個有十五名員工的部門。

» **foresee**

[forˋsi]

v. 預見；預知

fore（在前）＋ see（看到）

例 The old woman claimed that she could **foresee** the future.
那個老婦宣稱她能預知未來。

» **seesaw**

[ˋsiˌsɔ]

n. 蹺蹺板

例 The kids are taking turns to play on the **seesaw**.
孩子們正在排隊輪流玩蹺蹺板。

» **sightsee**

[ˋsaɪtˌsi]

v. 遊覽；觀光

例 She invited me to go **sightseeing** around the city.
她邀我在城市裡到處觀光遊覽。

TRACK 099

☞ **short** 短的，少的

» **shortcut**

[ˋʃɔrtˌkʌt]

n. 捷徑，近路
adj. 形成近路的；提供捷徑的

例 There is no **shortcut** to success.
成功是沒有捷徑的。

» **shortage**

[ˋʃɔrtɪdʒ]

n. 缺少，不足，匱乏

例 Climate change is contributing water **shortage** across many countries in the world.
氣候變遷已經造成世界上許多國家缺水。

» **shorthand**
[`ʃɔrtˌhænd]

n. 速記法；速記
adj. 速記法的；會速記的

short（短）
+ hand
（手）

例 It will be an advantage for you if you can take notes in **shorthand**.
如果你會用速記做筆記，對你來説會是個優勢。

» **shortcake**
[`ʃɔrtˌkek]

n. 水果酥餅

short（短的）
+ cake（蛋糕）

例 Grandma baked some **shortcakes** for us when we visited her last weekend.
我們上週末去看奶奶時，奶奶為我們烤了些水果酥餅。

» **shortlist**
[`ʃɔrtˌlɪst]

n. 入圍名單
v. 把……列入入圍名單

short（短的）
+ list（名單）

例 Being on the **shortlist** for the best leading actress was like a dream to her.
入圍最佳女主角對她來説就像是夢一樣。

» **shortbread**
[`ʃɔrtˌbrɛd]

n. 脆餅

short（短的）
+ bread（麵包）

例 The kids can have some **shortbread** as snacks before supper.
孩子們在晚飯前可以吃點脆餅當點心。

» **shorthorn**
[`ʃɔrtˌhɔrn]

n. 短角牛；新來的人；新手

short（短的）
+ horn（角）

例 He is a **shorthorn**, but he learns fast.
他是個新手，但他學得很快。

» **shortcoming**

[`ʃɔrtˏkʌmɪŋ]

n. 缺點，短處

short（短）
＋ come
（來）＋ ing
（動名詞字
尾）

例 Being indecisive is her biggest **shortcoming**.
優柔寡斷是她最大的缺點。

» **undershorts**

[`ʌndəˋʃɔrts]

n.（男）內褲

under（下
面）＋ shorts
（短褲）

例 My father usually wears only **undershorts** when he is at home.
我爸在家時通常只穿著內褲。

» **shortchange**

[`ʃɔrtˋtʃendʒ]

v. 少找零錢；欺騙

short（少的）
＋ change
（零錢）

例 The customer argued that the cashier **shortchanged** her twenty dollars.
那名顧客爭論說收銀員少找她二十元。

» **shortsighted**

[`ʃɔrtˋsaɪtɪd]

adj. 近視的；目光短淺的，缺乏遠見的

short（短的）
＋ sight（視
力）＋ ed（過
去分詞形容
詞字尾）

例 It is a very **shortsighted** idea to replace a green park with a shopping mall.
讓購物中心取代綠色公園是一個非常短視的想法。

S

🖝 sleep 睡；睡眠

☀ **聯想助記**

» **sleepy**
['slipɪ]

adj. 想睡的；瞌睡的

例 The boring math lecture made me **sleepy**.
無聊的數學課讓我昏昏欲睡。

sleep（睡）
＋ y（形容詞字尾）

» **sleepyhead**
['slipɪ,hɛd]

n. 貪睡者；懶鬼

例 Get yourself out of the bed, **sleepyhead**.
趕快起床了啦，你這個貪睡鬼。

sleepy（想睡的）＋ head（人）

» **sleepover**
['slip,ovɚ]

n. 在朋友家過夜

例 Audrey invited her best friends for a **sleepover** on her birthday.
Audrey 邀請她的好朋友在她生日那天來家裡過夜。

sleep（睡）＋ over（越過）

» **sleepwear**
['slip,wɛr]

n. 睡衣

例 I can't believe it's already noon and you're still in your **sleepwear**.
我真不敢相信現在已經中午了，而你依然穿著睡衣。

sleep（睡）＋ wear（衣服）

» **sleepwalk**

[`slip,wɔk]

| n. 夢遊 |
| v. 夢遊；心不在焉地做，糊裡糊塗地做 |

sleep（睡）+ walk（走路）

例 It worries me to see you just **sleepwalk** through your life.
看你這樣心不在焉地過日子讓我非常擔心。

» **sleepless**

[`sliplɪs]

adj. 失眠的；不眠的；醒著的

sleep（睡眠）+ less（少的）

例 She spent several **sleepless** nights looking after her sick husband.
她為了照顧生病的丈夫，已經好幾晚沒有睡覺了。

» **oversleep**

[`ovɚ`slip]

v. 睡過頭

over（超過）+ sleep（睡）

例 Lisa **overslept** the morning of her final test and had to take a make-up test.
Lisa 期末考那天早上睡過頭，必須補考。

TRACK 101

☞ **some** 有些；有……傾向的

» **adventuresome**

[əd`vɛntʃɚsəm]

adj. 有冒險性的

adventure（冒險）+ some（有……傾向的）

例 The journey was **adventuresome** but very entertaining.
這段旅程十分有冒險性，但是也非常有趣。

» **awesome**
['ɔsəm]

adj. 令人驚嘆的；令人敬畏的

awe（敬畏）+ some（有……傾向的）

例 We have an **awesome** challenge ahead.
我們眼前有個非常大的挑戰。

» **bothersome**
['bɑðɚsəm]

adj. 令人討厭的；麻煩的

bother（打擾）+ some（有……傾向的）

例 It is **bothersome** to be asked private questions.
被問到私人問題時讓人感到很煩。

» **burdensome**
['bɝdnsəm]

adj. 累贅的；惱人的；繁重的

burden（重擔）+ some（有……傾向的）

例 David found it **burdensome** for him to work three jobs.
David 發現做三份工作對他來說負擔太大了。

» **cuddlesome**
['kʌdl̩səm]

adj. 讓人想擁抱的；可愛的

cuddle（擁抱）+ some（有……傾向的）

例 The chubby baby looks so **cuddlesome**.
這胖嘟嘟的寶寶看起來讓人想抱一下。

» **fearsome**
['fɪrsəm]

adj. 可怕的；膽小的；令人生畏的

fear（恐懼）+ some（有……傾向的）

例 This restaurant has developed a **fearsome** reputation for their poor service.
這家餐廳的惡劣服務是出了名的。

» flavorsome

[`flevɚ·səm]

adj. 美味可口的；有風味的

flavor（味道，風味）＋ some（引起）

例 I didn't expect this pork chop would be so **flavorsome**, as it looked a bit dry.
這豬排看起來有點乾，沒想到竟然會這麼美味。

» gamesome

[`gemsəm]

adj. 愛玩耍的，愛鬧著玩的，快樂的

game（遊戲）＋ some（有……傾向的）

例 The children were **gamesome** when they ran joyfully around at the playground.
孩子們在遊樂場上開心地跑著時是很快樂的。

» handsome

[`hænsəm]

adj. 英俊的

hand（手）＋ some（有……傾向的）

例 Charlie looked **handsome** in the business suit.
Charlie 穿西裝很帥。

» lightsome

[`laɪtsəm]

adj. 輕盈的；輕鬆愉快的

light（輕的）＋ some（有……傾向的）

例 With a **lightsome** heart, she is making a simple meal for herself in the kitchen.
她正輕鬆愉快地在廚房裡為自己做一頓簡單的餐點。

» lonesome

[`lonsəm]

adj. 寂寞的；荒涼的

lone（孤單的）＋ some（有……傾向的）

例 He was **lonesome** when he was on business abroad alone.
他獨自到國外出差時，感到很孤單寂寞。

S

» quarrelsome
[ˋkwɔrəlsəm]

adj. 喜歡爭吵的；動輒吵架的

quarrel（爭執）＋ some（有……傾向的）

例 They are a **quarrelsome** but loving couple.
他們是一對很愛吵架，但是很恩愛的夫妻。

» tiresome
[ˋtaɪrsəm]

adj. 使人疲勞的；令人厭倦的

tire（使疲倦）＋ some（有……傾向的）

例 Doing the same job day after day is quite **tiresome**.
日復一日地做一樣的工作，讓人感到相當厭煩。

» toothsome
[ˋtuθsəm]

adj. 美味的，可口的

tooth（牙齒）＋ some（有……傾向的）

例 There is a **toothsome** selection of traditional Taiwanese snacks at the night market.
夜市有多種美味可口的傳統台灣小吃供選擇。

» troublesome
[ˋtrʌbl̩səm]

adj. 令人煩惱的；討厭的；麻煩的

trouble（麻煩）＋ some（有……傾向的）

例 My husband and I decided not to have kids because they are **troublesome**.
我跟我先生決定不生孩子，因為他們很麻煩。

» venturesome
[ˋvɛntʃɚsəm]

adj. 冒險的；投機的；大膽的；莽撞的

venture（冒險）＋ some（有……傾向的）

例 Bungee jumping is an extreme activity that attracts **venturesome** people around the world.
高空彈跳是一種吸引世界各地膽子大的人的極限活動。

» **wholesome**

[ˈholsəm]

adj. 有益於身心健康的；有益的

whole（全部的）＋ some（引起）

例 Swimming is a **wholesome** sport for people of all ages.
游泳對所有年紀的人都是一種有益身心健康的運動。

TRACK 102

S / T

☞ **tale** 故事，傳說

❀ 聯想助記

» **folktale**

[ˈfokˌtel]

n. 民間故事，傳說

folk（民間的）＋ tale（故事）

例 The story about a man who shot down the suns is a well-known **folktale** in China.
有關一個男子射下太陽的故事是中國廣為人知的民間傳說。

» **tattletale**

[ˈtætlˌtel]

n. 搬弄是非者；閒談者；告密者

tattle（閒話）＋ tale（故事）

例 The girls crowded Susan out because they believed she was the **tattletale**.
女孩兒們排擠 Susan，因為她們認為她就是告密者。

293

» **telltale**
[ˋtɛl͵tel]

n. 搬弄是非者;告密者
adj. 搬弄是非的;洩露祕密的

tell(說)+ tale(故事)

例 The **telltale** look in her eyes disclosed her hatred of him.
她那無法掩飾的眼神透露出她對他的憎恨。

» **talebearer**
[ˋtel͵bɛrɚ]

n. 打小報告的人,告密者;散播謠言者

tale(故事)+ bear(運送)+ er(施動者名詞字尾)

例 There must be a **talebearer** in our group.
我們這群人裡面一定有個告密者。

TRACK 103

☞ **tail** 尾

» **pigtail**
[ˋpɪg͵tel]

n. 豬尾;辮子

pig(豬)+ tail(尾)

例 The girl tied her hair up in a single **pigtail** at the back of her head.
女孩將頭髮在頭後面綁成一個辮子。

» **ponytail**
[ˋponɪ͵tel]

n. 馬尾式辮子

pony(小馬)+ tail(尾)

例 Mary usually ties her hair in a **ponytail** when she works.
Mary 通常在工作時會把頭髮紮成馬尾。

» **tailback**
[`tel͵bæk]

n. 攻方尾後衛；（因塞車造成的）車輛長隊

tail（尾）＋
back（後）

例 We were stuck in a four-mile **tailback** caused by an accident on the highway yesterday.
我們昨天被困在公路上因一起車禍造成的四哩長車陣中。

» **tailcoat**
[`tel͵kot]

n. 燕尾服

tail（尾）＋
coat（外套）

例 All gentlemen were asked to attend the party in their **tailcoats**.
所有男士都被要求穿著燕尾服出席宴會。

TRACK 104

☞ **tail** 尾

» **hightail**
[`haɪ͵tel]

v. 快跑；急忙離開；迅速逃走

high（高）
＋ tail（尾）

例 The robber **hightailed** it out of the jeweler's as soon as he heard the police siren.
搶匪一聽到警笛聲便急忙逃離珠寶店。

» **tailbone**
[`telbon]

n. 尾椎骨

tail（尾）＋
bone（骨）

例 The X-ray image shows that your **tailbone** is out of position.
X 光照片顯示你的尾椎骨錯位了。

T

» **fishtail**
[ˈfɪʃˌtel]

n. 魚尾;擺尾行駛
v. 擺尾行駛
adj. 魚尾狀的;似魚尾擺動的

fish(魚)+ tail(尾)

例 The car in front of me seemed to get out of control because it started to **fishtail**.
我前面的那輛車似乎失控了,因為它開始擺尾行駛。

» **swallowtail**
[ˈswɑloˌtel]

n. 燕子尾巴;燕尾服

swallow(燕子)+ tail(尾)

例 The caterpillar had turned into a beautiful **swallowtail** butterfly.
那隻毛毛蟲已經變成一隻美麗的燕尾蝶了。

» **shirttail**
[ˈʃɝtˌtel]

n. 襯衫之下擺;附添資料
adj. 隨便的

shirt(襯衫)+ tail(尾)

例 Please tuck your **shirttail** into your trousers properly.
請把襯衫下擺好好地塞在褲子裡。

» **tailgate**
[ˈtelˌget]

n. 下閘門;(車)後擋板
v. 緊跟著前車行駛

tail(尾)+ gate(門)

例 She asked the taxi driver to **tailgate** the car in front of them so as to catch the man who stole her wallet.
她要求計程車司機緊跟著前面那輛車,好抓到那個偷她錢包的男人。

☞ **take** 拿，取；理解；執行

☀ 聯想助記

» **intake**

[ˈɪnˌtek]

n. 吸收；攝取

in（入）+ take（取）

例 A high sugar **intake** leads to an increased risk for heart disease.
高糖量攝取會導致心臟病風險增加。

» **uptake**

[ˈʌptek]

n. 舉起；拿起；領會、理解；攝取

up（往上）+ take（理解）

例 The teacher is very patient with the students who are slow on the **uptake**.
這個老師對理解能力較差的學生非常有耐心。

» **takeoff**

[ˈtekˌɔf]

n. 起飛；出發；起點

take（取）+ off（離開）

例 The in-flight meal was served within half an hour after **takeoff**.
機上餐點在起飛後半小時之內就供餐了。

» **takeout**

[ˈtekˌaʊt]

n. 帶出去；外帶
adj. 外帶的

take（取）+ out（出）

例 Many restaurants relied on **takeout** and delivery during the COVID-19 pandemic.
許多餐廳在新冠疫情期間仰賴外帶和外送維持營運。

» takeover

[`tek͵ovɚ]

n. 接收，接管

take（取）+ over（過來）

例 Elon Musk denied the rumor that he had sold his Tesla stock in order to fund his **takeover** bid of Twitter.
Elon Musk 否認他為了籌措 Twitter 的收購出價而賣掉他特斯拉股票的謠傳。

» overtake

[͵ovɚ`tek]

v. 追上；超過；突然侵襲；壓倒

over（超過）+ take（拿）

例 He was **overtaken** by depression and anxiety after he was diagnosed with cancer.
他被診斷出癌症後，就陷入抑鬱及焦慮。

» mistake

[mɪ`stek]

n. 錯誤，過失；誤會
v. 弄錯，誤解

mis（錯）+ take（理解）

例 You totally **mistook** my intention.
你完全誤解了我的意圖。

» takeaway

[`tekə͵we]

n. 外賣食物；外賣餐館

take（取）+ away（離開）

例 I'll bring some **takeaways** from the deli for dinner on my way home.
我回家路上會去那間熟食店買些外賣食物當晚餐。

» caretaker

[`kɛr͵tekɚ]

n. 照顧者，管理人
adj. 臨時代理的

care（照顧）+ take（執行）+ er（施動者名詞字尾）

例 Young children should not be left at home without their parents or **caretakers**.
年幼的孩童不應在沒有父母或照顧者的情況下被留在家裡。

» **undertake**
[ˌʌndɚˈtek]

v. 著手做；進行；接受

under
（在⋯⋯之下）＋ take
（執行）

例 As a leader, he is supposed to **undertake** all the responsibilities.
身為領導者，他理當承擔所有責任。

TRACK 106

T

👉 **tight** 緊的；不漏的

» **watertight**
[ˈwɔtɚˈtaɪt]

adj. 不透水的，防水的；（措辭）嚴密的，無懈可擊的

water（水）
＋ tight（不漏的）

例 All doors and windows in this house are **watertight**.
這棟房子所有的門窗都是防水的。

» **skintight**
[ˈskɪnˈtaɪt]

adj. 緊身的

skin（皮膚）
＋ tight（緊的）

例 **Skintight** dresses only look good on those slim fashion models.
緊身洋裝只有穿在那些苗條的服裝模特兒身上才好看。

» **tightrope**
[ˈtaɪtˌrop]

n. 繃索；危險的處境

tight（緊的）
＋ rope（繩子）

例 Living with a person with violent tendencies is like walking a **tightrope**.
跟一個有暴力傾向的人住在一起就跟走鋼索一樣危險。

» **airtight**

['ɛr‚taɪt]

adj. 密閉的；密不透氣的

air（空氣）
＋ tight（不漏的）

例 Food kept in **airtight** containers can stay fresh for a longer period of time.
保存在密封容器裡的食物可以保鮮較長的一段時間。

» **gastight**

['gæs‚taɪt]

adj. 不漏氣的

gas（氣體）
＋ tight（不漏的）

例 Chemical workers must wear **gastight** suits to protect them from toxic chemicals.
化學工人必須穿著不透氣的套裝以隔離有毒化學物質。

» **tightfisted**

['taɪt`fɪstɪd]

adj. 吝嗇的

tight（緊的）
＋ fist（拳頭）＋ ed（過去分詞形容詞字尾）

例 The **tightfisted** man was reluctant to make any money donations.
那個吝嗇的男子不願意捐助任何金錢。

» **tightlipped**

['taɪt`lɪpt]

adj. 嘴唇緊閉的，守口如瓶的

tight（緊的）
＋ lip（嘴唇）＋ ed（過去分詞形容詞字尾）

例 It's impossible to get the **tightlipped** woman to disclose their scheme.
要那個守口如瓶的女子說出他們的計劃是不可能的。

☞ **turn** 轉；轉向；折回

☼ 聯想助記

» **return**

[rɪˋtɝn]

v. 返回；歸還

re（重新）
+ turn（轉向）

例 She saved my life. Now it's time for me to **return** the favor.
她救了我的命。現在是我該報恩的時候了。

✎ 實用片語 **return the favor** 報恩

» **turnoff**

[ˋtɝn͵ɔf]

n. 令人倒胃口的事、物；旁道；側路

turn（轉）
+ off（下）

例 The woman's gaudy outfit was a real **turnoff**.
那女人俗麗的服裝真是讓人倒胃口。

» **turndown**

[ˋtɝn͵daʊn]

n. 翻領；拒絕；遭拒絕者
adj. 翻領的

turn（轉）
+ down（向下）

例 I didn't expect a **turndown** when I sent him the invitation.
當我給他邀請函時，並沒有料到會被拒絕。

» **downturn**

[ˋdaʊntɝn]

n. 向下彎曲；降低；（經濟）衰退，下降

down（向下）+ turn（轉）

例 Many countries were hit by serious economic **downturn** during the pandemic lockdown.
許多國家在疫情封鎖期間受到嚴重的經濟衰退打擊。

» turnover
[`tɝn͵ovɚ]

n. 翻轉;流動,更換率
adj. 翻轉的

turn(轉)
+ over(過)

例 The company has a very high employee **turnover** due to poor management.
這家公司因為管理不善,員工流動率很高。

» turnpike
[`tɝn͵paɪk]

n. 公路;收費高速公路

turn(轉)
+ pike(收費道路)

例 A car accident occurred on the **turnpike** during rush hours this morning.
今天上午尖峰時間,此段收費公路上發生了一起車禍。

» turnabout
[`tɝnə͵baʊt]

n. 轉向;旋轉;(思想)轉變

turn(轉)
+ about(反向)

例 In a sudden **turnabout**, Michael has decided not to go on for further study.
Michael 突然改變想法,決定不再繼續升學。

» turncoat
[`tɝn͵kot]

n. 背叛者;變節者

turn(轉)
+ coat(外套)

例 Money problems were the main factor in his decision to become a **turncoat**.
錢是他決定成為背叛者的主要因素。

» turnstile
[`tɝn͵staɪl]

n. 旋轉門

turn(轉)
+ stile(柵門)

例 The **turnstile** is designed to allow only one person to pass at a time.
旋轉門就是設計來一次只讓一人通過。

» **turnaround**

[ˋtɝnəˌraʊnd]

n. 歸航；轉向；（態度）徹底改變

turn（轉）
+ around
（反方向）

例 Dave needs a big **turnaround** to win his ex-girlfriend back.
Dave 需要徹底改變才能重新贏得前女友的芳心。

TRACK 108

T / U

☞ **ultra** 極端的

» **ultrathin**

[ˋʌltrəˋθɪn]

adj. 超薄的

ultra（極端
的）+ thin
（薄的）

例 With this **ultrathin** pad with wings, I hardly give any thought to my period.
用了這個超薄的蝶翼衛生棉，讓我幾乎忘了我的生理期。

» **ultrafine**

[ˋʌltrəˌfaɪn]

adj. 超細的

ultra（極端
的）+ fine
（尖細的）

例 Exposure to **ultrafine** particles in the air can pose a health risk.
接觸空氣中的超細顆粒可能引起健康風險。

» ultrachic
[ˋʌltrəˋʃɪk]

adj. 超漂亮的，極時髦的

ultra（極端的）＋ chic（時髦的）

例 Jennifer attracted everyone's attention when she appeared in an **ultrachic** outfit.
當 Jennifer 穿著極時髦的服裝出現時，吸引了所有人的注意。

» ultrapure
[ˋʌltrəˌpjʊr]

adj. 超純的

ultra（極端的）＋ pure（純的）

例 **Ultrapure** water is mainly used in highly sensitive scientific applications in semiconductor and pharmaceutical industries.
超純水主要是半導體及製藥業使用在高度敏感的科學應用上。

» ultraclean
[ˋʌltrəˌklin]

adj. 超潔淨的；特淨的

ultra（極端的）＋ clean（乾淨的）

例 Some people believe that an **ultraclean** lifestyle may reduce our ability to resist diseases.
有些人認為極淨的生活方式可能會降低我們抵抗疾病的能力。

» ultrasound
[ˋʌltrəˌsaʊnd]

n. 超音波

ultra（極端的）＋ sound（聲音）

例 **Ultrasound** is commonly used to check the baby's development during pregnancy.
在懷孕期間，超音波被普遍使用來檢查寶寶的發展。

» ultraviolet

[ˌʌltrə`vaɪəlɪt]

n. 紫外線輻射

adj. 紫外的;紫外線的

ultra（極端的）+ violet（紫;紫的）

例 Overexposure to **ultraviolet** radiation can lead to serious health issues such as skin cancer.
過度接觸紫外線輻射可能導致如皮膚癌等嚴重的健康問題。

» ultramodern

[ˌʌltrə`mɑdɚn]

adj. 超現代的;極其時髦的

ultra（極端的）+ modern（現代的）

例 This **ultramodern** building features solar panels and a wind turbine.
這棟超現代的建築以風力渦輪機和太陽能電池板為特色。

» ultraliberal

[ˌʌltrə`lɪbərəl]

adj. 極端自由的、極度開放的

ultra（極端的）+ liberal（自由的）

例 In the class the students discussed about the pros and cons of living in an **ultraliberal** country.
在課堂上學生們討論有關住在極度自由的國家的利弊。

» ultrasensitive

[ˌʌltrə`sɛnsətɪv]

adj. 極為敏感的,超靈敏的

ultra（極端的）+ sensitive（敏感的）

例 The **ultrasensitive** parking sensors can help car drivers avoid bumping into objects when parking.
超敏感的停車感應器可幫助汽車駕駛人在停車時避免撞到物件。

U

☞ **under**　在……之下；低於；不足的

> 💥 **聯想助記**

> » **underage**
> [ˋʌndəˋedʒ]

adj. 未達成年的；規定年齡以下的

under（低
於）＋ age
（年齡）

> 例 **Underage** driving is forbidden in most countries.
> 大多數國家都不允許未成年駕車。

> » **undergo**
> [ˌʌndəˋgo]

v. 經歷；忍受；接受（治療等）

under
（在……之
下）＋ go
（去）

> 例 All students must **undergo** a general health check at the
> beginning of the semester.
> 所有學生在學期初都要接受一次一般體檢。

> » **undersea**
> [ˋʌndəˋsi]

adj. 海面下的；海裡的

under
（在……之
下）＋ sea
（海）

> 例 The divers enjoy observing **undersea** creatures in their
> natural environments.
> 潛水者喜歡觀察自然環境中的海底動物。

> » **underlie**
> [ˌʌndəˋlaɪ]

v. 置於……之下；構成……的基礎；
是……的深層原因、對……有重大
影響

under
（在……之
下）＋ lie（位
於）

> 例 This is a serious social problem that **underlies** domestic
> violence.
> 這是家庭暴力所引起的一個嚴重的社會問題。

» **underline**
[ˌʌndɚˋlaɪn]

| v. 在下面劃線；強調

under（在……下）＋ line（劃線）

（例）The teacher asked the students to **underline** the keywords.
老師要學生在關鍵字下面劃線。

» **underpay**
[ˋʌndɚˋpe]

| v. 少付……薪資，付給……不足額的薪資

under（不足的）＋ pay（給薪）

（例）Some employers are accused of **underpaying** their foreign workers.
有些雇主被控給付外籍勞工不足額的薪資。

» **underpayment**
[ˋʌndɚˋpemənt]

| n. 不足額繳款；不足額薪資

under（不足的）＋ payment（付款）

（例）Banks charge their credit card holders high interest rate for **underpayments**.
銀行會向信用卡持有人收取很高的不足額繳款利率。

» **undersell**
[ˌʌndɚˋsɛl]

| v. （廉價）拋售

under（不足的）＋ sell（出售）

（例）He had no choice but to **undersell** his apartment for cash.
他別無他法，只得拋售公寓換取現金。

» **underbody**
[ˋʌndɚˏbɑdɪ]

| n. （車身）底部；腹部；船體水下部分

under（低於）＋ body（身體）

（例）Applying a rust proofing **underbody** coating can effectively protect your cars from corrosion.
加上車底防鏽塗層可有效保護愛車免於腐鏽。

〔同義字〕 **underside, undersurface**

U

» undercarriage

[ˈʌndəˌkærɪdʒ]

n. （汽車）底盤；（飛機）起落架

under（在……之下）＋ carriage（四輪馬車）

例 Washing the **undercarriage** of a car can prevent your car from rust.
清洗汽車底盤可以預防車子生鏽。

🤚 同義字 **underbody**

» underpass

[ˈʌndəˌpæs]

n. 地下通道

under（在……之下）＋ pass（通道）

例 Use the pedestrian **underpass** to cross the road when the traffic is heavy.
當交通繁忙時，就走人行地下道來過馬路。

» undertone

[ˈʌndəˌton]

n. 低聲，小聲；淺色；潛在含義

under（低於）＋ tone（音調）

例 I can't hear them because they speak in an **undertone**.
他們低聲說話，我聽不見他們在說什麼。

» underrate

[ˌʌndəˈret]

v. 低估；對……評價過低

under（低於）＋ rate（評價）

例 The **underrated** restaurant's fantastic food amazed all of us.
那間評價過低的餐廳的美味食物，讓我們所有人驚艷不已。

» undertake

[ˌʌndəˈtek]

v. 著手做，進行；接受

under（在……之下）＋ take（採取）

例 Students were asked to **undertake** the field research in the final semester.
學生被要求在最後一學期進行田野調查。

» underwear

[ˈʌndɚˌwɛr]

n. 內衣

under（在……之下）+ wear（衣服）

例 Thermal **underwear** can keep you warm during cold winter.
保暖內衣可以在寒冬幫你保暖。

☝同義字 **undergarment, underclothes**

» underbrush

[ˈʌndɚˌbrʌʃ]

n. 矮樹叢

under（在……之下）+ brush（樹叢）

例 We lost track of the rabbit after it ran into the **underbrush**.
當那隻兔子跑進矮樹叢後，我們就找不到牠了。

☝同義字 **undergrowth**

» undershirt

[ˈʌndɚˌʃɝt]

n.（男）汗衫，貼身內衣

under（下面）+ shirt（襯衫）

例 It was so hot that many workers wore only **undershirts** while working under the sun.
天氣太熱了，以至於許多工人只穿著汗衫在太陽下工作。

» underskirt

[ˌʌndɚˈskɝt]

n. 襯裙

under（在……之下）+ skirt（裙子）

例 The tailor is making puffy **underskirt** for the dress.
裁縫師正在為這件洋裝製作蓬鬆的襯裙。

» underscore

[ˌʌndɚˈskor]

v. 在……下劃線；強調；凸顯

under（在……之下）+ score（得分）

例 Coronavirus, which took over two hundred million people's lives, **underscored** the fragility of life.
奪去超過兩億人生命的新冠病毒，凸顯了生命脆弱的本質。

U

» underreact

[ʌndɚ`rɪækt]

v. 反應不夠

under（不足的）+ react（反應）

例 The singer felt frustrated when the audience **underreacted** to her performance.
觀眾對她的表現反應不夠時，讓那歌手感到很挫折。

» underneath

[ʌndɚ`niθ]

adv. 在下面

prep. 在……下面

under（在……之下）+ neath（在……之下）

例 There is a cat hiding **underneath** my car. How do I get it out?
有隻貓躲在我的車子底下。我要如何把牠弄出來？

» thereunder

[ðɛr`ʌndɚ]

adv. 在其下；據此

there（那裡）+ under（在……之下）

例 Examples are given **thereunder**.
其下為所舉的例子。

» hereunder

[hɪr`ʌndɚ]

adv. 在下；依此

here（這裡）+ under（在……之下）

例 Information given **hereunder** is confidential.
以下所提供的資訊是機密的。

» underpants

[`ʌndɚˌpænts]

n. 內褲

under（在……之下）+ pants（褲子）

例 My brother always sleeps in just his **underpants**.
我哥哥總是只穿著內褲睡覺。

» **understudy**

[ˈʌndɚˌstʌdɪ]

n. 替角

v. 學習當替角

under（在……之下）+ study（學習）

例 The leading actress was injured, so her **understudy** took over her role.
女主角受傷了，所以她的替角接替了她的角色。

» **undersized**

[ˈʌndɚˈsaɪzd]

adj. 尺寸較小的

under（不足的）+ size（尺寸）

例 These **undersized** tomatoes are sweeter than ordinary ones.
這些較小的番茄比一般正常大小的番茄要甜。

» **underprice**

[ˌʌndɚˈpraɪs]

v. 削價；將定價調低

under（低於）+ price（價格）

例 They are thinking to **underprice** their products to eliminate their competitors.
他們打算調低產品售價以淘汰競爭對手。

» **underwrite**

[ˈʌndɚˌraɪt]

v. 承保；在……下簽名同意

under（在……之下）+ write（寫）

例 It sounds ridiculous to ask shareholders to **underwrite** the deficit spending.
要求股東們承擔赤字開支聽起來很可笑。

» **underwriter**

[ˈʌndɚˌraɪtɚ]

n. 擔保人；保險商

underwrite（承保）+ er（施動者名詞字尾）

例 Mortgage **underwriters** will evaluate risk of the entire loan application.
抵押貸款的核保師將評估整個貸款申請的風險。

U

311

» **underreport**

[ˌʌndɚrɪ`port]

v. 少報

例 The company was penalized for **underreporting** its total revenue of the year.
這家公司將因少報年總收益而受罰。

under（不足）+ report（報告）

» **undercharge**

[ˌʌndɚ`tʃardʒ]

v. 少收錢；對……收費過低

例 I paid $20 for my lunch, and I didn't know I was **undercharged** until I got home.
我午餐付了二十元，但我一直到回到家才知道我被少收錢。

under（不足）+ charge（收費）

» **undersupply**

[ˌʌndɚ`səplaɪ]

n. 供應不足；供料不足

例 Recurring drought, population growth and regional conflict have resulted in massive **undersupply** of food in Africa.
反覆乾旱、人口成長及地區衝突造成非洲地區大規模的食物供應不足。

under（不足）+ supply（供應）

» **understaffed**

[ˌʌndɚ`stæft]

n. 人手不足的；人員配備不足的

例 It is impossible for us to take annual leave because the company is **understaffed** at present.
公司現在人手不足，我們要休年假是不可能的。

✋ 同義字 **underhanded**

under（不足的）+ staff（人員）+ ed（過去分詞形容詞字尾）

» underinsure

[ˌʌndəˈɪnʃʊr]

v. 為……投保不足

under（不足的）+ insure（投保）

例 If you're not at fault, the **underinsured** motor vehicle coverage will help pay for the costs of an accident.
如果您並非肇事方，不足額駕車人險會協助支付意外造成的費用。

» underplay

[ˌʌndəˈple]

v. 表演（角色等）不充分；對……輕描淡寫；貶低……的重要性

under（不足的）+ play（表演）

U

例 That the leading actress **underplayed** her character really disappointed me.
女主角沒有將角色扮演好，讓我感到很失望。

» underbelly

[ˈʌndəˌbɛlɪ]

n. 下腹部；易受攻擊的地帶；弱點

under（在……之下）+ belly（腹部）

例 Most tourists are not aware of the dark **underbelly** of this beautiful city.
大多數的遊客並不知道這個美麗城市的黑暗面。

» underachieve

[ˌʌndərəˈtʃiv]

v. 未發揮水平；學習成績不良

under（低於）+ achieve（完成、達到）

例 Students from lower income families are more likely to **underachieve** in school even though they're smart.
來自低收入家庭的學生即使很聰明，也比較可能在學校學習表現不良。

» underpowered

[ˈʌndəˌpaʊrd]

adj. 動力不足的

under（不足的）+ power（力量）+ ed（過去分詞形容詞）

例 The **underpowered** heater gives such a disappointing performance that I'd like to request a refund.
這個動力不足的暖氣機性能讓人失望，因此我想要求退款。

» **underground**

[`ʌndɚˌgraʊnd]

n. 地面下層;(英國)地下鐵
adj. 地下的;祕密的

例 We parked our car in an **underground** parking lot.
我們將車子停在一個地下停車場。

> under（在……之下）+ ground（地面）

» **underutilize**

[`ʌndɚjutlˌaɪz]

v. 未充分利用

例 It is sad that many instructional resources are **underutilized** in primary schools.
許多教學資源在小學未被充分利用,這點讓人感到很遺憾。

✋ 同義字 **underuse**

> under（不足的）+ utilize（利用）

» **underclassman**

[ʌndɚ`klæsmən]

n.（學院或高中）低年級學生

例 The extracurricular activities are only for **underclassmen**.
這些課外活動只有低年級學生可以參加。

> under（在……之下）+ class（班級）+ man（人）

» **underfinanced**

[ʌndɚfə`nænst]

adj. 資金短缺的;財力不足的

例 They had to call a halt to the construction of the shopping mall because they were **underfinanced**.
由於資金短缺,他們必須暫停購物中心的興建工程。

✋ 同義字 **underfunded**

> under（不足的）+ finance（財務）+ ed（過去分詞形容詞字尾）

» **understrapper**

[ʌndɚ`stræpɚ]

n.（貶義）部下、下屬

例 He wants obedient **understrappers** rather than capable employees.
他要的是聽話的下屬,而不是有能力的員工。

> under（在……之下）+ strapper（馬夫）

» **underemployed** | adj. 未充分就業的；學非所用的；非全日雇用的

[ˌʌndɚɛmˈplɔɪd]

under（不足的）+ employed（受雇的）

例 It's a shame to hear that many highly educated and skilled people are **underemployed** in this country.
聽到這個國家有很多受過高等教育且擁有高技能的人未能充分就業，讓人感到很遺憾。

» **undereducated** | adj. 未受適當教育的

[ˌʌndɚˈɛdʒʊˌketɪd]

under（不足的）+ educate（教育）+ ed（過去分詞形容詞字尾）

例 Kids in this country are mostly **undereducated** because of the war.
這個國家的孩子因為戰爭的緣故，大部分都是沒有接受適當教育的。

» **undergraduate** | n. 大學生
adj. 大學生的

[ˌʌndɚˈgrædʒʊɪt]

under（低於）+ graduate（大學畢業）

例 The three **undergraduate** interns are being trained to work in the lab.
這三名大學實習生正在接受在實驗室工作的訓練。

✋ 同義字 | undergrad

» **underdeveloped** | adj. 發育不良的；發展不完全的；（國家）低度開發的

[ˈʌndɚdɪˈvɛləpt]

under（不足的）+ develop（發展）+ ed（過去分詞形容詞字尾）

例 One fifth of children from low-income families have **underdeveloped** brains.
五分之一的低收入家庭孩童有頭腦發育不全的現象。

U

» **underexpose**

[ˋʌndərɪkˋspoz]

n. 使曝光不足

under（不足的）＋expose（使暴露）

例 The photo is darker than it is supposed to be because it is **underexposed**.
這張相片因為曝光不足，而比原本應有的顏色暗。

» **under-nourishment**

[ˋʌndəˋnɝɪʃmənt]

n. 營養不良

under（不足的）＋nourish（提供養分）＋ment（名詞字尾）

例 Long-term **undernourishment** is a main risk factor for death.
長期營養不良是導致死亡的主要風險因素。

» **under-nourished**

[ˋʌndəˋnɝɪʃt]

adj. 營養不良的

under（不足的）＋nourish（提供養分）＋ed（過去分詞形容詞字尾）

例 The underweight little girl is apparently **undernourished**.
這個體重過輕的小女孩明顯地營養不良。

» **underprivileged**

[ʌndəˋprɪvəlɪdʒd]

adj. 社會地位低下的；貧困的、弱勢的

under（不足的）＋privileged（享有特權的）

例 Students from an **underprivileged** family are more likely to lag behind their peers.
來自貧困家庭的學童比較可能落後於同齡者。

» **understand**

[ʌndəˋstænd]

v. 理解

under（在……之下）＋stand（站）

例 I don't **understand** what you are talking about.
我不知道你在說什麼。

316

» **undersecretary** | n. 次長；副部長

[ˌʌndə·ˈsɛkrəˌtɛrɪ]

under
（在……
之下）+
secretary（秘
書）

例 The ministry **undersecretary** is in charge of the customary operations of the ministry.
常務副部長掌控了部會的每日實際運作。

» **understanding** | n. 理解，諒解，理解力
| adj. 能諒解的

[ˌʌndə·ˈstændɪŋ]

understand
（理解）+
ing（名詞字
尾）

例 Thank you for your **understanding**.
謝謝您的諒解。

U

» **understandable** | adj. 可理解的

[ˌʌndə·ˈstændəb!]

understand
（理解）+
able（能夠
的）

例 His indignation about this matter is **understandable**.
他對此事的憤慨是可理解的。

» **understatement** | n. 輕描淡寫；不充分的陳述；保守的
| 陳述

[ˈʌndə·ˌstetmənt]

under（不
足的）+
statement
（陳述）+
ment（名詞
字尾）

例 To say that he is not easygoing is an **understatement**.
說他不隨和，已經是很客氣的說法了。

» **underweight** | adj. 體重過輕的

[ˈʌndə·ˌwet]

under（不
足的）+
weight（體
重）

例 You are not able to donate blood if you're **underweight**.
如果你體重過輕，就不能捐血。

317

☞ **value** 價值；評價、估價；重視

☀ 聯想助記

» **undervalue**

[ˌʌndɚ`vælju]

v. 低估；輕視

例 The antique mirror was **undervalued** by at least a hundred thousand dollars.
這面古董鏡被低估了至少十萬美金。

under（在……下）+ value（評價）

» **overvalue**

[`ovɚ`vælju]

v. 對……估價過高；過分重視

例 Don't **overvalue** yourself. You are no match for me.
不要高估你自己了。你根本不是我的對手。

over（過分）+ value（評價）

» **outvalue**

[aʊt`vælju]

v. 比……更有價值，比……更可貴

例 For me, family **outvalues** everything.
對我來說，家庭比任何事物都要可貴。

out（向外）+ value（價值）

» revalue
[ri`vælju]

v. 對……再估價；對……再評價

re（再次）
+ value（評價）

例 He got his property **revalued** before he put it up for sale.
他在將房產出售前，讓它再接受估價一次。

» devalue
[di`vælju]

v. 使貶值，使下跌

de（去）+ value（價值）

例 US dollar has **devalued** against New Taiwan dollar over the past few months.
過去幾個月美元對新台幣持續貶值。

» valueless
[`væljʊlɪs]

adj. 無價值的；沒有用處的

value（價值）+ less（無的）

例 We thought this old table was **valueless**, but it turned out to be a priceless antique.
我們原以為這張舊桌子不值錢，結果它竟個價值連城的古董。

» valuable
[`væljʊəbl̩]

n. 貴重物品
adj. 值錢的，貴重的；有價值的

value（價值）+ able（有……能力的）

例 His advice is **valuable** to me.
他的建議對我來說非常有用。
例 Do not keep your **valuables** in the locker.
不要將貴重物品放在置物櫃裡。

» invaluable
[ɪn`væljəbl̩]

adj. 非常貴重的，無價的；無法估價的

in（不）+ value（評價）+ able（能夠的）

例 Your support has been **invaluable** for me during this difficult time.
在這段艱苦的時期，你們的支持對我來說非常重要。

V

» **misvalue**

[ˋmɪsˋvælju]

v. 錯估

mis（錯誤）
+ value（評價）

例 Sadly enough, the artist's works had been neglected and **misvalued** until he died.
可悲的是，這位藝術家的作品在他生前一直被忽視及錯估。

» **unvalued**

[ʌnˋvæljud]

adj. 不受重視的；未估價的

un（不）+
value（評價；重視）+ ed
（過去分詞形容詞）

例 Many housewives feel **unvalued** and unappreciated at home.
許多家庭主婦在家裡感覺不受重視且不被感激。

» **transvalue**

[trænsˋvælju]

v. 重新估價，重新評價

trans（改變）
+ value（評價）

例 If you look things from a different angle, you may **transvalue** what you used to believe.
如果你用不同的角度看事情，很可能會重新評價你曾經信奉的事。

TRACK 111

☞ **vege** 蔬菜

» **vegeburger**

[ˋvɛdʒɪˌbɝɡɚ]

n. 素漢堡

vege（蔬菜）
+ burger
（漢堡）

例 This restaurant serves **vegeburgers** for vegans.
這間餐廳為素食者提供素漢堡。

» **vegetable**

[ˋvɛdʒətəbḷ]

n. 青菜；植物人
adj. 蔬菜的；植物的

vege（蔬菜）
+ table（菜餚）

例 Lisa has been on a **vegetable** diet for many years.
　Lisa 已經茹素好幾年了。

» **vegetate**

[ˋvɛdʒə͵tet]

v. 像植物般生長；茫然地過日子

vege（蔬菜）
+ ate（使成為某狀態）

例 I am going to **vegetate** in my house and relax for the whole long weekend.
　整個連假我都要待在家裡放空耍廢。

V

» **vegetarian**

[͵vɛdʒəˋtɛrɪən]

n. 素食主義者

vege（蔬菜）
+ ate（使成為某狀態）
+ rian（信仰某主義的人）

例 My grandma has become a pure **vegetarian** since she converted to Buddhism twenty years ago.
　我的祖母自從二十年前皈依佛教之後就成了完全的素食主義者。

» **vegetation**

[͵vɛdʒəˋteʃən]

n. 植被；植物；呆板單調的生活

vege（蔬菜）
+ ate（使成為某狀態）
+ tion（表狀態之名詞字尾）

例 Hills with thick **vegetation** are less likely to have landslides.
　被厚厚一層植被所覆蓋的丘陵地比較不太會發生土石流。

☞ view　觀看；景觀；視野；看法

✲ 聯想助記

» interview

[ˈɪntɚˌvju]

n. 訪談、會面

v. 會見；面談、面試

inter（在……中的）+ view（觀察）

例 He made a good impression on the interviewer in the job **interview**.

他在工作面試中給面試官留下了好印象。

» review

[rɪˈvju]

n. 複審、複習；評論

v. 複習功課；寫評論

re（重新）+ view（觀看）

例 After reading those negative **reviews**, I decided not to see the movie.

在看過那些負面評論後，我決定不去看那部電影了。

» preview

[ˈpriˌvju]

n. 預先審查；預習；試演、試映

v. 預習、預展

pre（在前）+ view（觀看）

例 We were very impressed by the **preview** of the movie, but were disappointed after we watched the movie.

電影預告片讓我們印象深刻，但是電影本身卻讓人失望。

» viewer

[ˈvjuɚ]

n. 觀眾、觀看者

view（觀看）+ er（施動者名詞字尾）

例 My mother is a loyal **viewer** of the talk show.

我母親是這個脫口秀的忠實觀眾。

» **overview**

['ovɚˌvju]

n. 概觀；概述

over（遍及）
+ view（視野）

例 The man gave us a brief **overview** of their new products.
男子向我們簡短地介紹了他們的新產品。

» **viewless**

['vjulɪs]

adj. 無景色的；無意見的；無見解的

view（景觀；看法）+ less（無的）

例 We stayed in a hotel room with a **viewless** window.
我們待在一間窗外無景色的飯店房間裡。

» **viewable**

['vjuəbl̩]

adj. 看得見的；值得一看的

view（看）
+ able（可以的）

例 The movie is now **viewable** on Netflix.
這部電影現在能在 Netflix 上觀看了。

» **viewpoint**

['vjuˌpɔɪnt]

n. 看法、觀點

view（看法）+ point（點）

例 His **viewpoint** on this matter is entirely different from mine.
關於這件事，他的看法與我的完全不同。

» **worldview**

['wɝldˌvju]

n. 世界觀

world（世界）+ view（視野）

例 Our **worldviews,** the big picture of our beliefs, decide the way we understand reality.
我們的世界觀，也就是我們所有信仰最重要的部分，決定了我們理解現實的方式。

V

» viewership

[ˋvjuɚˌʃɪp]

n. 電視觀眾；收視率

viewer（觀看者）+ ship（狀態）

例 The **viewership** of the morning news has been on the decline.
晨間新聞的收視率一直在下降。

» viewfinder

[ˋvjuˌfaɪndɚ]

n. 取景器

view（景觀）+ find（發現）+ er（者）

例 With the help of the **viewfinder**, you can get a better view of what you are taking a picture of.
取景器能幫你將你所要拍攝的物品取得較佳的畫面。

» counterview

[ˋkaʊntɚˌvju]

n. 反對意見

counter（相反的）+ view（看法）

例 You are free to share your views or **counterviews** on the issue.
你們可以自由分享你們對此議題的意見或反對意見。

☞ wait　等待、等候

❀ 聯想助記

» **waiter**
[ˋwetɚ]

n. 男侍者、男服務生

wait（等）
＋ er（表示「者」的名詞字尾）

例 The man tipped the **waiter** a hundred dollars for his great service.
男子因男侍者的極佳服務給了他一百元的小費。

» **waitress**
[ˋwetrɪs]

n. 女侍者、女服務生

wait（等）
＋ ress（表示女性的名詞字尾）

例 We asked the **waitress** for some napkins.
我們跟那名女侍者要了一些餐巾紙。

» **outwait**
[aʊtˋwet]

n.（以較久的時間）等待

out（出）＋ wait（等）

例 He didn't have the patience to **outwait** the traffic jam.
他沒有耐心等塞車結束。

» **waitlist**
[`wetlɪst]

v. 將……列入候補名單

wait（等）
＋ list（清單）

例 Is it possible that you **waitlist** us for the next flight?
你有沒有可能將我們列在下一班班機的候補名單上呢？

» **waitstaff**
[`wet͵stæf]

n.（集合詞）服務生

wait（等）
＋ staff（工作人員）

例 We received terrible service from the **waitstaff** in that restaurant last week.
我們上週在那家餐廳的服務生那兒得到極差的服務。

» **waitperson**
[`wet`pɝsn]

n. 服務生（中性詞）

wait（等）
＋ person（人）

例 There are several **waitperson** openings in that restaurant.
那間餐廳有幾個服務生職缺。

» **dumbwaiter**
[`dʌm`wetɚ]

n.（樓層間運送餐點的）升降機；餐桌旁的上菜架

dumb（啞的）＋
waiter（服務生）

例 The customers helped themselves to the dishes on the **dumbwaiter**.
顧客們到上菜架那兒自己取餐。

» **headwaiter**
[`hɛd`wetɚ]

n. 服務生領班

head（頭；首領）＋
waiter（服務生）

例 Frank has been promoted to **headwaiter** because of his great working attitude.
Frank 因為優異的工作態度而被晉升為服務生領班。

☞ **walk** 走；步行；步行場所

» **sleepwalk**

['slip,wɔk]

v. 夢遊

sleep（睡眠）
+ walk（走）

例 According to research, nearly 20% of people **sleepwalk** at some point in their life.
根據研究，近 20% 的人在人生中某階段曾出現夢遊的情況。

» **sidewalk**

['saɪd,wɔk]

n. 人行道

side（側；邊）
+ walk（步行場所）

例 Please do not park your scooter on the **sidewalk**.
請不要將你的機車停在人行道上。

» **walkup**

['wɔk,ʌp]

n. 無電梯的大樓或公寓

adj. 無電梯的

walk（走）
+ up（上）

例 Jason and his wife live on the fifth floor in a **walkup** apartment.
Jason 和他的妻子住在一棟無電梯公寓的五樓。

» **walkout**

['wɔk,aʊt]

n. 聯合罷工；（會議）離席

walk（走）
+ out（出）

例 The employees decided to stage a **walkout** to protest wage inequality.
員工們決定舉行一場抗議薪資不平等的罷工。

W

» **walkway**
[`wɔk͵we]

n. 走道、通道

walk（行走）
＋ way（路）

例 Please keep the **walkway** clear.
請保持走道暢通。

» **skywalk**
[`skaɪ͵wɔk]

n. 天橋；空中走道

sky（天空）
＋ walk（步
行場所）

例 Pedestrians are suggested to use **skywalks** when crossing
the roads.
建議行人使用天橋過馬路。

» **jaywalk**
[`dʒe͵wɔk]

v. 不守交通規則橫越馬路

jay（任意穿
越馬路）＋
walk（走路）

例 The man was ticketed by the traffic police for
jaywalking.
男子因為不守交通規則橫越馬路而被交通警察開罰單。

» **catwalk**
[`kæt͵wɔk]

n. 狹小通道；伸展台

cat（貓）＋
walk（步行
場所）

例 It is Joanna's dream to be a **catwalk** model.
Joanna 的夢想是成為一名伸展台模特兒。

» **walkable**
[`wɔkəbḷ]

adj. 適合步行的；步行可達的

walk（步行）
＋ able（能
夠的）

例 Cars are not quite necessary for us as we live in a
walkable city.
我們不太需要汽車，因為我們住在一個適合步行的城市。

» **moonwalk**
[ˋmun͵wɔk]

n.	月球漫步；月球漫步舞
v.	漫步月球；跳月球漫步舞

moon（月）
＋ walk（步
行）

例 Fans went bananas when Michael Jackson performed the **moonwalk** on stage.
當 Michael Jackson 在舞台上表演月球漫步時，粉絲為之瘋狂。

» **walkover**
[ˋwɔk͵ovɚ]

n.	容易完成的事；輕易取得的勝利

walk（走）
＋ over（完成）

例 Tanya won the championship by **walkover** as her opponent was in poor condition.
由於對手狀況不佳，Tanya 輕易得贏得了冠軍賽。

✎實用片語 **win by walkover** 輕鬆取勝

» **boardwalk**
[ˋbord͵wɔk]

n.	木板路

board（木板）＋ walk
（步行場所）

例 Beautiful flowers were planted on both sides of the **boardwalk**.
木板路的兩邊都種了美麗的花。

» **walker**
[ˋwɔkɚ]

n.	步行者；學步車

walk（走路）
＋ er（表示
「施行動作
者」之名詞
字尾）

例 My grandma is not much of a **walker** because of low muscle mass.
我的奶奶因為肌肉量減少，不太能走路。

W

» **trackwalker**

['træk,wɔkɚ]

| n. 護路工人

track（鐵軌）+ **walker**（步行者）

例 **Trackwalkers** look for any problems along the rails and fix them as they appear.
護路工會沿著鐵軌尋找任何可能的問題，並在問題出現時將之修復。

» **sleepwalker**

['slip,wɔkɚ]

| n. 夢遊患者

sleep（睡眠）+ **walker**（步行者）

例 Do not try to wake a **sleepwalker** from sleepwalking.
不要企圖叫醒一名正在夢遊的夢遊症患者。

同義字 **nightwalker**

» **shopwalker**

['ʃɑp,wɔkɚ]

| n.（英）賣場巡視員

shop（店）+ **walker**（步行者）

例 The man was caught stealing goods from the shelves by the **shopwalker**.
該名男子竊取架上商品時被賣場巡視員逮個正著。

同義字 **floorwalker**（美）

☞ **war** 戰爭

☆ 聯想助記

» **antiwar**
[ˌæntɪˈwɔr]

adj. 反戰的

anti（反對）＋ war（戰爭）

例 The **antiwar** movement did have an impact on the end of the Vietnam War.
反戰活動的確對越戰的結束有一定的影響。

» **interwar**
[ˈɪntɚˌwɔr]

adj. 兩次戰爭之間的

inter（在中間）＋ war（戰爭）

例 The nearly 20-year **interwar** period ended on September 1, 1939, the beginning of World War II.
近二十年的戰間期在 1939 年九月一日第二次世界大戰開始時結束。

» **prewar**
[priˈwɔr]

adj. 戰前的

pre（在……前）＋ war（戰爭）

例 This book gives a good picture of conditions in **prewar** Europe.
這本書生動地描述了戰前的歐洲情況。

» **postwar**
[ˈpostˈwɔr]

adj. 戰後的

post（在……後）＋ war（戰爭）

例 In the **postwar** era, each country spared no effort to rebuild their economy.
戰後時期，各國無不傾盡全力重建經濟。

W

» **warlike**

[ˋwɔrˏlaɪk]

adj. 好戰的、尚武的；有戰爭跡象的

war（戰爭）
+ like（喜
歡；像）

例 I am not **warlike**; I am aggressive.
我並非好戰，而是有進取精神。

» **warrior**

[ˋwɔrɪɚ]

n. 戰士

war（戰爭）
+ or（表示
「人」的名
詞字尾）

例 True **warriors** fight for what they are protecting.
真正的戰士是為了他們所保護的事物而戰。

» **wartime**

[ˋwɔrˏtaɪm]

n. 戰時
adj. 戰時的

war（戰爭）
+ time（時
間）

例 People started eating canned food during **wartime**.
人們在戰時開始吃罐頭食品。

» **warfare**

[ˋwɔrˏfɛr]

n. 戰爭；交戰狀態

war（戰爭）
+ fare（遭
遇）

例 Nuclear **warfare** will not only seriously affect the
environment, but also cause massive deaths and
destruction.
核能戰爭將不僅會嚴重地影響環境，同時也將造成巨大的死
亡及破壞。

» **warpath**

[ˋwɔrˏpæθ]

n. 征途

war（戰爭）
+ path（小
路）

例 Mr. Lee is on the **warpath** because his neighbor left
garbage at his front door again.
李先生因為鄰居又把垃圾丟在他家門口而盛怒不已。

✎ 常用片語 **on the warpath** 準備作戰；盛怒、大發雷霆

» **warlord**

[ˈwɔrˌlɔrd]

n. 軍閥

例 Yuan Shikai was the **warlord** who ruled China in 1916.
袁世凱是 1916 年統治中國的軍閥。

TRACK 116

W

👆 **ware** 製品；器皿；器具

» **tableware**

[ˈteblˌwɛr]

n. 餐具

例 We don't have enough **tableware** to serve food to our guests.
我們沒有足夠的餐具可以為客人上菜。

» **kitchenware**

[ˈkɪtʃɪnˌwɛr]

n. 廚具

例 I cannot cook without proper **kitchenware**.
沒有適當的廚具我無法烹飪。

» **flatware**

[ˈflætˌwɛr]

n. 扁平的餐具（刀、叉、匙、碟、盤等）

例 **Flatware** has been set out on the table.
餐具都已經擺好在餐桌上了。

» **cookware**
[ˋkʊkˋwɛr]

n. 烹飪用具

cook（烹飪）
＋ ware（器具）

例 The **cookware** should be replaced when the non-stick coating begins to breakdown.
烹飪用具在不沾塗層開始掉落時就該換新了。

» **wareroom**
[ˋwɛrˏrum]

n. 商品陳列室；商品儲藏室

ware（器具）
＋ room（房間）

例 All inventory goods are stored in the **wareroom** in the back.
所有的庫存商品都儲放在後面的商品儲藏室裡。

» **software**
[ˋsɔftˏwɛr]

n.（電腦）軟體；（電子設備的）程式 軟件

soft（軟）＋ ware（器具）

例 Josh is a **software** engineer who designs and creates computer applications.
Josh 是一個設計並創造電腦應用程式的軟體工程師。

» **freeware**
[ˋfriwɛr]

n. 免費軟體

free（免費的）＋ ware（器具）

例 Adobe Reader is **freeware** that you can download from the Internet at no charge.
Adobe Reader 是你能在網路上無需付費下載的免費軟體。

» **bakeware**
[ˋbekˏwɛr]

n. 烘焙用具

bake（烘焙）＋ ware（器具）

例 You can find a huge selection of **bakeware** in this hypermarket.
你可以在這個大賣場裡找到種類齊全的烘焙用具。

» **chinaware**

['tʃaɪnə‚wɛr]

n. 瓷器

china（瓷）
+ ware（器
皿）

例 The **chinaware** set is simple but elegant.
這套瓷器簡樸卻高雅。

» **ovenware**

['ʌvən‚wɛr]

n. 烤盤

oven（烤箱）
+ ware（器
皿）

例 Mom baked the pie in a presentable **ovenware**.
媽媽用可直接端上桌的漂亮烤盤烤派。

» **hardware**

['hɑrd‚wɛr]

n. 金屬器件、五金器具；（電腦）硬體；
軍事裝備

hard（硬的）
+ ware（器
具）

例 Let's go to the **hardware** store for some gardening
supplies.
我們去五金行買些園藝用品吧。

» **silverware**

['sɪlvɚ‚wɛr]

n. 銀器；銀餐具

silver（銀）
+ ware（器
具）

例 **Silverware** typically is more costly and requires extra
maintenance.
銀器通常比較昂貴，而且需要特別保養。

» **glassware**

['glæs‚wɛr]

n. 玻璃器皿

glass（玻璃）
+ ware（器
皿）

例 Be careful with the box full of **glassware**.
小心那個裝滿玻璃器皿的箱子。

W

335

» **dinnerware**
[`dɪnə,wɛr]

n. 整套餐具

dinner（晚餐、正餐）＋ ware（器皿、用具）

例 This silver **dinnerware** set for 2 can be a perfect wedding gift.
這套雙人銀製餐具是很完美的結婚禮物。

» **earthenware**
[`ɝθən,wɛr]

n. 陶器、土器

earthen（土製的、陶製的）＋ ware（器具）

例 There is an exhibition of ancient **earthenware** made in the Tang dynasty in the museum.
博物館有一個唐朝古陶器的展覽。

» **warehouse**
[`wɛr,haʊs]

n. 倉庫、貨棧；大型零售店

ware（器具）＋ house（房子）

例 All of the old furniture is stacked in the **warehouse**.
所有的舊家具都堆放在倉庫裡。

TRACK 117

☞ **wash** 洗、清洗；沖

» **washer**
[`wɑʃə]

n. 清洗者；洗衣機；洗碗機；洗滌器

wash（清洗）＋ er（表示「施動者」之名詞字尾）

例 I wouldn't put shoes in the **washer** with clothes if I were you.
如果我是你的話，我不會把鞋子和衣服一起放在洗衣機裡洗。

» dishwasher
[ˋdɪʃ͵waʃɚ]

n. 洗碗機

dish（碗盤）
＋washer
（清洗器）

例 Instead of using a **dishwasher**, she washed the dishes by hand.
她是用手洗碗，而不是用洗碗機。

» washday
[ˋwaʃ͵de]

n. 洗衣日

wash（清洗）
＋day（日）

例 I do the laundry once a week. Saturday is my **washday**.
我一星期洗一次衣服。星期六就是我的洗衣日。

» washtub
[ˋwaʃ͵tʌb]

n. 洗衣盆

wash（洗）
＋tub（盆、木桶）

例 Before the invention of washing machine, people washed their clothes in a **washtub**.
在洗衣機發明之前，人們是在洗衣盆裡洗衣服。

» washout
[ˋwaʃ͵aʊt]

n. 沖失地區、侵蝕缺口；大敗

wash（沖）
＋out（出）
＝washout
（沖失；失敗）

例 The presidential candidate's speech yesterday was a complete **washout**.
那個總統候選人昨日的演說完全失敗。

» eyewash
[ˋaɪ͵waʃ]

n. 眼藥水；無稽之談、胡說

eye（眼睛）
＋wash（清洗）

例 His explanation for his absence from work is total **eyewash**.
他曠職的藉口完全是胡說一通。

W

» **carwash**
['kɑr‚wɔʃ]

n. 洗車場；洗車機

car（汽車）＋ wash（清洗）

例 Mr. Lewis has made a lot of money by running a **carwash** business.
Lewis 先生靠著經營一家洗車公司賺了大錢。

» **washroom**
['waʃ‚rum]

n. 洗手間、廁所

wash（清洗）＋ room（房間）

例 We have to share the two **washrooms** with other guests in the hostel.
我們必須跟青年旅館的其他住客共用兩間洗手間。

» **backwash**
['bæk‚waʃ]

n. 反流、餘波；後果、惡果
v. 逆流沖洗

back（後面的）＋ wash（沖洗）

例 It is undeniable that college entrance examination exerts certain **backwash** effect on teaching and learning in high school in Taiwan.
不可否認地，大學入學測驗對台灣高中的教學起了餘波影響。

» **washable**
['waʃəbl̩]

adj. 可洗的、耐洗的

wash（清洗）＋ able（表示「能夠的」之形容詞字尾）

例 This cashmere sweater is not machine **washable**.
這件喀什米爾毛衣不能機洗。

» **washbasin**
['waʃ‚besn̩]

n. 洗臉盆、洗手盆、水槽

wash（清洗）＋ basin（盆）

例 Some people believe it's not safe to give babies a bath in a **washbasin**.
有些人認為在洗臉盆裡幫寶寶洗澡並不安全。

✋ 同義字 **washbowl**

» **mouthwash**

['maυθ,waʃ]

n. 漱口水

mouth（口）
＋ wash（清洗）

例 A quick rinse with **mouthwash** that contains fluoride can help prevent tooth decay.
以含氟的漱口水快速漱口能幫助預防蛀牙。

» **washboard**

['waʃ,bord]

n. 洗衣板
adj. 崎嶇不平的

wash（洗；洗衣）＋ board（板子）

W

例 I need a **washboard** to hand wash my underwear.
我需要一個洗衣板來手洗我的內衣。

» **brainwash**

['bren,waʃ]

n. 洗腦
v. 對人實行洗腦

brain（腦）＋ wash（洗）

例 The followers have totally been **brainwashed** by the cult leader.
那些追隨者已經徹底被邪教教主給洗腦了。

» **washhouse**

['waʃ,haυs]

n. 洗衣店

wash（清洗）＋ house（房子）

例 If you need to do the laundry, there's a **washhouse** across from the apartment.
如果你需要洗衣服的話，公寓對面有一間洗衣店。

» **washstand**

['waʃ,stænd]

n. 盥洗台；臉盆架

wash（清洗）＋ stand（台）

例 We had our **washstand** installed outside of the bathroom.
我們將盥洗台安裝在浴室外面。

☞ waste 浪費；廢棄的，無用的

» **wasteland**
['west,lænd]

n. 荒地；未開墾之地

waste（廢棄的）＋ land（土地）

例 It is not possible to grow crops on **wasteland**.
要在荒地上種植作物是不可能的。

» **wastewater**
['west,wɔtɚ]

n. 廢水、污水

waste（廢棄的）＋ water（水）

例 My mother usually washed the floor with **wastewater**.
我媽媽經常用污水洗地板。

» **wastepaper**
['west,pepɚ]

n. 廢紙；紙屑

waste（廢棄的）＋ paper（紙張）

例 She collected all the **wastepaper** in the office for recycling.
她收集辦公室內所有的廢紙做回收。

» **wastebasket**
['west,bæskɪt]

n. 廢紙簍

waste（廢物）＋ basket（籃子）

例 He tore up the letter and threw it into the **wastebasket**.
他將信件撕碎，並丟進廢紙簍。

» **wasteful**
[`westfəl]

adj. 浪費的

waste（浪費）＋ ful（表示「有……傾向的」之形容詞字尾）

例 Stop being so **wasteful**. Don't spend money on what you don't need.
別那麼浪費。不要把錢花在你不需要的東西上。

TRACK 119

W

☞ **water** 水；給水

❀ 聯想助記

» **watery**
[`wɔtərɪ]

adj. 水的、濕的；像水的、稀的

water（水）＋ y（像……的）

例 This soup is too **watery**. You should thicken it with cornstarch.
這湯太稀了。你應該用玉米粉讓它稠一點。

✋ 同義字 **waterish**

» **waterski**
[`wɔtərski]

n. 滑水橇
v. 滑水橇

water（水）＋ ski（滑雪）

例 Jeff is interested in all kinds of water sports, especially **waterskiing**.
Jeff 對所有水上運動都有興趣，特別是滑水橇。

» **waterbus**

[`wɔtərbʌs]

n. 水上巴士

water（水）
+ bus（公車）

例 We can either take a **waterbus** or a gondola to cross the river.
我們可以搭水上巴士或是貢多拉渡河。

» **waterlog**

[`wɔtər`lɔg]

v. 使進水、使浸透水

water（水）
+ log（採伐）

例 They cancelled the match because the tennis court was **waterlogged** after the rainstorm.
網球場在暴雨後完全浸水，因此他們取消了比賽。

» **waterman**

[`wɔtɚmən]

n. 船工；划手；擺渡人

water（水）
+ man（男子）

例 The **watermen** ferried passengers across the river.
擺渡人帶乘客過河。

» **waterbed**

[`wɔtɚˌbɛd]

n. 水床

water（水）
+ bed（床）

例 Some people believe that sleeping on a **waterbed** is bad for spine.
有些人認為睡在水床上對脊椎不好。

» **seawater**

[`siˌwɔtɚ]

n. 海水

sea（海）+
water（水）

例 **Seawater** is too salty to drink.
海水太鹹了，不能飲用。

🖐 同義字 saltwater

» **bathwater**
['bæθ,wɔtɚ]

n. 浴缸裡的水;泡澡水(比喻無價值的東西)

bath(沐浴)+ water(水)

例 Don't throw the baby out with the **bathwater**.
別不分精華糟粕地否定一切。

» **jerkwater**
['dʒɝk,wɔtɚ]

adj. 鄉下的;偏遠的;不足取的

jerk(顛簸)+ water(水)

例 They were taken to a **jerkwater** town in the middle of nowhere.
他們被帶到一個不知名的窮鄉僻壤。

» **dishwater**
['dɪʃ,wɔtɚ]

n. 洗過碟子的水;難喝的湯或咖啡

dish(碗盤)+ water(水)

例 The coffee tastes like **dishwater**. It's terrible.
這咖啡喝起來就跟洗碗水一樣。難喝死了。

» **waterfall**
['wɔtɚ,fɔl]

n. 瀑布

water(水)+ fall(降落)

例 It is dangerous to swim above or under **waterfalls**.
在瀑布上方或下方游泳是很危險的。

» **rainwater**
['ren,wɔtɚ]

n. 雨水

rain(雨)+ water(水)

例 She collected **rainwater** with buckets for later use.
她用水桶收集雨水以供日後使用。

» **watershed**
['wɑtɚ,ʃɛd]

n. 分水嶺;轉折點、關鍵時刻

water(水)+ shed(散發)

例 The day I left my hometown was a **watershed** moment in my life.
我離開家鄉的那一天是我人生的分水嶺。

W

» **overwater**

['ovɚ,wɔtɚ]

v. 過度澆水

over（過多）＋ water（給水）

例 Don't **overwater** the potted plants or they might die soon.
不要給盆栽過度澆水，否則它們很快就會死掉。

» **waterspout**

['wɔtɚ,spaʊt]

n. 海龍捲；暴雨；排水口

water（水）＋ spout（噴出）

例 Don't try to go through the **waterspout**. You can't survive it.
不要企圖通過海龍捲。你不可能存活下來的。

» **waterscape**

['wɔtɚ,skep]

n. 水景；海景；海景畫

water（水）＋ scape（景色）

例 Maldivian **waterscape** is so spectacular that it attracts tourists from all over the world.
馬爾地夫的海景太迷人了，吸引世界各地的遊客。

» **watertight**

['wɔtɚ'taɪt]

adj. （措辭）嚴謹的、無懈可擊的；不透水的

water（水）＋ tight（緊的）

例 The food container is completely **watertight**, even when it is laid upside down.
這個食物容器即使是顛倒放置，也是完全不透水的。

» **watercraft**

['wɔtɚ,kræft]

n. 船隻；駕船技術

water（水）＋ craft（船；行業）

例 Children under 12 years old must be accompanied by an adult when riding a **watercraft** such as a jet ski.
12歲以下孩童騎乘如水上摩托車等船隻時必須有大人陪同。

» **waterfront**

[ˋwɔtɚˏfrʌnt]

n. 水邊、濱水區
adj. 濱水的

water（水）
+ front（前
方）

例 The **waterfront** resort is popular with tourists.
這個濱水度假區很受遊客歡迎。

☝ 同義字 waterside

» **underwater**

[ˋʌndɚˏwɔtɚ]

adj. 水中的；水面下的
adv. 在水中

under
（在……之
下）+ water
（水）

例 How long can you stay **underwater** without a snorkel?
沒有呼吸管你能在水中待多久？

» **waterproof**

[ˋwɔtɚˏpruf]

v. 使防水
adj. 防水的

water（水）
+ proof（能
抵擋的）

例 This watch is **waterproof**, so you can still wear it when
you go swimming.
這支錶是防水的，所以你去游泳時仍能戴著它。

☝ 同義字 watertight

» **freshwater**

[ˋfrɛʃˏwɔtɚ]

adj. 淡水的

fresh（淡
的）+ water
（水）

例 Catfish are a common **freshwater** fish.
鯰魚是一種常見的淡水魚。

» **watercolor**

[ˋwɔtɚˏkʌlɚ]

n. 水彩顏料；水彩畫
adj. 水彩的

water（水）
+ color（色
彩）

例 The teacher is teaching the young children to paint with
watercolor.
老師正在教幼童們以水彩顏料畫畫。

W

» **breakwater**

['brek,wɔtɚ]

n. 防波提

A ship was found stuck in the **breakwater** at the harbor.
一艘船被發現卡在海港邊的防波提。

break（破壞）+ water（水）

» **watermelon**

['wɔtɚ,mɛlən]

n. 西瓜

Watermelons are in season during the summer.
西瓜在夏天是當季水果。

water（水）+ melon（瓜）

» **waterworks**

['wɔtɚ,wɝks]

n. 水廠、供水系統；人工瀑布

The drought has seriously affected the **waterworks** of this city.
長期乾旱嚴重影響了這座城市的供水系統。

water（水）+ works（工作）

» **groundwater**

['graʊnd,wɔtɚ]

n. 地下水

They dug nearly 30 feet below the surface to get high-quality **groundwater**.
他們挖掘了地面下近三十英尺才取得高品質的地下水。

ground（地）+ water（水）

» **watercourse**

['wɔtɚ,kors]

n. 水道、河道；運河

The farmers of the village irrigated their crops with water from the **watercourse**.
村裡的農夫們引水道的水來灌溉他們的作物。

☝ 同義字 **waterway**

water（水）+ course（路線）

» **mouthwatering**

[ˋmaʊθ͵wɔtərɪŋ]

adj. 令人垂涎欲滴的

mouth（口）
+ water
（水）+ ing
（形成現在
分詞形容詞
之字尾）

例 Grandma's beef stew is a **mouthwatering** dish.
奶奶的燉牛肉是令人口水直流的一道菜。

 TRACK 120　　W

👉 **way** 道路；方式；方面

» **runway**

[ˋrʌn͵we]

n. （機場的）跑道；（停車場的）車道

run（跑）+
way（道路）

例 The **runway** has to be cleared for planes to take off.
跑道必須淨空讓飛機起飛。

» **anyway**

[ˋɛnɪ͵we]

adv. 無論如何，反正；不論以何種方
式

any（任何）
+ way（方
式）

例 You can cook the fish **anyway** you like.
你可以用任何你喜歡的方式烹煮這條魚。

» **subway**

[ˋsʌb͵we]

n. 地下鐵

sub（潛艇
的）+ way
（路）

例 It is very convenient to travel around the city by **subway**.
搭地鐵在這城市裡移動非常方便。

» **midway**
['mɪd,we]

adj. 中途的
adv. 中途

mid（中間的）＋ way（路）

例 There's a grocery store **midway** between my apartment and my office.
我家和公司中間有間雜貨店。

» **endways**
['ɛnd,wez]

adv. 末端向前地；末端朝上地

end（末端）＋ ways（方法）

例 The movers moved the refrigerator into the kitchen **endways**.
搬家工人將冰箱尾端朝上地搬進廚房。

» **lifeway**
['laɪf,wez]

n. 生活方式

life（生活）＋ way（方式）

例 The tribe remained their traditional **lifeway** regardless of the advance in science and technology.
儘管科技進步，這部落仍維持他們傳統的生活方式。

» **folkway**
['fok,we]

n. 社會習俗；民風

folk（民間的）＋ way（方式）

例 The **folkways** of this society are quite conservative.
這個社會的民風相當保守。

» **bikeway**
['baɪk,we]

n. 自行車專用道

bike（自行車）＋ way（道路）

例 The newly completed **bikeway** is safe and enjoyable for cyclists.
新完成的自行車專用道對騎腳踏車的人來說既安全又享受。

» waylay
[ˌweˈle]

v. 伏擊；攔截

way（道路）
+ lay（準
備、安排）

例 The robber **waylaid** the passersby on the sidewalk.
該搶匪在人行道徘徊伏擊路人。

» ropeway
[ˈropˌwe]

n. 索道；空中纜索

rope（繩索）
+ way（道
路）

例 **Ropeways** are the main transport in this mountainous area.
空中纜索是這個山區最主要的交通工具。

✋ 同義字 **cableway**

» footway
[ˈfʊtˌwe]

n. 步道

foot（足）+
way（道路）

例 He walked his dog along the **footway**.
他沿著步道遛狗。

» someway
[ˈsʌmˌwe]

adv. 總算；好歹；以某種方式（方法）

some（某種）
+ way（方
式）

例 Somehow, **someway**, you need to get the work done by the deadline.
不管怎樣你都要在期限之前將工作完成。

» walkway
[ˈwɔkˌwe]

n. 散步道；工作人員通道

walk（步行）
+ way（道
路）

例 Please keep this **walkway** clear.
請保持通道暢通。

W

» **taxiway**

['tæksɪ,we]

n. 飛機滑行道

taxi（滑行）＋ way（走道）

例 Make sure both the runway and the **taxiway** are clear for take-off.
跑道和滑行道都務必暢通以利飛機起飛。

» **partway**

['pɑrt'we]

adv. 部分地；到某種程度地；中途地

part（部分）＋ way（路）

例 The work is already **partway** done.
這工作已經完成一部分了。

» **parkway**

['pɑrk,we]

n. 風景區幹道；道邊綠化帶

park（公園）＋ way（路）

例 Houses and apartments along the **parkway** are quite expensive.
園道沿路的房子和公寓都相當昂貴。

» **pathway**

['pæθ,we]

n. 路；小徑；路線

path（小路）＋ way（路）

例 This **pathway** is the only access to the village.
這條小徑是通往村落的唯一通道。

» **highway**

['haɪ,we]

n. 公路、幹道；路途

high（高）＋ way（路）

例 His car broke down on the **highway**.
他的車在公路上拋錨了。

» **halfway**

[ˋhæfˋwe]

adj. 中途的；不完全的
adv. 半途；不徹底地

half（半）+ way（路）

⑩ Don't give up **halfway**. Let's get it done together.
不要半途而廢。我們一起將它完成。

» **railway**

[ˋrelˏwe]

n. 鐵路，鐵道

rail（鐵軌）+ way（路）

⑩ We're planning a **railway** journey around the island.
我們正在計劃一個環島的鐵道旅行。

» **freeway**

[ˋfrɪˏwe]

n. 高速公路

free（自由的）+ way（路）

⑩ Scooters are not allowed on the **freeway**.
小型摩托車不能開上高速公路。

✋同義字 **expressway**

» **hallway**

[ˋhɔlˏwe]

n. 玄關；門廳，走廊

hall（大廳）+ way（路）

⑩ The showroom is at the end of the **hallway**.
展示室在門廊的盡頭。

✋同義字 **passageway, entranceway**

» **headway**

[ˋhɛdˏwe]

n. 前進；進展

head（頭）+ way（路）

⑩ The patient has made remarkable **headway** in his rehabilitation.
該病患在復健方面有顯著的進展。

W

» **doorway**
[`dor͵we]

n. 出入口、門口

door（門）
＋ way（路）

例 Please don't stop your car at the **doorway**.
請不要把車停在出入口。

» **edgeways**
[`ɛdʒ͵wez]

adv. 從旁邊；沿著邊緣；側著

edge（邊緣）
＋ way（方向）

例 She was talking so fast that I didn't even get to get a word in **edgeways**.
她話說得快到我甚至無法插話。

✔常用片語 **get a word in edgeways** 插嘴

» **wayside**
[`we͵saɪd]

n. 路邊
adj. 路邊的

way（路）＋ wide（邊）

例 He didn't finish the marathon because he felt sick and dropped by the **wayside**.
他沒有跑完馬拉松，因為他感覺不舒服半途而廢了。

✔常用片語 **drop by the wayside** 半途而廢；誤入歧途、遭受失敗

» **spillway**
[`spɪl͵we]

n. 洩洪道

spill（溢出）＋ way（道路）

例 This channel serves as the emergency **spillway** for the dam.
這條運河是水壩的緊急洩洪道。

» **underway**
[`ʌndɚ͵we]

adj. 進行中的

under（在……之下）＋ way（道路）

例 After a year's pandemic delay, the City Sports Dome is finally **underway**.
在一年的疫情延宕後，市立巨蛋體育場終於在進行中了。

» **hatchway**

[ˋhætʃwe]

n. 天窗；地窖口；艙口

hatch（艙口）＋ way（道路）

例 We quickly went down the **hatchway** before the tornado reached the house.
在颶風來到屋子前，我們快速地從地窖口下去。

» **driveway**

[ˋdraɪ͵we]

n. 私人車道；汽車道

drive（駕駛）＋ way（道路）

例 The **driveway** was blocked for road repair.
車道被封起來做道路修繕了。

» **greenway**

[ˋgrin͵we]

n. 綠茵路；林蔭大道

green（綠色的）＋ way（道路）

例 We enjoyed riding our bikes along the **greenway**.
我們很喜歡沿著林蔭大道騎腳踏車。

» **straightway**

[ˋstret͵we]

adv. 直接地；立刻，馬上

straight（直接地）＋ way（方式）

例 He left the office and went home **straightway**.
他離開辦公室後直接回家。

» **entranceway**

[ˋɛntrəns͵we]

n. 入口

entrance（進入、入口）＋ way（路）

例 A pair of Foo Dogs was placed on each side of the **entranceway** as a symbol of guardianship.
入口兩旁有一對石獅子，象徵守護。

W

☞ **will**　意志；意圖；心願

※ 聯想助記

» **goodwill**
['gʊd`wɪl]

n. 善意，好心

good（好的）
＋ will（意圖）

例 Mr. Brown is a man of **goodwill**. He always helps those who are in need.
Brown 先生是個好心的人。他總是幫助那些有需要的人。

» **freewill**
['fri͵wɪl]

adj. 自由意志的

free（自由的）＋ will（意志）

例 Instead of paying an admission charge, visitors are encouraged to make a **freewill** donation.
我們鼓勵遊客們自由捐款，而非向他們收取入場費。

» **unwilled**
[ʌn`wɪld]

adj. 非故意的

un（不）＋ will（意圖）＋ ed（形成過去分詞之形容詞字尾）

例 Neurodevelopmental disorder causes a patient with Tourette's syndrome to repeatedly make **unwilled** sudden movements or sounds.
神經發展障礙使得妥瑞症患者反覆突然發出非故意的動作或聲響。

» **willful**
['wɪlfəl]

adj. 任性的；故意的

will（意志）＋ ful（表示「充滿的」之形容詞字尾）

例 Such **willful** misconduct has caused damage to public property.
這種故意為之的不當行為已經造成公物損害了。

» **willpower**
[ˋwɪlˏpaʊɚ]

n. 意志力

will（意志）
＋ power（力量）

例 He's got the **willpower** to lose weight.
他有減重的意志力。

» **willing**
[ˋwɪlɪŋ]

adj. 願意的，心甘情願的

will（意願）
＋ ing（形容詞字尾）

例 The man was so stingy that he was not **willing** to give his money to the charity.
男子非常吝嗇，不願意將錢捐給慈善機構。

W

» **willingness**
[ˋwɪlɪŋnɪs]

n. 自願，樂意

willing（願意的）＋
ness（名詞字尾）

例 Most employees have no **willingness** to work during Chinese New Year.
大部分的員工沒有意願在中國新年期間上班。

» **unwillingly**
[ʌnˋwɪlɪŋlɪ]

adv. 不甘不願地

un（不）＋
willing（願意的）＋ ly
（副詞字尾）

例 Steven took out the garbage **unwillingly**.
Steven 不甘不願地去倒垃圾。

☞ write 寫

※ 聯想助記

» rewrite
[rɪˋraɪt]

v. 重寫；改寫

re（再）＋ write（寫）

例 I was asked to **rewrite** my report as it had strayed from the main subject.
我因為報告偏離主題而被要求重寫。

» underwrite
[ˋʌndə͵raɪt]

v. 在……下簽署；寫在……下面或末尾；承保

under（在……之下）＋ write（寫）

例 The bank was not willing to **underwrite** small business loans.
這家銀行不願承保小額商業貸款。

» skywrite
[ˋskaɪ͵raɪt]

v. 以飛機噴出的煙在天空寫字

sky（天空）＋ write（寫）

例 Jack hired a jet to **skywrite** "Marry me" when he proposed to Mary.
當 Jack 向 Mary 求婚時，他雇用一架噴射機在天空寫下「嫁給我」。

» outwrite
[ˋaʊt͵raɪt]

v. 寫得更多或更好

out（出）＋ write（寫）

例 You said that you could **outwrite** my favorite writer. Prove it.
你說你寫得比我最喜歡的作家要好。證明給我看啊！

356

» **overwrite**

[ˌovɚ`raɪt]

v. 寫得過多；矯揉造作地寫；重疊寫在上面

over（超過）+ write（寫）

例 Please do not **overwrite** your article and confine it to 200 words.
文章不要寫得過長，請將字數控制在 200 字之內。

» **handwrite**

[`hænd͵wrɪtn̩]

v. 手寫

hand（手）+ write（寫）

例 In the era of the Internet, fewer and fewer people would **handwrite** a letter or a card.
在網路時代，越來越少人願意手寫一封信或一張卡片。

» **writing**

[`raɪtɪŋ]

n. 寫作；筆跡

write（寫）+ ing（構成名詞之字尾）

例 He makes a living by **writing**.
他以寫作維生。

» **handwriting**

[`hænd͵raɪtɪŋ]

n. 筆跡、字跡

hand（手）+ writing（筆跡）

例 Her scratching and careless **handwriting** is hardly readable.
她潦草隨便的筆跡讓人難以辨讀。

» **typewrite**

[`taɪp͵raɪt]

v. 打字

type（打字）+ write（寫）

例 Mr. Lee asked his secretary to **typewrite** the letter for him.
李先生要求他的祕書幫他打這封信。

W

» **writable**

[ˈraɪtəbḷ]

adj. 能寫入的、可存放資料的；能以文字表示的

write（寫）＋ able（表示「能夠的」之字尾）

例 Please make sure the storage directory of the file system is **writable** before you use it.
請在使用檔案系統之前確定儲存目錄能夠存取資料。

» **ghostwrite**

[ˈgostˏraɪt]

v. 代筆、代寫

ghost（鬼；替……捉刀、代筆）＋ write（寫）

例 She was caught **ghostwriting** the dissertation for her brother.
她被人抓到替她弟弟代筆論文。

» **writer**

[ˈraɪtɚ]

n. 作家

write（寫）＋ er（表「施行動作者」字尾）

例 Mr. Jones is a professional computer engineer as well as an amateur **writer**.
Jones 先生是一位專業的電腦工程師，亦是一名業餘作家。

» **copywriter**

[ˈkɑpɪˏraɪtɚ]

n. 廣告文案

copy（抄寫）＋ writer（作家）

例 Jennifer has a good income by being a **copywriter**.
Jennifer 靠著當廣告文案收入頗豐。

» **screenwriter**

[ˈskrinˏraɪtɚ]

n. 劇作家、編劇

screen（螢幕）＋ writer（作家）

例 Do you know who the **screenwriter** of the film adaptations of Twilights series is?
你知道暮光之城系列電影版的編劇是誰嗎？

🖐 同義字 scriptwriter

» **speechwriter**

['spitʃ͵raɪtɚ]

n. 演講稿撰寫人

speech（演說）＋ writer（作家）

例 Jon Favreau was the **speechwriter** for Barack Obama from 2009 to 2013.
Jon Favreau 在 2009 年至 2013 年期間擔任歐巴馬的演講稿撰寫人。

» **songwriter**

['sɔŋ͵raɪtɚ]

n. 歌曲創作者

song（歌曲）＋ writer（作者）

例 Jay Chou is a **songwriter** who is very famous and popular in Mainland China and Taiwan.
周杰倫是在中國大陸及台灣兩地非常出名且受歡迎的歌曲創作者。

» **sportswriter**

['sports͵raɪtɚ]

n. 體育專欄作家、體育記者

sports（運動）＋ writer（作家）

例 My brother is employed by the New York Times as a **sportswriter**.
我的哥哥為受僱於紐約時報的體育專欄作家。

W

☞ yard 場地；庭院；碼（長度單位）

✿ 聯想助記

» **vineyard**

[`vɪnjəd]

n. 葡萄園

vine（葡萄樹）＋ yard（庭院）

例 He was hired to work in a **vineyard** during his working holiday in Australia.
他在澳洲打工度假期間受僱在一個葡萄園工作。

» **switchyard**

[`swɪtʃjɑrd]

n. 調車場

switch（調換）＋ yard（場地）

例 The old **switchyard** has been adapted into an area where ancient train cars are exhibited.
這老舊的調車場已經被改建為古老火車廂展示的區域。

» **lumberyard**

[`lʌmbəˌjɑrd]

n. 木材堆置場

lumber（木材）＋ yard（場地）

例 Sometimes you can get scrap wood from the **lumberyard** for free.
你偶爾可以在木材堆置廠拿到免費的廢木料。

» **churchyard**
[ˋtʃɝˋtʃˋjɑrd]

n. 教堂墓地

church（教堂）+ yard（場地）

例 The priest was buried at the **churchyard** after he died.
牧師死後被埋在教堂墓園。

» **brickyard**
[ˋbrɪkˌjɑrd]

n. 磚廠

brick（磚頭）+ yard（場所）

例 The workers of the **brickyard** are loading sun-dried bricks onto the truck.
磚廠工人正在將曬乾的磚頭裝載上貨車。

» **stockyard**
[ˋstɑkˌjɑrd]

n. 牲畜飼養場

stock（牲畜）+ yard（場地）

例 Cattle are kept in the **stockyard** before they go to the slaughterhouse.
牛隻在前往屠宰場之前會先被關在牲畜飼養場。

» **courtyard**
[ˋkortˋjɑrd]

n. 庭院；天井

court（院子）+ yard（場地）

例 The celebrity recently sold his mansion with a large **courtyard** at a sky-high price.
那位名流最近以天價售出他那棟有個大庭院的豪宅。

» **graveyard**
[ˋgrevˌjɑrd]

n. 墓園、目的

grave（墳墓）+ yard（場地）

例 Few people want to buy houses near the **graveyard**.
很少人會想買墓園附近的房子。

Y

» **yardstick**

[ˈjɑrdˌstɪk]

n. 碼尺；衡量標準

yard（碼）+ stick（棍棒）

例 In many Asian countries, a TOEIC score is seen as a good **yardstick** for English proficiency.
在許多亞洲國家，多益分數被視為英語能力的良好衡量標準。

» **barnyard**

[ˈbɑrnˌjɑrd]

n. 穀倉旁的場地

barn（穀倉）+ yard（場地）

例 To take care of the farm animals, the farmer lives in the small farmhouse at the **barnyard**.
為了照顧農場動物，農夫就住在穀倉旁的小農舍裡。

» **dockyard**

[ˈdɑkˌjɑrd]

n. 造船廠；海軍工廠

dock（船塢、碼頭）+ yard（場所）

例 The ship has been sent to the **dockyard** for maintenance.
船隻已經被送往造船廠進行維修。

👋 同義字 **shipyard**

» **backyard**

[ˈbækjɑrd]

n. 後院

back（後面的）+ yard（庭院）

例 The barbeque party will be held at the **backyard**.
烤肉派對將會在後院舉行。

» **farmyard**

[ˈfɑrmˌjɑrd]

n. 農家庭院

farm（農場）+ yard（庭院）

例 This path is the only access to the **farmyard**.
這條小路是通往農家庭院的唯一路徑。

» **dooryard**
[`dor͵jɑrd]

n. 門前庭院

door（門）+ yard（庭院）

例 They decided to buy the house with a lovely **dooryard** in the countryside.
他們決定買下鄉間那幢有個可愛的門前庭院的房子。

» **boatyard**
[`botjɑrd]

n. 製造或修理小船之工廠

boat（小船）+ yard（場地）

例 The boat should be sent to the **boatyard** for repair.
這艘船應該被送去小船工廠修理。

» **junkyard**
[`dʒʌnk͵jɑrd]

n. 廢物堆積場；垃圾場

junk（垃圾）+ yard（場地）

例 Most vehicles end up in a **junkyard** when they outlive their usefulness.
大部分的車輛在不堪使用時，最終就會被丟在垃圾場。

Y

語研力 E081

快記大考英文單字（I）：

必考詞素＋解構式助記，快速熟記10倍單字量！

作　　者	蔡文宜（Wenny Tasi）
顧　　問	曾文旭
出版總監	陳逸祺、耿文國
主　　編	陳蕙芳
執行編輯	翁芯俐
美術編輯	李依靜
法律顧問	北辰著作權事務所

印　　製	世和印製企業有限公司
初　　版	2023 年 05 月
出　　版	凱信企業集團 - 凱信企業管理顧問有限公司
電　　話	（02）2773-6566
傳　　真	（02）2778-1033
地　　址	106 台北市大安區忠孝東路四段 218 之 4 號 12 樓
信　　箱	kaihsinbooks@gmail.com

定　　價	新台幣 399 元／港幣 133 元
產品內容	1 書

總 經 銷	采舍國際有限公司
地　　址	235 新北市中和區中山路二段 366 巷 10 號 3 樓
電　　話	（02）8245-8786
傳　　真	（02）8245-8718

國家圖書館出版品預行編目資料

快記大考英文單字（I）：必考詞素＋解構式助記，
快速熟記10倍單字量！／蔡文宜（Wenny Tsai）著.
－ 初版. － 臺北市：凱信企業集團凱信企業管理顧問
有限公司, 2023.05
　面；　公分
ISBN 978-626-7097-48-9(平裝)

1.CST: 英語 2.CST: 詞彙

805.12　　　　　　　　　　　　111015875

凱信企管

用對的方法充實自己，
讓人生變得更美好！

凱信企管

用對的方法充實自己，
讓人生變得更美好！

凱信企管

用對的方法充實自己，
讓人生變得更美好！

凱信企管

用對的方法充實自己，
讓人生變得更美好！